Jean-Luc Bannalec

BRETONISCHER RUHM

Kommissar Dupins zwölfter Fall

Kiepenheuer & Witsch

Der Verlag Kiepenheuer & Witsch hat sich zu einer nachhaltigen Buchproduktion verpflichtet. Gemeinsam mit unseren Partnern und Lieferanten setzen wir uns für eine klimaneutrale Buchproduktion ein, die den Erwerb von Klimazertifikaten zur Kompensation des CO_2-Ausstoßes einschließt. Weitere Informationen finden Sie unter www.klimaneutralerverlag.de

MIX
Papier | Fördert gute Waldnutzung
FSC® C083411

1. Auflage 2023

Covergestaltung: Rudolf Linn, Köln
Covermotiv: © Hassan Bensliman / Adobe Stock
Kartografie: Birgit Schroeter, Köln
Gesetzt aus der Aldus und der Franklin Gothic
Satz: Buch-Werkstatt GmbH, Bad Aibling
Druck und Bindung: CPI books GmbH, Leck
ISBN 978-3-462-05404-0

À L.

C'hwezhet an avel e-lec'h ma karo
Pa ra glav e c'hleb atav.
Der Wind bläst, wohin er will,
bei Regen wird alles nass.

BRETONISCHES SPRICHWORT

DER ERSTE TAG

»Zunächst müssen wir mit einem kriminellen Vorurteil aufräumen.«

Dupin hörte gespannt zu.

Die junge Frau reckte das Kinn kämpferisch nach vorn.

»Dem Vorurteil, dass es keine bretonischen Weine gibt!«

Dupin hätte es sich denken können.

»Selbstverständlich gibt es bretonische Weine!« Die Winzerin, schulterlange flachsblonde Haare, blickte streng. »Und sie gehören zu den besten, berühmtesten und beliebtesten der Welt.«

Was für alles Bretonische galt – dennoch war es im Hinblick auf den Wein eine kühne These: Dupin kannte einen Weinhügel südlich von Saint-Malo und ein paar Reben am Golfe du Morbihan, beides sehr hübsch, aber weltberühmt?

»Natürlich spreche ich von den Loire-Weinen.«

Natürlich.

Genau dort befanden sie sich gerade. An der Loire, unweit ihrer Mündung westlich von Nantes. Im Augenblick allerdings in einem hohen Gewölbe unter der Erde, stimmungsvoll beleuchtet, ja, mit einem riesigen, alten Kerzenleuchter – aber eben unter der Erde. Nicht Dupins Sache, er mochte weder Höhlen noch Tunnel, nicht einmal gewöhnliche Keller. Es war bei Weitem nicht so schlimm wie seine ausgeprägte Angst, auf dem Meer zu sein, aber dennoch …

»Die meisten Menschen machen sich gar nicht bewusst«, tadelte die engagierte Winzerin, »dass die Loire, der längste Fluss Frankreichs, eigentlich ein urbretonischer Fluss ist. Sie mündet nicht bloß nach tausendundzwölf Kilometern in der Bretagne, ihre ganzen letzten hundert Kilometer fließt sie durch bretonische Lande.«

Und was war mit den anderen neunhundertundzwölf Kilometern? Waren es nicht deutlich mehr Kilometer, die die Loire nicht durch die Bretagne floss?

Dupin musste allerdings zugeben, dass er sich das mit den letzten hundert bretonischen Kilometern tatsächlich nie klargemacht hatte. Und so würde es wahrscheinlich den meisten Menschen gehen, auch Bretonen. Wobei man freilich erwähnen musste, dass das Département Loire-Atlantique im administrativen Sinne gar nicht mehr zur Bretagne gehörte, seit es ihr im Zuge einer Verwaltungsreform Mitte des 20. Jahrhunderts entrissen worden war. Und das, obwohl die Region doch seit Tausenden Jahren ein wesentlicher Teil der Bretagne gewesen war. Woran sich, so das Empfinden der meisten Einwohner, auch nach dem kaltherzigen Verwaltungsakt nichts geändert hatte. Selbstredend gehörten Nantes – einst stolze bretonische Hauptstadt – und seine Umgebung samt der Guérande und ihrer legendären Salzgärten unverändert zur Bretagne. In der Wahrnehmung der übrigen Welt sowieso.

»Schon der Name Loire«, fuhr die Winzerin mit Begeisterung fort, »geht aufs Bretonische zurück: *Liger*, das bedeutet so viel wie ›königlicher Fluss‹. Heute ist die Loire einer der letzten großen naturbelassenen Flüsse Europas. Und an vierhundert der tausend Flusskilometer wird Wein angebaut. Auf über siebzigtausend Hektar, und zwar seit rund zweitausend Jahren, seit den Römern.«

Sie musste kurz Luft holen.

»Die ungemeine Vielfalt der Landschaften der Loire spiegelt sich in der Vielfalt der Weinsorten wider, denen allen etwas gemein ist: eine einzigartige Frische, Frucht und Eleganz. – Denken Sie an die Sancerre- oder Pouilly-Fumé-Weine vom Oberlauf des Flusses, die uns mit klassischen Sauvignon Blancs verwöhnen.«

Dupin dachte gerne an klassische Sauvignon Blancs.

»Oder an die Touraine-, Saumur- und Anjou-Weine der mittleren Loire. Hier brillieren die autochthonen Sorten Chenin Blanc und der rote Cabernet Franc – nicht bloß die romantischen Schlösser.«

Auch an die Chenin Blancs und den roten Cabernet Franc dachte Dupin ausgesprochen gerne.

Die Winzerin musterte die neun Teilnehmer der Weinverkostung in der *Fontaine aux Bretons* am südlichen Rand von Pornic, einschließlich Claire und Dupin.

Seit drei Tagen waren Claire und der Kommissar verheiratet. Letzten Donnerstag war es geschehen, im Standesamt von Concarneau, wo sonst. Nach einem ausgelassenen Fest am Samstagabend im *Amiral* – wo sonst – waren sie gestern Nachmittag zu ihrer Hochzeitsreise aufgebrochen. Und, das war der Plan gewesen, genau rechtzeitig zum Abendessen angekommen. Sie hatten draußen auf der Terrasse gesessen, genauer: inmitten eines wilden, üppig sprießenden Kräutergartens, inmitten einer betörenden Mischung ätherischer Düfte von Salbei, Thymian, Rosmarin, Estragon, Minze und Majoran. Und überaus köstlich gespeist. Kreationen, in denen sich viele der Düfte wiederfanden.

Gegen neun war die Sonne als spektakulär blutrotes Drama

untergegangen, der Himmel hatte lange nachgeleuchtet. Ein perfekter Sommerabend hier an der Côte de Jade, der Jadeküste, im äußersten bretonischen Süden, ein laues Lüftchen wehte, noch über zwanzig Grad in der Nacht.

Heute Morgen beim Aufwachen – vor nicht einmal einer Stunde, kurz nach elf – hatte es dagegen in Strömen geregnet, ein Wolkenbruch, der bis zu ihrem Abstieg in das Gewölbe immer stärker geworden war.

Die Winzerin kam zur letzten Loire-Etappe: »In der Region um Nantes bis zur Mündung schließlich regiert die Rebsorte Melon de Bourgogne, die man auch unter dem Namen Muscadet kennt. Gut gekühlt ist der Wein ein herrlicher Begleiter zu Austern, überhaupt zu allen Meeresfrüchten. Selbst die berühmtesten Gourmets bestätigen das!«

Dupin war überzeugt: Niemand käme auf die Idee zu widersprechen. Claire und er hatten die Traube erst gestern Abend eingehend genossen. Zuerst mit, dann ohne Meeresfrüchte.

»Hier im Pays de Retz, der Region südlich der Loire-Mündung, gibt es jedoch noch viel mehr Weinschätze zu entdecken als den Muscadet – bei uns in der *Fontaine* zum Beispiel den Grolleau Gris. Eine sehr alte, extrem seltene Rebsorte. Und auch die Rebstöcke sind alt, seit dreißig Jahren stehen sie auf unserem Weinberg unmittelbar am Meer. *Le Clos du Rocher.* Ein Kalk- und Tonboden. Wer den Weinberg noch nicht kennt: Schauen Sie ihn sich im Anschluss an die Verkostung an. Graue Beeren, eine Variante der weißen Grolleau-Traube, sie wurden früher meist bloß zum Verschnitt eingesetzt. Ein trauriges Schicksal, das nicht wenige großartige Rebsorten erlitten.«

Aus ihrem Blick sprach lebhafter Missmut.

»Wir dagegen lassen die Traube ihre Qualitäten ganz von selbst entwickeln. Wir machen einen reinen Grolleau Gris, zu hundert Prozent. Ich sage immer: der perfekte Sommerwein, und zwar für jeden Tag!«

Dupin war bereit, es auszuprobieren, unbedingt. Die Winzerin vermochte eindrucksvoll zu überzeugen. Es gelang ihr sogar, ihn von dem engen Gewölbe abzulenken. Ein nicht zu verachtender Nebeneffekt.

»Auch der Grolleau passt fantastisch zu Austern und anderen Meeresfrüchten, freilich auch zu Fisch und weißem Fleisch. Wichtig ist nur: Er muss zwischen acht und zehn Grad kalt sein – nie wärmer!« Ihr Blick hatte etwas Verzücktes angenommen. »In der Nase der Duft von Honig und reifen Früchten, wobei die Passionsfrucht dominiert – wenn auch mit geziemender Dezenz, um der Aprikose und Birne noch hinreichend Raum zu lassen. Und natürlich den Zitrusfrüchten, der klassischen Grolleau-Note. Aber jetzt verrate ich schon zu viel.«

Vor allem hatte sie Dupin den Mund wässrig gemacht.

»Darüber hinaus kreieren wir hier einen fabelhaften Chenin Blanc wie auch zwei rote Weine. All unsere Weine spielen mit den Elementen der besonderen Lage hier, wo sich Land und Meer so unmittelbar begegnen. Einer der roten ist ein Cabernet Franc. Auch eine ganz alte Traube, aus der die Merlot-Rebe hervorgegangen ist. Äußerst geringe Adstringenz, Sie können ihn bereits ganz jung trinken. Und ebenfalls richtig herunterkühlen.«

Dupin mochte das im Sommer sehr: junge, gekühlte Rotweine. Er hatte es immer schon gemocht, seit einigen Jahren war es geradezu eine Mode geworden.

»Die andere rote Traube ist die autochthone Abouriou. Himmlisch fruchtig – etwas Johannisbeere, aber mehr noch Erdbeere und Himbeere. Ein tiefdunkler Wein. Was daran liegt, dass die Trauben fast schwarz sind. Zudem rund wie Murmeln, prall von Saft.«

Es wurde immer schlimmer, Dupins Mund immer wässriger. Jeder Kelch ging an ihm vorüber, sinnierte er in einem kleinen Anfall von Melancholie.

»Phänomenal wenig Säure. – Überhaupt phänomenal«, die Wangen der Winzerin färbten sich selbst weinrot. »Ach!«

Sie machte eine wirkungsvolle dramaturgische Pause.

»Es gibt so viel zu erzählen, so viel zu wissen. Ein großer Weinliebhaber hat einmal gesagt: ›Wer ihn wirklich zu genießen vermag, trinkt keinen Wein mehr, sondern kostet Geheimnisse.‹ Genauso ist es: Einen Wein zu genießen, ist eine Kunst. Und wie bei jeder Kunst gehören Wissen und Können dazu. – Dabei ist es keine komplizierte Detektivarbeit, sondern im Prinzip ganz einfach. Wie der Wein selbst: Traubensaft, dessen Zucker zu Alkohol wird. Und doch ist seine Vielfalt schier grenzenlos.«

Sie seufzte.

»Weltweit gibt es über zehntausend Rebsorten! – Zum Weinbau offiziell zugelassen sind davon zweitausendfünfhundert, bei uns in Frankreich, dem Zentrum der Weinkultur, rund zweihundert. Wobei sich der Hauptanteil der Produktion, rund zwei Drittel, auf gerade mal zehn Sorten beschränkt. Schon deswegen engagieren wir uns für alte, seltene Arten, in denen ungeheure geschmackliche Möglichkeiten liegen. Ich kann Ihnen nur raten: Lassen Sie sich ein auf die Erkundung der immensen Vielfalt! Jede Rebsorte ist anders, besonders, einzigartig. – Welch Reichtum!«

Jetzt wurde die Winzerin vollends pathetisch.

»Aber: Die Rebsorten sind nur ein Faktor von vielen, die über einen Wein, sein Wesen und seinen Geschmack entscheiden. Es beginnt mit dem Charakter des Bodens und Ortes. Gleiche Rebsorten in verschiedenen Lagen können völlig unterschiedlich schmecken. Anders, als man denkt, entstehen die besten Weine nicht auf den besonders fruchtbaren Böden, das produziert bloß gepflegte Banalität, sondern ganz im Gegenteil: in Lagen, auf denen sich die Reben quälen. Wo ihnen das Äußerste abverlangt wird. Das allein schafft Charakter! Grenzsituationen, wie hier bei uns am offenen Atlantik. Das alles Entscheidende aber ist der Winzer! Sein *Savoir-faire*, seine Ideen, seine Visionen – und die Fähigkeit, sie umzusetzen.«

Sie strahlte.

»Natürlich hängt das Weinerlebnis auch von den ganz konkreten Bedingungen des Genusses ab. Denken Sie bloß an die falsche Temperatur: Schon ein paar Grad zu viel töten die edelste Rebsorte. – Und natürlich ist Weingeschmack etwas Individuelles, lassen Sie sich von keinem Experten einschüchtern! Der eine mag frische, säurebetonte Weißweine, der andere eher milde. Wobei Säure nichts Negatives ist, an ihr hängen köstliche Aromen wie Zitrone, Ananas, Aprikose, Pfirsich, Stachelbeere, Kiwi oder auch Apfel. Wieder ein anderer bevorzugt kräftige Rotweine.«

Dupin gab den samtigen Rotweinen den Vorzug, solchen, die stark und alkoholreich waren.

»Die Wahrheit ist: Jeder muss den Wein finden, der zu seinem Körper, seinem Wesen, seinem Geist passt.«

Noch ein Seufzen der Winzerin, es kam tief aus dem Herzen.

»Aber jetzt zu uns. Wir wollen heute Ihren Geschmack schulen. Ihre Sinne für Aromen schärfen. Und Ihnen ein paar Grundlagen der Ansprache vermitteln – das ist der Fachbegriff für eine Weinbeschreibung.«

Eine Übung, die Dupin nie plausibel gewesen war.

»Wir werden jetzt nacheinander die vier Weine unserer *Fontaine* verkosten.«

Endlich kamen sie zum praktischen Teil.

»Zudem einen Muscadet der *Domaine du Lac,* die einem befreundeten Winzer gehört. Ein Muscadet, der erst kürzlich eine prestigeträchtige Goldmedaille errungen hat, direkt von den Ufern des Lac de Grand-Lieu, keine halbe Stunde von hier.«

Jetzt war es Dupin, der strahlte. Übermorgen würden Claire und er diesen Muscadet genau dort, in der *Domaine du Lac* selbst, trinken. Die zweite Station ihrer Reise.

Die Winzerin blickte in die Runde, die Teilnehmer wiederum blickten auf die mit zahlreichen Flaschen befüllten Weinkühler, die auf dem Tisch standen.

»Sie wissen, dass wir eine *Éco-Domaine* sind. Auf unseren zwei Hektar wird streng ohne Herbizide und Pestizide gearbeitet. Übrigens auch ohne Maschinen. Alles geschieht von Hand.«

Claire hatte Dupin das alles bereits ausführlich erörtert. Die Eigentümerin der *Auberge La Fontaine aux Bretons,* Cécile Cast, war eine Freundin von Claire. Claire hatte Cécile über Anne kennengelernt, die Ärztin in Nantes war, Kardiologin wie Claire. Cécile hatte Claire und ihn schon letztes Jahr eingeladen, sie auf ihrem Weingut zu besuchen. Weingut, Hotel und Restaurant in einem. Claire und Dupin hatten kommen wollen, es aber nicht geschafft. Jetzt hatte sich alles perfekt gefügt. Eine Hochzeitsreise an die Loire, in die Weinberge: Schöner ging es nicht.

»Und jetzt schlagen wir unsere Weintagebücher auf – die roten Hefte, die vor Ihnen liegen.«

Die Stimme der Winzerin hatte sich verändert, fand Dupin. Wo war der Enthusiasmus geblieben? Er hatte als Auftakt der Verkostung und nach der langen Vorrede eher an einen ersten großen Schluck gedacht als an ein Weintagebuch.

Vor jedem Platz an dem schmalen, dafür beeindruckend langen Holztisch lag ein kleines Ensemble: ein Taschenbuch über Loire-Weine, eine Broschüre über die *Fontaine aux Bretons*, eine kreisrunde Schablone und ebenjenes Weintagebuch. Bordeauxrot mit einem Motiv: ein stilisierter schwarzer Korkenzieher. Darüber stand *Weintagebuch* in dicken schwarzen Lettern, es hatte ganze hundertvierundvierzig Seiten.

Nur widerwillig schlug Dupin es auf.

»Jede Seite ist für einen Wein bestimmt. Es beginnt mit grundlegenden Informationen: Name, Datum und Ort der Verkostung, Alkoholgehalt, Rebsorte. Dann sehen Sie fünfstufige Skalen für die Bestimmung von Körper, Tanninen, Geschmacksintensität, Säure und Süße.«

Die Sache wurde immer ernster.

»Die Verkostung selbst vollzieht sich, wie Sie wissen, in vier Etappen. Erstens: optischer Eindruck – das Auge trinkt mit! Zweitens: Bouquet – die Nase noch viel mehr. Drittens: Geschmack. Viertens: Abgang. – Alle vier gilt es zu bestimmen. Unten finden Sie zudem Raum für umfangreiche Notizen.«

Als Claire ihm von der Idee mit den Weinproben erzählt hatte, war er begeistert gewesen. Er liebte Weine, besonders die der Loire. Und er war tatsächlich noch nie an der Loire gewesen, ein unverzeihliches Versäumnis. Auf jeder der Stationen ihrer neuntägigen Reise hatten sie mindestens eine Verkostung eingeplant. Dupin hatte sich das Ganze ausgesprochen fröhlich ausgemalt – an umfangreiche Notizen, Bestimmungen in vier Etappen, fünfstufige Skalen und technische Angaben hatte er jedenfalls nicht gedacht. Wobei ihn vor zwei Wochen schon ein erstes Mal eine leichte Skepsis heimgesucht hatte. Claire hatte ihn mit einem Geschenk zur Vorbereitung der Reise überrascht. *Le nez du vin, Die Nase des*

Weins, hieß das überformatige, kiloschwere Buch. Es ging um ein umfassendes Wahrnehmungs- und Bestimmungstraining. Eine intensive Verkostungsübung. Claire konnte gar nicht mehr aufhören, davon zu schwärmen. Der Clou des Buchs bestand in vierundfünfzig winzigen Fläschchen mit typischen »Grundaromen« des Weins, die dem Buch beilagen. Eigentlich gab es weit über tausend Aromen, hatte Claire ausgeführt. Sie hatte für das Getue mancher Wein-Connaisseure so wenig übrig wie Dupin, aber liebte den wissenschaftlichen Ansatz. Dupins Leidenschaft war dagegen ausschließlich praktischer Natur.

»Ans Werk!« Der Ton der Winzerin glich plötzlich dem einer Lehrerin. »Zuerst die grundlegenden Informationen. – Wir beginnen mit dem Grolleau Gris.«

Vielleicht war es ja tatsächlich besser, nicht direkt einen kräftigen Schluck zu nehmen. Sie waren spät aufgestanden, zum Frühstück hatte es vor der Degustation nicht mehr gereicht. Sie hatten bislang nur Kaffee im Magen. Mehrere der perfekt gekühlten Grolleau-Gris-Flaschen machten die Runde. Alle begannen eifrig mit den Notizen, auch Claire.

»Falls Sie sich fragen, was das für schwarze Eimerchen sind, die an jedem Platz stehen – das sind professionelle Degustations-Spucknäpfe.«

Ein paar Teilnehmer nickten wissend, die anderen schauten fragend.

»Damit es keine Missverständnisse gibt«, instruierte die Winzerin, die eben noch so sympathisch gewirkt hatte, »bei einer Weinprobe wird nicht getrunken! Sie verkosten, dann spucken Sie den Wein in die Näpfe.«

Nicht dass Dupin vorgehabt hätte, sich heute Mittag in einer Gruppe von Unbekannten zu betrinken – aber so hatte er es sich auch nicht vorgestellt.

Ein junger Mann kam die steile Wendeltreppe herunter. Die Wände des Gewölbes bestanden aus kahler Erde, hier und dort nackter Stein. Einzelne Stahlpfeiler zum Stützen. Ganz ähnlich musste es bereits Anfang des 19. Jahrhunderts ausgesehen haben, als der Keller gebaut worden war. Natürlich wirkte das alles sehr pittoresk – solide Architektur aber, fand Dupin, war etwas anderes.

»Hallo? Ich suche einen Monsieur Dupin.«

»Hier!«

Alle sahen ihn an.

»Ein Telefonat für Sie. Eine Dame. Sie sagte, es sei dringend.«

Dupin sprang auf – nicht ohne Claires missbilligenden Blick zu bemerken. Aber was sollte er tun? Er holte sein Handy hervor. Kein Empfang, nicht ein einziger Balken.

»Hat die Dame ihren Namen genannt?«

»Nein. Das wollte sie nicht.«

Das war gar nicht Nolwenns Art. Sonderbar.

Der Mann machte kehrt und stieg die Treppen wieder hoch.

Dupin steuerte auf die Wendeltreppe zu. Kurz darauf stand er an der Rezeption.

Der Mann reichte ihm ein schnurloses Telefon.

»Ja?«

»Monsieur le Commissaire?«

»Am Apparat.«

Er kannte die Stimme, aber es war nicht Nolwenn, seine fabelhafte Assistentin.

»Hier Madame Claudel.«

Ihre Nachbarin in Concarneau, Anfang neunzig mittlerweile.

»Das war es mit Ihrem Haus, Monsieur.«

»Wie bitte?«

»Na, Ihr Haus. Es wird zerstört.«

»Zerstört?«

»Oben. Die Holzkonstruktion.«

Sie hatten, nachdem sie das Haus gekauft hatten, das Dach ausbauen lassen. Und ein schönes Fenster als großzügigen Erker in die Schräge eingefügt. Ein Ausbau aus naturbelassenem Holz.

»Was meinen Sie, Madame?«

»Ein *pic vert,* ein Grünspecht. Sie wissen, die durchlöchern alles. Gnadenlos«, schob Madame Claudel hinterher. Es klang nach einem Monster in einem Horrorfilm.

»Was?«

»Die Jahre zuvor war er bei Corinne und François zugange. Letzten Herbst haben sie ihre gesamte hübsche Holzfassade durch Plastik ersetzen lassen. Sehr hässlich – aber effektiv.«

»Ich … Was meinen Sie mit: Die durchlöchern alles?«

»Na, dass Ihr Specht kreisrunde Löcher in das Holz und in die Isolation dahinter pickt. Vier Stück sind es bereits.«

»Vier Löcher?« Es schien eine ernste Angelegenheit zu sein.

»Genau das habe ich doch gerade ges…«

»Warum? – Sucht er Insekten?«

»Ach wo! – Da ist doch nichts. Das weiß er.«

Eine Pause.

»Er will ein Nest bauen.«

»In unserem Haus?«

»So ist es.«

Madame Claudels Tonfall besagte: Endlich ist der Groschen gefallen.

»Warum vier? – Vier Nester? Eins für jede Jahreszeit?«

»So ein Quatsch! Er will die Weibchen beeindrucken. Je mehr Nester, desto besser. – Und wenn er merkt, dass das Isolationsmaterial nicht für ein Nest geeignet ist, versucht er es an einer anderen Stelle von Neuem. Nur um festzustellen, dass sich dort das gleiche Material …«

»Dann wird er sicher bald aufhören.«

Am anderen Ende der Leitung war ein beinahe hysterisches Lachen zu hören.

»Aufhören? Von wegen! – Sie haben ja keine Ahnung! – Corinne und François waren nur ein langes Wochenende verreist, Sonntagabend waren es dann neun Löcher! Kurz darauf schon achtzehn! Wissen Sie, wie teuer das ist? Ich meine, was sie am Ende bezahlt haben? Zweiundfünfzigtausend Euro.«

»Zweiundfünfzigtausend Euro?«

»Das zahlt keine Versicherung. Und es sieht auch noch abscheulich aus. Sei's drum. – Auf jeden Fall müssen Sie auf der Stelle etwas unternehmen, Monsieur le Commissaire. Wenn der Specht merkt, dass ihn niemand aufhält, führt er sein Werk ungestört fort. Dann ist nach der Honigreise Schluss mit der Heiterkeit.«

»Hochzeitsreise, Madame Claudel.«

Schon vor ihrer Abreise hatte Madame Claudel konsequent von der Honigreise gesprochen.

»Tja dann. – Ich wollte ja nur Bescheid geben.«

Sie wirkte eingeschnappt.

»Ich kümmere mich um die Sache, Madame Claudel. – Ich danke Ihnen sehr.«

»Ich wünsche Ihnen viel Glück!« Madame Claudel legte auf.

Einen Moment stand Dupin ratlos da.

Mit einem Mal hellte sich sein Gesicht auf. Das war die Lösung, natürlich.

Rasch wählte er die Nummer.

»Ah! – Der Kommissar im Glück! Na, wie ist es, Chef?«

Der Tonfall seines ersten Inspektors war kokett.

»Riwal, ich brauche Sie.«

Wenn jemand wusste, wie dieses Problem zu lösen war, dann Riwal. Er war Dupin schon bei mehreren Auseinandersetzungen mit bretonischen Wildtieren zu Hilfe gekommen. Durchweg auf naturfreundliche Art. Und so sollten sie es auch im Falle des neuen Angreifers halten.

»Ein Grünspecht attackiert unser Dach, Riwal. Den Ausbau oben. Er hat schon vier Löcher gemacht.«

Stille.

»Riwal? – Hallo?«

War die Verbindung unterbrochen worden?

»Ich bin noch da, Chef.« Ein resignierter Tonfall. »Das ist nicht gut, Chef.«

Dupin hatte eine andere Reaktion erhofft.

»So ein Specht muss doch zu stoppen sein, Riwal.«

»Ganz ehrlich, Chef?«

»Natürlich ganz ehrlich, Riwal.«

»Ist er nicht.«

»Was meinen Sie damit?«

»Am Ende bleibt Ihnen nur eines: das Holz durch ein synthetisches Material zu ersetzen. WPC oder so. Was leider nicht allzu schön aussieht.«

Niemals würde Claire das zulassen.

»Es muss doch Wege geben, einen Specht zu vertreiben, Riwal.«

»Werfen Sie mal einen Blick ins Internet und die sozialen Netzwerke, Chef. Da finden sich Tausende Tipps. – Der eine empfiehlt eine lautstarke Beschallung mit Heavy Metal, der andere bunte Netze, in die man das Haus einwickeln soll. Wieder andere lebensgroße realistische Uhu-Imitationen alle zwei Meter auf verschiedenen Höhen – ein natürlicher Feind des Spechts. Wobei die Methode umstritten ist. Es gibt Gerüchte, dass sich die Spechte daran gewöhnen.«

All das würde nicht infrage kommen.

»Nichts davon hilft wirklich, Chef. Höchstens kurzfristig. Der Specht ist ein kluges Tier. – Sie wissen ja, wie intelligent die meisten Vogelarten sind.«

In ihrem letzten gemeinsamen Fall war es um Vögel gegangen. Unter anderem.

»Aber lassen Sie sich Ihre Hochzeitsreise nicht verderben.«

Das war leichter gesagt als getan.

»Ich fahre gleich mal mit Kadeg zu Ihrem Haus. Das können wir ja in den nächsten Tagen ab und zu machen.«

Das war zwar von einer echten Lösung weit entfernt, aber besser als gar nichts.

»Herzlichen Dank, Riwal. Das ist sehr nett von Ihnen.«

Das war es wirklich.

»Ist doch selbstverständlich, Chef. – Genießen Sie die Zeit!«

Dupin legte auf.

Nachdenklich begab er sich auf den Weg zurück in die Unterwelt.

Schon auf der obersten Stufe schallte ihm der Satz entgegen:

»Und nun alle ran ans Aromenrad!«

Die Winzerin sprach offenbar von der Scheibe aus Pappe, die jeder an seinem Platz liegen hatte.

Claire schien bester Dinge.

Die Gläser hatten sich nun auch mit realem Wein gefüllt, nicht nur mit theoretischem. Ein Fortschritt in Dupins Sinne.

»Es gibt keine falschen Geschmacksassoziationen!«, instruierte die Winzerin generös.

»Sinneseindrücke sind subjektiv. – Nur keine Hemmungen!«

Hemmungen hatte Dupin keine – bloß das dringende Bedürfnis nach einem guten Schluck Wein.

»Tasten Sie sich von den vordergründigen Aromen zu den subtileren, hintergründigen. Achten Sie bei einem Weißwein zuerst auf Frucht oder Blumen und Blüten. Dann auf die grünen oder vegetalen Aromen, zum Beispiel schwarzer Tee, grüne Paprika, Minze oder andere Kräuter. – Also, was sind die ersten Schritte?«, wandte sich die Winzerin an die aufgeregt wirkende Dame direkt neben sich.

Die Antwort kam prompt: »Schwenken und schauen, dann schwenken und riechen!«

Die Winzerin nickte zufrieden.

Artig hatte Dupin seinen Platz eingenommen. Auch sein Glas war gefüllt. Und eine der Flaschen war bei ihm stehen geblieben.

»Kein anderer Sinn ist bei uns Menschen so ausgeprägt wie der Geruchssinn.« Die Winzerin wurde philosophisch. »Zugleich entzieht sich keiner so weitgehend der Sprache. Deswegen unsere Übungen! Über achtzig Prozent dessen, was wir Geschmack nennen, kommt bei uns Menschen über die Nase zustande, also eigentlich durch den Geruch – nur zwanzig Prozent über den Mund und das Schmecken im eigentlichen Sinne. Die Zunge schafft gerade mal sechs Bestimmungen: süß, salzig, sauer, bitter, herzhaft, fettig. Die Nase entscheidet die Dinge! Auch die zwischenmenschlichen Beziehungen: Wen mögen wir, wen nicht? In wen verlieben wir uns, in wen nicht? Wen können wir überhaupt nicht riechen?«

Claire hatte ihm das bereits anhand des großen Aromenbuches erklärt: Der Geruchssinn war mit dem limbischen System verknüpft, das im Hintergrund mehr regelte, als einem bewusst und lieb war.

»Und wenn Sie dann den ersten – wohlgemerkt – kleinen Schluck nehmen: den Mund dabei stets ein bisschen offen halten!« Die Winzerin kam zum Konkreten zurück. »Wein braucht Sauerstoff, ganz wie wir Menschen. Kein Gurgeln, aber ein Hin-und-her-Wenden.«

Es folgte ein strenger Blick in die Runde.

»Riechen und schmecken Sie genau! Dann spucken Sie aus. Und riechen und schmecken abermals. Jetzt sind Sie ganz Nase und Mund! – Zum Auge kommen wir später. Und sprechen Sie Ihre Geschmackseindrücke laut aus! Ungefiltert, spontan – später diskutieren wir sie dann systematisch. Also los!«

Den Teilnehmern war der Respekt anzumerken, während sie das Glas zum Mund führten.

Ehrfurchtsvoll nahm jeder einen Schluck und versuchte, so geräuschlos und vornehm wie möglich in den Napf zu spucken. Dann trat Stille ein. Aber nur kurz.

»Heu!«

»Mandel!«

»Zitrusfrüchte – Pampelmuse.«

Jeder schien es versuchen zu wollen. Es ging wild durcheinander.

»Pfirsich.«

»Hefe! Hefe!«

»Quitte!«

»Sehr gut!«, applaudierte die Winzerin. »Weiter so! Wein ist Poesie in Flaschen, hat Robert Louis Stevenson gesagt, und der wusste, wovon er sprach. Die Schiffsmannschaft auf dem Weg zur Schatzinsel suchte seinerzeit selbst Inspiration im Wein.«

In Spirituosen jeglicher Art, dachte Dupin.

Er hatte sein Glas mit einem einzigen großen Schluck geleert. Unbemerkt. Und er hatte beobachtet, dass auch Claire nichts ausgespuckt hatte. Dupin nahm es als Ermutigung, sich ein zweites Glas einzuschenken, während weiter frei assoziiert wurde:

»Unbedingt Apfel. Richtung Granny Smith.«

»Eher Birne, finde ich.«

»Litschi!«

»Anis und Artischocke.«

Es erschien dem Kommissar ein wenig willkürlich. Was dem Wein selbst natürlich keinen Abbruch tat. Der Grolleau Gris war wunderbar. Und tatsächlich: Dupin schmeckte Birne. Vor allem beim zweiten Glas, das er ebenfalls in einem Zug trank. Der Blick der Winzerin streifte ihn dabei kurz – Dupin meinte ein leichtes Schmunzeln auf ihren Zügen wahrzunehmen.

DER ZWEITE TAG

Der fabelhafte Grolleau Gris war zum bestimmenden Thema des gestrigen Tages geworden. Eines rundherum glückseligen Tages, mit sehr frühem Aperitif und einem Abendessen, das bis tief in die Nacht ging. Zwischen der Degustation am Vormittag und dem Aperitif hatte es ein ausgedehntes Mittagessen auf der Terrasse gegeben, abermals begleitet von dem famosen Wein, er war äußerst verträglich. Nach dem Mittagessen hatten sie im verwunschenen Garten in der Sonne gelegen, die den Regen mit aller Kraft vertrieben hatte. Für gewöhnlich scheute Dupin Müßiggang, er war physisch und psychisch gar nicht dazu in der Lage.

»Das ist also der Trick«, hatte Claire angemerkt, »darauf hätte ich schon bei unseren Ferien an der Rosa Granitküste kommen sollen: eine konstante leichte Alkoholisierung bei sommerlichen Temperaturen …«

Eigentlich hatten sie nach dem ausgedehnten Mittagessen vorgehabt, ein Stück an der Küste entlangzuspazieren. Wozu es dann natürlich nicht gekommen war. Immerhin war es ihnen vor dem Aperitif gelungen, eine Runde um das weitflächige Anwesen zu drehen. Eine durch und durch friedliche, in sich geschlossene Welt: sanfte Senken, dunkelgrüne

Teiche, ein Bach, kleine Wälder, wilde Wiesen. Zudem gab es Gemüse- und Kräutergärten und natürlich den Weinberg. Und viele Tiere. Pferde, Schafe, Hasen, Meerschweinchen, Schweine, Truthähne, Hühner, Frösche, Gänse, Enten. Dupins Lieblinge aber waren ganz ohne Zweifel die beiden Esel, Tristan und Isolde. Von dem Grünspecht hatte er Claire vorsichtshalber noch nichts erzählt, er würde sich heute erneut bei Riwal melden. Vielleicht wäre das Problem dann schon erledigt. Riwal war durchaus in der Lage, Wunder zu vollbringen.

Heute, es war elf Uhr, saßen Claire und Dupin im romantisch-verwilderten Garten vor dem hübschen alten Haupthaus der *Fontaine*, in dessen Parterre das Restaurant und eine kleine Hofboutique lagen. Das Hotel, das erst vorletztes Jahr gebaut worden war, befand sich hinter dem Haupthaus. Zuvor hatte es nur ein paar wenige Gästezimmer gegeben.

Von überall blickte man aufs Meer, bis hin zur Île de Noirmoutier, die ungefähr zwanzig Kilometer entfernt lag. Sie war lang und flach und streckte sich weit in den Atlantik. Die Küste zwischen ihr und Pornic bildete eine gewaltige Bucht. Die Baie de Bourgneuf.

Claire und Dupin hatten einen Tisch inmitten der wilden Kräuterwelt als ihren Frühstücksplatz auserkoren, ein halbes Dutzend gab es davon. Dupin hatte noch nie so verrückt wuchernde Kräuterbüsche gesehen, durchsetzt von Blumen in allen Farben. Die dunkelgrünen Stühle waren überaus bequem, sicher auch, weil die Sitzflächen aus luftigem Geflecht bestanden. Verwitterte hohe Steinmauern schützten den weitläufigen Garten, durch ein offen stehendes schmiedeeisernes Tor fiel der Blick direkt auf den Weinberg, er lud zum Flanieren ein, so konnte man unmittelbar bestaunen, was man später trinken würde.

»Was meinst du – vielleicht machen wir heute den roten Abouriou zum Thema des Tages?«

Claire lächelte Dupin an.

»Unbedingt.«

Es stand zwar keine Verkostung auf dem Programm, aber das hinderte sie ja nicht daran, genau das zu tun. Probiert hatten sie den Wein gestern schon – und sie waren absolut begeistert gewesen. Die nachdrückliche Aufforderung der Winzerin, die enorme Vielfalt an Rebsorten zu erkunden und nicht zur gefährlichen Reduktion der Biodiversität auf Erden beizutragen, war unbedingt ernst zu nehmen, da waren Claire und Dupin sich einig.

»Ich finde, wir widmen jeden Tag unserer Reise einer bestimmten Traube.«

»Hervorragend.«

Dupin schenkte Claire und sich aus der großen Kaffeekanne nach. Ein Schluck heiße Milch dazu – perfekt. Ideal auch, um ein *pain au chocolat* hineinzutunken. Zwei Hummeln umkreisten die Kaffeetassen, sie schienen den Duft ebenso zu lieben wie Dupin. Irgendwo mussten sich Scharen von Vögeln befinden, ein heiteres Tirilieren war zu hören – nur war kein einziger Vogel zu entdecken. Seltsam. Das war Dupin schon gestern aufgefallen.

Dupin trug eine Kappe, das Thermometer war schon jetzt auf stolze 29 Grad geklettert – obgleich es einer dieser Tage war, an denen sich das Wetter urbretonisch präsentierte: ultimativ wechselhaft. Man würde jeden Schwur leisten, dass der gesamte restliche Tag so sonnig bliebe wie jetzt. Und zehn Minuten später würde es in Strömen regnen. Dann, wenn man es sich auf dem Sofa gemütlich gemacht hätte, würde einen die Sonne zehn Minuten später abermals ins Freie locken … Aber ein echter Bretone ließ sich von so etwas nicht zum Narren halten.

Dupin war in die Zeitung vertieft.

»Wusstest du, dass das Restaurant einen eigenen Fischer hat? Der sich exklusiv um den Tagesfang kümmert?«

Dupins Handy klingelte. Er ignorierte es.

Claire und er hatten sich strenge Regeln überlegt, wie sie es auf ihrer Hochzeitsreise mit der Arbeit halten würden. Beide hatten ihren Kollegen mitgeteilt, dass sie nur in absoluten Notfällen erreichbar wären. Dupin hatte zudem versprechen müssen, sich bei kriminellen oder auch nur verdächtigen Vorkommnissen während der Reise vollständig rauszuhalten. Auf keinen Fall sollte es enden wie vor sechs Jahren, als sie versucht hatten, gemeinsam Ferien zu machen. Und – überaus erstaunlich, aber wahr – Dupin verspürte tatsächlich keinen Drang, zu wissen, was sich im Kommissariat in Concarneau abspielte …

»Wenn es etwas Ernstes wäre, würde ich es schon erfahren.« Dupin ließ das Telefon klingeln, bis es verstummte.

»Also los. Gehen wir spazieren.« Claire erhob sich. »Und schwimmen!«

Sie liebte das Schwimmen. Genau wie Dupin.

»Unbedingt.«

Schon stand er neben ihr, ein blau-weißes Badetuch unter dem Arm, in das die Badehose gewickelt war. Claire trug ihren Bikini bereits unter ihrem Kleid.

»Cécile sagt, wir sollen nach Süden laufen. Da bekämen wir einen perfekten Eindruck von der ganzen Landschaft. – Und morgen dann Richtung Pornic.«

Sie hatten die Tage so geplant, dass sie es gemütlich angehen konnten. Erst Ende der Woche ging es – nach der Station am See – weiter nach Saumur.

»Heute Abend essen wir in dem Restaurant, von dem Cécile so schwärmt, nicht weit von hier, direkt am Küstenweg.«

Dupin hatte keine Einwände. Beim Frühstück über das Abendessen zu reden gehörte zu ihren festen Ritualen. Was alles andere als originell war – alle Bretonen taten das. Die kleinen Krisen des Alltags ließen sich mit kulinarischen Perspektiven stets besser meistern.

Sie spazierten los, durch das große schmiedeeiserne Tor, mitten durch den Weinberg, schnurstracks Richtung Meer.

Bei der Ankunft vorgestern waren sie durch Pornic gefahren und hatten es für sehr hübsch befunden. Ein Städtchen mit viel Flair und Patina. Pittoresk, ja, aber nicht zu pittoresk. Dupin hatte direkt zwei, drei Cafés ausgemacht, die etwas für sie wären.

Es war erstaunlich: Wenn man sich vom Süden der Loire-Mündung näherte, war die Welt ganz flach. Erst kurz vor Pornic fand man sich in gewohnt bretonisch hügeliger Landschaft wieder. Flach war die Bretagne nirgends, mit ihrer maximalen Erhebung von dreihundertfünfundachtzig Metern war sie nicht gebirgig, aber überall irgendwie hügelig, es ging ständig rauf und runter, besonders an der Küste. »Genau dort, in Pornic, beginnt die Bretagne«, hatte Nolwenn in der letzten Woche noch feierlich gesagt. Man könne es sehen, spüren, erleben.

Der atemberaubende Weg folgte zuverlässig den zahllosen Windungen der zerklüfteten Küste. Gelassen und majestätisch thronende Meereskiefern, Zedern und Zypressen, verwachsene uralte Eichen, baumgroße Oleander, Magnolien, Agaven, Farne und Gräser.

Rechts ging es steil hinunter bis zum Wasser, wo sich jetzt, bei tiefer Ebbe, dunkelgraue Granitplatten und Sand abwechselten. Überall gab es versteckte kleine Sandbuchten. Der Preis, um zu den Traumstränden zu gelangen, war ein abenteuerlicher Abstieg über unbefestigte Pfade. Hier konnte jeder eine Bucht für sich allein haben, märchenhaft von zerfurchten Felsen eingerahmt. Durch den feinen, hellen Tonschlamm zwischen Festland und der Île de Noirmoutier sah das Wasser leicht milchig aus. Der Schlamm verlieh den bläulichen, grünlichen, selbst den türkisen Farbtönen des Wassers etwas Mysteriöses. Farbtöne, die Dupin bisher aus der Bretagne nicht kannte. Für gewöhnlich ließ die kristalline Klarheit des bretonischen Atlantiks die Farben rein, stark und frisch erstrahlen. Hier waren es gebrochene, zartere Töne. Und obwohl die Sonne gerade hinter ein paar dramatisch dunklen Wolken verborgen war, sah man die Farbe, die der Küste ihren Namen gab: das berühmte Jadegrün.

Der Atlantik, in der großen Bucht von drei Seiten eingeschlossen, plätscherte heiter vor sich hin, von Wellen keine Spur, er wirkte fast wie ein Binnenmeer. Was das Küstenbild hier mehr prägte als alles andere, waren die *pêcheries*. Dupin kannte sie bisher nur von Postkarten und aus Bildbänden. Fischerhütten aus Holz, grazile Konstruktionen auf sehr hohen Stelzen, verwegen in die Landschaft gebaut, manchmal nur über lange, schmale Stege erreichbar. Alle mit Balkon und hölzernem Kranarm versehen, an dem ein einzelnes versteiftes Netz angebracht war. Die Konstruktion der *pêcheries* hing mit der besonderen Fischerei-Methode der Region zusammen.

Alle dreißig bis fünfzig Meter standen sie im Meer, ihre Silhouetten wirkten wie rätselhafte Skulpturen oder gigantische Insekten. Jetzt, bei Ebbe, befanden sich die meisten von ihnen auf dem Trockenen.

»Großartig. Das wäre doch etwas, Georges: ein Tiny House auf Stelzen im Meer. Auf der Terrasse ein Tisch, zwei Stühle. Da säßen wir dann jeden Abend bei Sonnenuntergang mit Wein, Baguette und Käse.«

Claire und Dupin waren gebannt von dem Panorama.

Dupin verstand mittlerweile auch, was Nolwenn gemeint hatte: dass genau hier die Bretagne begann. Mit einem Mal war das Wilde da, dieses ganz eigentümliche bretonische Element. Schwer zu fassen, aber deutlich zu spüren: etwas Raues, Schroffes, Freies. Eine Urkraft. In der Natur, den Landschaften, im Meer, im Himmel. Richtung Süden, Bordeaux, fehlte es. Ab Pornic aber war es da. Selbst wenn manche bretonische Landschaft ans Mittelmeer oder die Karibik erinnerte, diese wilde Authentizität wollte die Natur nicht abschütteln.

»*Pêche au carrelet* heißt diese Technik übrigens«, wusste Claire. »Eine ganz alte Form der Netzfischerei. 2021 wurde sie offiziell in die Liste von Frankreichs immateriellem Kulturerbe aufgenommen. Bei Flut werden die Netze heruntergelassen, die Fischer warten ein paar Minuten, dann werden die Netze abrupt hochgezogen.«

Dupin hatte in den letzten Wochen gleich mehrere Bücher über Pornic und die Gegend auf Claires Nachttisch liegen sehen. »Man sieht nur, was man weiß«, lautete ihre Maxime.

»Gefangen wird alles, was hier an der Küste herumschwimmt: Anchovis, Meeraale, Wolfsbarsche, Krabben, Seehechte, Sardinen und Seezungen.«

Was wollte man mehr? Die Auswahl reichte für zahllose köstliche Abendessen.

»Da!« Claire war stehen geblieben. »Das ist sie! Unsere Bucht!«

Das dichte Grün ließ nur erahnen, was Claire meinte. Ein besonders heller, sichelförmiger Sandstreifen zwischen zwei flachen hellgrauen Felsformationen, auf denen links und rechts je eine der *pêcheries* thronte. Es sah besonders verlockend aus.

»Und hier geht es runter.«

Sie wies auf einen steinigen Pfad, der vom Weg abzweigte.

Drei Minuten später hatten sie den Strand erreicht. Ein kleines Paradies – nur für sie beide.

Sie schwammen übermütig weit hinaus, bis zu einer rosa Boje. Das Wasser war weich, samtig und ein Stück wärmer als bei ihnen im Finistère, sicher dreiundzwanzig Grad – trotzdem war es unverkennbar atlantisch: salzig, jodig, frisch.

Erst als sie zurückschwammen, wurde die kontemplative Ruhe unterbrochen.

»Dein Handy, Georges, es klingelt schon wieder.«

»Egal.«

Dupin meinte es wirklich ernst.

Schon bald verstummte es.

Sie waren gerade erst aus dem Wasser, als es erneut klingelte.

»Sieh doch mal nach, wer es ist«, forderte Claire ihn auf.

»Keine Lust.«

»Vielleicht ist es wichtig.«

Widerwillig zog Dupin das Handy aus seinem linken Schuh, wo er es abgelegt hatte.

»Nolwenn.«

»Solltest du nicht doch rangehen?«

»Warum?«

»Damit du beruhigt bist.«

»Ich bin ruhig.«

Im nächsten Moment nahm Dupin an.

»Was gibt es, Nolwenn?«

»Ah – Monsieur le Commissaire, bonjour. Ich nehme an, es geht Ihnen blendend!«

Er war erleichtert. Etwas Schlimmes konnte nicht passiert sein …

»Ich lasse Sie auch sofort wieder in Ruhe.«

»Was ist los?«

»Nichts, gar nichts! Alles friedlich. Nicht der kleinste Vorfall. Mir scheint bloß, Sie nehmen das mit dem Grünspecht nicht ernst.«

Was? Deswegen rief sie an?

»Ein fataler Fehler, Monsieur le Commissaire, Sie …«

»Kann ich später zurückrufen, Nolwenn?«

Dupin hatte Claire immer noch nicht von dem Specht erzählt. Und sie stand direkt neben ihm.

»Die Sache drängt, Monsieur le Commissaire.«

»Ich …«

Der schrille Klingelton von Claires Telefon unterbrach Dupin.

Claire holte es aus ihrer Handtasche und trat ein paar Schritte zur Seite.

»Ich melde mich am Nachmittag, Nolwenn. Versprochen.«

»Er zerstört das ganze Haus, Monsieur le Commissaire.«

Das hielt er jetzt wirklich für etwas übertrieben.

»Ein Grünspecht im Furor. – Ich könnte Ihnen da Geschichten erzählen …«

Dupin würde nicht nachfragen.

»Aber mein Mann hat eine Idee – und die wollte ich Ihnen erklären. Nicht ganz legal, aber er hat die Methode schon ein paarmal angewandt. Sehr effektiv, sage ich nur.«

»Ich bin gespannt.«

Das war er tatsächlich.

»Aber später.«

»Na gut, dann entlasse ich Sie mal wieder in die Flitterwochen, Monsieur le Commissaire. – Neun Tage gehen schnell vorbei.«

»Danke, Nolwenn.«

Dupin war nicht sicher, ob Nolwenn seine Worte noch gehört hatte, so schnell hatte sie aufgelegt.

»Georges!«

»Ja?«

Dupin wandte sich zu Claire um.

»Cécile … Das war Cécile.«

Claires Gesicht hatte alle Farbe verloren.

Etwas stimmte ganz und gar nicht.

»Brian, ich meine, Céciles Ex-Mann«, Claire sprach langsam, mechanisch, »der Winzer, du weißt – von dem Muscadet, den wir gestern probiert haben. Wo wir morgen hinwollten – Cécile war gestern Abend noch bei ihm. Er hatte Geburtstag. Sie haben immer noch ein sehr enges Verhältnis.«

Sie stockte.

»Und?«

»Cécile hat gerade einen Anruf bekommen. Sie haben ihn vor einer Viertelstunde gefunden. Am See, nicht weit von seinen Reben. – Tot. Erschossen. Offenbar mit einem Schrotgewehr. Er war joggen.«

»Was?«

Claire hatte eilig begonnen, sich anzuziehen.

»Ein Mord, Georges. – Ein brutaler Mord.«

Was Claire da sagte, wirkte völlig irreal.

»Cécile ist am Ende. Ich muss zu ihr, Georges. – Beeil dich!«

»Unglücklicher Zufall? Ein Wilderer-Unfall? Das ist doch ganz und gar absurd.«

Cécile Cast stand der Schmerz ins Gesicht geschrieben,

trotzdem war sie außer sich. Und versuchte nicht, es zu verbergen.

Der Kommissar aus Nantes, Gaspard Lelouche, ein hochgewachsener, schlanker Mann, aristokratische Züge, dezent gewellte, kurze Haare, vielleicht Mitte dreißig, in einem lässigen beigen Sommeranzug, hatte einen schweren Stand. Und Dupin beinahe so etwas wie Mitleid.

Lelouche war erst seit Kurzem Kommissar, hatte er von Nolwenn gehört, als sie während der Fahrt erneut telefoniert hatten. Lelouche kam aus Angers, ein Stück die Loire hoch, dort hatte er offenbar äußerst erfolgreiche polizeiliche Arbeit geleistet. Erst letztes Jahr war er zum Kommissar in Nantes befördert worden, der Hauptstadt des Départements. Dupin kannte ihn nicht – und er Dupin nicht, wie es den Anschein hatte.

»Ein Wilderer-Unfall! Das kann nicht Ihr Ernst sein!« Cécile Cast, nachlässig hochgesteckte rote Haare, ein fliederfarbenes Kleid, wandte sich vom Kommissar ab und dem Toten zu.

Brian Katell, zweiundvierzig, so alt wie seine Ex-Frau, lag in der Nähe einer hölzernen Barke. Der Lac de Grand-Lieu war keine dreißig Minuten von Pornic entfernt. Am nördlichen Ufer des Sees, dort, wo sie sich gerade befanden, reichten die Reben von Brian Katells *Domaine du Lac* bis an den See heran.

Mittlerweile hatte sich eine große Gruppe versammelt: Kommissar Lelouche, Cécile Cast, Claire, Dupin, der angestellte Verwalter von Brian Katells Weingut, der Capitaine der Gendarmerie aus Bouaye, eine junge Polizistin, ein Gerichtsmediziner, die Chefin der Spurensicherung sowie zwei ihrer Mitarbeiter.

Die Leiche bot einen schauerlichen Anblick. Der Gerichtsmediziner kniete neben dem Körper im nassen Gras. Die Chefin der Spurensicherung und ein Mitarbeiter nahmen die Barke in Augenschein, der zweite Kollege untersuchte die Stelle, an der sie verwischte Spuren von Schuhabdrücken gefunden hatten, zirka zehn Meter entfernt, auf dichtem Gras unter einer Eiche.

»In der Tat hat man es hier am See ab und zu mit Wilderern zu tun«, antwortete Kommissar Lelouche auf Céciles Einwand. »Der Kollege von der Gendarmerie hat es mir berichtet. Nicht häufig, aber ab und zu kommt es vor. – Monsieur Katell könnte beim Laufen einen Wilderer überrascht und der ihn daraufhin erschossen haben. Tragisch.«

»Meinen Sie wirklich, dass jemand kaltblütig mordet«, Cécile Cast sah dem Kommissar in die Augen, »nur um einer Anzeige wegen Wilderei zu entgehen?«

Die Wut brachte die Farbe zurück in ihr Gesicht. Als Claire und Dupin eingetroffen waren, hatte sie sich noch in einem regelrechten Schockzustand befunden. Blass, verstört, zitternd.

»Vielleicht hat Monsieur Katell dem Wilderer gedroht und wollte die Polizei rufen.« Kommissar Lelouche sprach beinahe aufreizend ruhig.

Katells Handy war direkt neben der Leiche im Gras gefunden worden, allerdings kannte niemand den Code.

»Madame Cast, in den Landes hat letztes Jahr ein Wilderer bei einer Polizeikontrolle zwei Polizisten erschossen«, belehrte der Kommissar Claires Freundin. »Und das ist kein Einzelfall.«

Dupin versagte sich jeden Kommentar. Seit sie am See angekommen waren, hatte er konsequent geschwiegen – und er hatte nicht vor, von dieser Linie abzuweichen.

»*B & P. – Baschieri & Pellagri.* 3,5 Millimeter Jagdschrot.«

Die zierliche schwarzhaarige Leiterin der Spurensicherung war zu ihnen getreten und hielt eine Plastiktüte mit einem kleinen, dunklen Metallteilchen in der einen Hand, in der anderen ein Tablet.

»Dreiunddreißig Gramm pro Patrone. Weicheisen, härter als Blei, aber bleifrei und erheblich leichter. Völlig umweltfreundlich. Wird für gewöhnlich bei der Wasserjagd eingesetzt. Kaliber 12/76, ziemlich gleichmäßige Deckung bei allen Witterungsverhältnissen. – Perfekte Munition für Entenjagd. 3,5 Millimeter sind da das Optimum. Für eine ausreichende Tötungswirkung muss der Schrotkorndurchmesser größer sein als bei Bleischroten, mindestens 3,25 Millimeter – aber besser noch die 3,5 Millimeter.«

Feierlich übergab sie dem Kommissar die Tüte mit dem Schrotteilchen.

»Allein in der Barke haben wir elf davon ausgemacht. – Wenn man das dortige Verteilungsmuster berücksichtigt, die Stelle, wo Brian Katell gefunden wurde, sowie das Verteilungsmuster in seinem Körper – dann ist davon auszugehen, dass die Ladung von der Stelle unter der Eiche abgegeben wurde.«

Sie rieb sich die Schläfe.

»Es wurde bloß ein einziger Schuss abgefeuert. Auf den Kopf. Die Tötungswirkung einer derartigen Schrotladung reicht bis rund dreißig, fünfunddreißig Meter, je nach Waffe natürlich, aber bei zehn Metern Distanz hatte Katell nicht die geringste Chance.«

Das waren äußerst präzise Informationen, Dupin war ganz anderes gewohnt.

Auch der Gerichtsmediziner hatte sich bereits ausführlicher geäußert, als es Vertreter seiner Spezies für gewöhnlich zu tun pflegten. Er hatte die Todeszeit auf 6 Uhr 30 plus/minus eine

Stunde geschätzt. Auch er vermutete, dass Katell auf der Stelle tot gewesen war. Wenn man den grässlichen Zustand von Hals und Kopf sah, glaubte man es sofort. Katells Oberkörper war unversehrt, nur der runde Kragen seines navyblauen T-Shirts war zerfetzt worden, der Rest des Shirts wie die schwarze kurze Sporthose waren verschont geblieben. Wenn die Uhrzeit stimmte, dann hatte Brian Katell hier ungefähr viereinhalb Stunden gelegen, bevor der Verwalter ihn gefunden hatte. Es war offenbar eine sehr einsame Gegend.

»Na sehen Sie«, der Kommissar wirkte zufrieden, »das passt doch alles ins Bild. Illegale Entenjagd. Enten gibt es hier en masse.«

Lelouche ließ seinen Blick über den See schweifen.

Der Lac de Grand-Lieu war, hatte ihm Claire auf der Fahrt erklärt, der größte See Frankreichs, Dupin hatte es zunächst nicht glauben wollen. Ein Süßwassersee. Keine zwanzig Kilometer von der Küste entfernt. Wenn man hier stand und auf den See blickte, konnte man seine Größe nur erahnen. Dabei unterschied er sich von allen Seen, die Dupin kannte. Schon allein deswegen, weil von ihm gar nicht so viel zu sehen war. Gigantische grüne Teppiche bedeckten seine Oberfläche, viele der Pflanzen standen in heftiger Blüte. Grelle gelbe Flächen voller wilder violetter Tupfer, Wasserminze, Schwertlilien. Als hätte Monet die Szenerie erfunden. Grün in allen Nuancen, von zart bis knallig-neon. Dichtes Schilf wuchs am Ufer, in allen Höhen, verwachsene Erlen, tief hängende Weiden hier und dort. Da, wo das Wasser hervorblitzte, wirkte es wie eingefärbt, leuchtete phosphorisierend in einem hellen, schillernden Grünblau. Übernatürlich. Auch weil der Lac de Grand-Lieu ganz unbeweglich dalag, wie glattgezogen, ein penibel gebügeltes, gestärktes und gespanntes Laken. Ganz abstrakt, als wäre es gar kein lebendiges Gewässer. Auch am

Ufer war nicht die Spur einer Bewegung festzustellen. Vom Lärm der gewöhnlichen Welt war ebenfalls nichts zu bemerken, dafür war ein ununterbrochenes Konzert aus Vogelgezwitscher zu hören. Ein sphärischer Klang.

»Das glauben Sie doch selbst nicht«, hielt Cécile Cast dem Kommissar entgegen. »Der See ist ein besonders streng überwachtes Naturschutzgebiet. Keine halbe Stunde entfernt gibt es mehrere legale Möglichkeiten zu jagen, auch reichlich Enten. Ohne eine Strafe zu riskieren. – Wenn man schon glaubt, diesem barbarischen Sport nachgehen zu müssen …«

»Wie ich gehört habe, haben ein paar Personen durchaus eine Jagderlaubnis für dieses Gebiet, Madame.« Der Kommissar blieb völlig ungerührt. »Schon deswegen käme wahrscheinlich niemand auf die Idee, die Polizei zu rufen, nur weil in der Nähe des Sees ein Schuss zu hören ist.«

»Das ist doch blanker Unfug.« Cécile Cast hatte jetzt Tränen in den Augen, vor Trauer und vor Wut, so schien es. »Nur die Guerlains dürften hier jagen, sie sind die Einzigen. Und sie tun es nicht. Längst nicht mehr.«

Die legendäre Parfum-Familie war eine kulturelle Institution, die ganze Welt der kunstvoll komponierten Düfte war in Frankreich ein bedeutendes Stück Kultur. Die raffinierten Kompositionen gehörten zur verfeinerten Kunst des Lebens *à la française*. Jean-Pierre Guerlain, einer der großen Patriarchen der Anfang des 19. Jahrhunderts gegründeten Parfum-Dynastie, hatte Ende der Fünfzigerjahre des 20. Jahrhunderts damit begonnen, den Weinbauern, die dem See gefährlich nahe rückten, das Land abzukaufen und eine *grande réserve naturelle* zu schaffen. Wobei ökologische Erwägungen vermutlich weniger das Motiv gewesen waren als seine Passion für die Entenjagd. Er hatte sich, begeistert von dem einzigartigen See, kurzerhand sein privates Jagdparadies geschaffen und der gesamten Öffentlichkeit den Zugang zum See strikt unterbunden. Eine einzige Ausnahme hatte er gemacht: Die traditionellen Seefischer mit ihren langen Holzbarken behielten ihr Gewerbe. In den Sechzigerjahren hatte sich Guerlain dann eine Jagdvilla auf einer schmalen Insel am Rand des Sees gebaut, woraufhin er regelmäßig mit Freunden zur Entenjagd herkam. Ansonsten sorgte er konsequent für den Erhalt des einzigartigen natürlichen Habitats. Als es auf das Ende seines Lebens zuging, hatte Guerlain den See an den Staat vermacht, allerdings unter strengen Auflagen: Der See sollte für immer ein ungestörtes Naturschutzgebiet bleiben. Die angestammten Fischer behielten ihre Fangrechte, Guerlains Nachkommen das Jagdrecht. Ein Recht, von dem keiner von ihnen Gebrauch machte. Die Familie schenkte dem Staat außerdem noch die Jagdvilla, die zu einer Lehrstation umgebaut wurde, welche Besuchern das außergewöhnliche Ökosystem dieser Seewelt näherbrachte: eines der artenreichsten Wasser- und Feuchtgebiete ganz Europas. Ein Pionierprojekt. Inklusive Dutzender seltener Tier- und Pflanzenarten, die hier Zuflucht fanden. Wenn Dupin es richtig verstanden hatte, gab es lediglich zwei öffentliche Zugänge zum See: die alte Jagdvilla der Guerlains und die Landspitze hier, bei Saint-Aignan, Pierre Aigüe genannt. Die Fischer nutzten diverse Kanäle, die auf ausgeklügelte Weise den Wasserstand des Sees regulierten.

»Was ist denn Ihre Meinung, Madame Cast?«, ging der Kommissar zum Gegenangriff über. »Worauf wollen Sie mit Ihren Kommentaren hinaus?«

Lelouche baute sich demonstrativ vor Cécile Cast auf. Claire und Dupin standen zwei Schritte entfernt.

»Dass jemand Ihren Ex-Mann mit einer Ladung Schrot gezielt beseitigen wollte? Dass es Mord war?«

Cécile Cast starrte den Kommissar an. Auf ihrem Gesicht lag für einen Augenblick ein sonderbarer, schwer lesbarer Ausdruck. Als würde sie die Drastik der Aussage nun plötzlich selbst erschrecken.

»Ich ... ich denke ...«

»Meine Freundin denkt genau das. Ich übrigens auch: dass es Mord war.«

Es war Claire, die diese Worte gesprochen hatte. Ruhig, aber in einem kompromisslosen Tonfall. Dupin kannte ihn. Wenn sie so sprach, war es ernst. Sie hatte sich direkt neben Cécile Cast gestellt, Schulter an Schulter.

»Der Commissaire wird selbstverständlich jedes mögliche Szenario erwägen und in jede Richtung ermitteln«, versuchte Dupin zu schlichten.

»Wer sind Sie noch mal?«

»Commissaire Georges Dupin, Police de Concarneau. Wir, meine Frau und ich«, er blickte zu Claire, »sind hier auf Hochzeitsreise. Wir übernachten in der *Auberge La Fontaine aux Bretons* von Madame Cast. Sie ist eine gute Freundin meiner Frau.«

Dupin war selbst überrascht, wie maßvoll er reagierte.

Der Kommissar hatte die Augenbrauen gehoben, als Dupin seinen Namen genannt hatte. Cécile hatte Claire und ihn bei ihrem Eintreffen lediglich als »Freunde« vorgestellt.

»Na, dann sind Sie hier ja völlig privat unterwegs.«

Der Kommissar wandte sich von Dupin und Claire ab und trat auf den Verwalter des Weinguts zu.

»Wissen Sie, ob Brian Katell regelmäßig joggte, Monsieur Marchand? – Und ob es seine gewöhnliche Strecke war, die ihn hier vorbeiführte?«

Monsieur Marchand nickte.

»Er war Frühaufsteher, länger als bis sechs schlief er nie.

Und dreimal die Woche ging er laufen. Direkt nach dem Aufstehen, im Sommer zumindest. Immer dieselbe Strecke. Rund sieben Kilometer. Von der *Domaine* bis hierher, und wieder zurück. Den Ort hier nennt man das Ende der Welt. – Wobei es eine Zeit gab, in der das noch nicht so war.«

Der Verwalter war ein sympathisch rundlicher, gemütlich aussehender Mann mit kurzen Haaren, Dupin schätzte ihn auf Ende sechzig.

»Früher führte die Allee weiter zum nördlichen Tor der sagenhaften Stadt Herbauges«, fuhr Marchand fort. »Eine überaus reiche keltische Stadt, angeblich ein Paradies, das aber dann im See versank. Eine bemerkenswerte Geschichte, die …«

»Hatte Brian Katell feste Tage zum Joggen?« Kommissar Lelouche unterbrach den historischen Exkurs.

»Dienstag, Donnerstag, Samstag.«

»Und immer dieselbe Strecke, sagen Sie?«

»Immer dieselbe Strecke.«

»Verstehe.«

»Von den Guerlains ist im Moment jedenfalls niemand da«, brummte der Verwalter. »Das weiß ich sicher. Und wie Madame Cast sagt: Nur sie verfügen hier über ein Jagdrecht. – Auf der Insel im See, wo der alte Guerlain die Jagdvilla erbauen ließ, steht noch ein kleines Haus, das die Familie behalten hat. Da wohnen sie, wenn sie hier sind.«

»Ich habe gehört, Sie arbeiten schon eine Weile auf dem Weingut der Katells, Monsieur Marchand«, bemerkte der Kommissar beiläufig.

»Das kann man wohl sagen!«

Es war offensichtlich, dass der Verwalter mit der Formulierung ganz und gar nicht einverstanden war.

»Ich habe vor drei Wochen mein fünfzigstes Dienstjubiläum gefeiert, Monsieur!«, echauffierte er sich. »Fünfzig

Jahre! – Schon mein Vater war für die *Domaine du Lac* tätig. Er hat bei Brian Katells Großvater begonnen, mit sechzehn Jahren. Zunächst als Erntehelfer. Er hat über ein halbes Jahrhundert für die *Domaine* gearbeitet. – Ich war es dann, der seine Stelle als Verwalter übernommen hat, genau im Jahr 2000.«

Erst jetzt beruhigte sich die Stimme des Verwalters langsam.

»Und eines Tages wird mein Sohn übernehmen! Er hat studiert. Als Erster in der Familie. Er hat in der *Domaine* offiziell mit fünfundzwanzig begonnen, aber schon als Kind hat er bei der Ernte geholfen.«

Man spürte den Stolz des Vaters. Es machte ihn noch sympathischer, fand Dupin.

»Ich selbst habe direkt nach der Schule in der *Domaine* begonnen, also mein ganzes …«

»Ich verstehe, Monsieur«, unterbrach ihn der Kommissar rüde. Im nächsten Moment wandte sich Lelouche an die Gerichtsmedizinerin: »Sie können den Toten jetzt mit nach Nantes nehmen.«

Eine klare Instruktion.

»Ich möchte schnellstens die Lebensgefährtin des Opfers treffen. – Bisher haben wir sie nicht erreichen können.«

Es war unklar, zu wem Kommissar Lelouche sprach, ob er überhaupt zu jemandem sprach oder mit sich selbst.

»Die Eltern sind tot, Kinder hat er keine. Und von Ihnen«, er drehte sich zu Cécile, »ist er geschieden. – Anne-Sophie Joly wird ihm also am nächsten gestanden haben.«

»Brian und ich hatten immer noch ein sehr enges, vertrautes Verhältnis«, stellte Cécile Cast klar.

»Waren Sie gestern Abend auch dabei, Madame? Bei der großen Geburtstagsfeier?«

Der Kommissar steckte die Hände in die Hosentaschen, eine herausfordernde Geste.

»Brian hat nie Aufhebens um seinen Geburtstag gemacht. Er war sehr bescheiden. – Es war auch keine große Feier. Wir haben im Hof der *Domaine* einfach ein paar Flaschen aufgemacht, es gab ein bisschen *charcuterie,* Käse, Baguette.«

»Wer war alles dabei?«

»Ein Schulfreund, ein paar Mitarbeiter, Anne-Sophie – und ich. Das war es.« Sie machte eine kurze Pause. »Wer hätte wissen können, dass es sein letzter Geburtstag war?« Sie kämpfte mit den Tränen.

Dupin fiel auf, dass sich Kommissar Lelouche keinerlei Notizen machte.

»Ist am gestrigen Abend irgendetwas Erwähnenswertes vorgefallen?«

»Nein.«

»Kam er Ihnen irgendwie verändert vor?«

Der Kommissar blickte konsequent an Cécile Cast vorbei, während er mit ihr sprach.

»Absolut nicht. – Brian war sehr gut gelaunt. Eigentlich wie immer.«

»Und Sie finden es nicht seltsam«, der Kommissar schien einen Punkt auf dem See zu fixieren, »dass Ihr Ex-Mann seinen Geburtstag zusammen mit seiner Freundin *und* seiner Ex-Frau verbringt? – Haben Sie sich nicht unwohl gefühlt?«

Dupin war den Blicken des Kommissars gefolgt. Ein großer silberweißer Vogel, vermutlich ein Reiher.

»Finden Sie die Frage nicht etwas unverschämt?«, warf Claire kühl ein. »Das geht Sie doch überhaupt nichts an.«

Dupin musste zugeben, dass er die Frage wahrscheinlich ebenfalls gestellt hätte, wenn auch anders formuliert. Aber Irritationen waren immer ein wirkungsvolles Mittel. Schließlich gehörte Cécile für den Kommissar bis auf Weiteres selbstverständlich zu den Verdächtigen – sofern sie von einem Mord ausgingen.

»Na gut. – Wir sind hier fertig, Mesdames, Messieurs«, beschied der Kommissar, ohne auf Claire einzugehen. Dafür richtete er sich an die junge Polizistin, die bisher noch nicht zu Wort gekommen war: »Ich will eine Aufstellung aller registrierten Vorfälle von Wilderei im Département aus den letzten beiden Jahren. Schauen Sie vor allem, ob es Tendenzen zu gewalttätigem Verhalten bei einem der Delinquenten gab.«

»Ich würde die Vendée miteinschließen«, gab die Polizistin zu bedenken.

»Sie haben recht. Tun Sie das.«

Ruckartig setzte sich der Kommissar in Bewegung, blieb aber doch noch einmal stehen.

»Madame Cast, da Sie ja von einem Mord ausgehen – haben Sie auch eine Idee, wer es gewesen sein könnte? Und mit welchem Motiv?«

Es wirkte kurios: Die wichtigste Frage überhaupt – es klang, als wäre sie ihm jetzt am Ende zufällig eingefallen …

»Ich …« Cécile Cast musste sich fassen. »Ich weiß es nicht. Ich kann mir ehrlich gesagt niemanden vorstellen, der Brian nach dem Leben getrachtet haben könnte. – Brian war Enthusiast. Winzer mit Leib und Seele, schon sein ganzes Leben. Das ist seine Bestimmung. Er hat das Gut seiner Familie nicht aus Pflichtgefühl übernommen oder weil ihm nichts anderes einfiel. – Er liebt den Wein. Ich meine, er hat ihn geliebt. Er …«

»Ach, kommen Sie, Madame Cast! Er hatte doch sicher Konflikte, Feinde, Neider?«

»Nein.«

»Trotzdem denken Sie, dass es Mord war – auch wenn er mit niemandem Streit hatte?«

»Mit Jérôme Joly schon.« Der Verwalter meldete sich zu Wort. »Unserem schärfsten Konkurrenten. Joly ist fest davon überzeugt, dass er das führende Muscadet-Weingut besitzt. Unverschämt, dreist geradezu.«

»Der Vater seiner Lebensgefährtin? – Interessant.« Lelouche zog die Augenbrauen hoch. »Der Patriarch des *Château Joly*. Hochinteressant.«

»So dramatisch war es nicht«, intervenierte Cécile. »Brian hatte sich längst von all dem Konkurrenz-Quatsch freigemacht. Brians Vater und Jérôme Joly waren erbitterte Rivalen gewesen, wie schon ihre Väter und Großväter. Lächerlich. Es ging um Ruhm und Ehre, natürlich, im Kern um die Egos der Männer, reiner Narzissmus. Aber natürlich auch um Geschäfte. Dennoch ist es absurd: Es gibt Dutzende Weinbauern, die Muscadet herstellen. Und genug zu tun für alle. Die Nachfrage auf der ganzen Welt steigt. Beide Weingüter haben davon gleichermaßen profitiert, beide sind enorm gewachsen. Beide gehören zu den großen Weinfamilien der Region. Seit über zweihundert Jahren. – Wenn es nach Brian gegangen wäre, hätte man die Fehde längst beigelegt, er hat da nicht mitgemacht. Er ist überhaupt nicht der Typ dafür gewesen. Rivalität war nicht seine Sache.«

»Wie gesagt: ausgesprochen interessant!«

Lelouche begann Dupin langsam auf die Nerven zu gehen.

»Eine klassische Konkurrenz-Geschichte.« Kommissar Lelouche versuchte ein überlegenes Schmunzeln. »Über mehrere Generationen. Dazu ein Romeo-und-Julia-Konflikt. Die Tochter und der Sohn der seit Generationen verfeindeten Familien verlieben sich. Reizend. – Gab es in letzter Zeit irgendwelche Vorfälle zwischen Jérôme Joly und Brian Katell?«

Lelouche richtete sich demonstrativ an den Verwalter, nicht an Cécile Cast.

»Unsere *Domaine* hat bei dem Wettbewerb in Nantes vor drei Wochen in sämtlichen Kategorien den ersten Platz belegt.«

Der Verwalter schien vor Stolz zu platzen.

»Jeweils vor dem *Château Joly*. Der alte Joly hat daraufhin behauptet, es gehe bei der Jury-Entscheidung nicht mit rechten Dingen zu. Dass sie manipuliert worden sei. Das hat er auch einem Journalisten gesagt, direkt nach der Preisverleihung.«

»Dort waren beide Männer anwesend? Er und Brian Katell?«

»Ja.«

»Ist es zu einer direkten Auseinandersetzung gekommen?«

»Monsieur Katell stand auf der Bühne, Joly hat ihn aus dem Publikum heraus beschimpft!«

»Hat Monsieur Katell darauf reagiert?«

»Das nicht, nein. Monsieur Katell war sehr souverän.«

»Waren Sie selbst dort, haben Sie es miterlebt?«

»Ja.«

»Na gut. – Dann au revoir, Mesdames, Messieurs, ich melde mich wieder.«

Lelouche ging entschiedenen Schrittes auf die Allee zu, die vom See wegführte.

Eine Stunde später saßen Claire und Dupin in einem der Cafés, die Dupin schon bei ihrer Ankunft in Pornic aufgefallen waren.

Sie hatten Cécile noch vom Seeufer zum Parkplatz am Ende der Allee begleitet und versucht, sie zu beruhigen. Claires Freundin hatte einen regelrechten Groll gegen Kommissar Lelouche entwickelt, mit dem sie sicher auch die Trauer und den Schmerz überspielte. Dupin kannte das. Claire hatte beschwichtigend auf ihre Freundin eingeredet, Dupin war erleichtert gewesen. Er hatte befürchtet, dass sie Cécile noch weiter anstacheln würde.

Sie saßen im *Café du Port*, das am Ende des langen Hafenbeckens lag, um das herum sich das Städtchen erstreckte. Von hier aus blickte man auf beides: auf den Hafen und die Stadt. Dahinter erhob sich ein beachtlicher Hügel, Pornic zog sich mit seinen hübschen Häusern und engen Gässchen den gesamten Hang hinauf, rechts, auf dem höchsten Punkt, die imposant aussehende Kirche. Eine großzügige Promenade mit Cafés, Restaurants, Geschäften säumte den Hafen; allenthalben herrschte munteres Treiben. Am Ausgang des Hafens lag eine mächtige Festung, so perfekt platziert, als hätte sich ein Maler die Szenerie ausgedacht. Vielleicht Renoir, der hier einen ganzen Sommer verbracht hatte, 1892. Fünf großformatige Bilder hatte er in dieser Zeit gemalt – selbstredend hatten Nolwenn und Riwal Dupin detailliert auf die besonderen Attraktionen vorbereitet, die ihre Reise bot –, heute erinnerte ein kleiner Park mit Renoirs Namen daran. Aber auch Armand Guillaumin, Bernard Buffet und Dupins Lieblingsmaler Maxime Maufra waren in Pornic kreativ gewesen. Wenn Maler an einen Ort kamen, garantierte das immer eines: dass es außergewöhnliches Licht gab. Max Ernst hatte in Pornic gar seine berühmte Frottage-Technik erfunden. Überhaupt musste das Seebad Pornic Ende des 19. Jahrhunderts ein Ort mit enormer Anziehungskraft gewesen sein. Nicht nur für die nahen Nantaiser, sondern auch für die Crème de la Crème der Pariser Künstler und anscheinend besonders für Revolutionäre. Mitte des Jahrhunderts pilgerten die demokratische Revolutionärin Emma Herwegh und ihr Mann Georg Herwegh nach Pornic, genau wie ihre Freundin, die wilde Romancière

George Sand, deren Bücher Claire verehrte. Und auch Gustave Flaubert hatte das besondere Flair Pornics genossen. Etwas später, 1910, war auch Wladimir Iljitsch Uljanow, Lenin höchstpersönlich, hierhergekommen. Er hatte es sich hier gut gehen lassen, in einem schönen Hotel am Strand logiert und mit Keschern Crevetten gefangen.

»Was darf ich bringen?«

Die Bedienung, ein Mann mit modischem Bart, lächelte sie freundlich an.

»Einen *grand crème* bitte – und ein Glas Muscadet.«

Claire war schneller gewesen als Dupin.

»Für mich zwei *petits cafés* – und auch ein Glas Muscadet.«

Sie konnten den Wein gut gebrauchen.

Dupin lehnte sich zurück.

Mittlerweile bot der Himmel ein verrücktes Schauspiel: Wolken in unmöglich scheinenden Kombinationen, voller dramatischer Widersprüche. Da waren klassische Schönwetterwolken, im Prinzip ein sicheres Zeichen stabil sonniger Tage. Die Wolken, die höher am Himmel schwebten, waren lang gezogen und zerrissen, filigran wie Engelshaar. Direkte Gegenspieler allen schönen Wetters. Genau wie die gleichermaßen zu bestaunenden Schleierwolken, dünn und hochfliegend nahmen sie der Sonne Kraft und Farbe. Auch dickbäuchige Regenwolken waren präsent, sogar ein paar massige Gewitterwolken türmten sich auf. Cumulonimbus. Sie bargen nicht nur Blitz und Donner, sondern, wie jeder Bretone wusste, vor allem Unmengen von Wasser, ganze Sintfluten. Der Himmel scherte sich offenbar nicht um Widersprüche, er kündigte an, was sich eigentlich ausschloss.

Während der Fahrt hatten sie so gut wie kein Wort gesprochen, Claire hatte mit ihrer Freundin Anne telefoniert, die auch mit Cécile befreundet war, und ihr alles erzählt.

»Also, Georges, wo beginnen wir?«

Claire blickte ihn auffordernd an.

»Was meinst du?«

»Die Ermittlungen natürlich! Wie fangen wir an?«

»Ermittlungen?«

»Wir sind uns doch einig, dass wir es mit einem Mord zu tun haben.«

Dupin protestierte nicht.

»Und ab morgen sind wir ja Gäste auf dem Weingut von Brian Katell. Der *Domaine du Lac.* Das ist doch perfekt.«

»Claire, ich denke nicht, dass der Hotelbetrieb da einfach so weiterläuft. Und außerdem …«

»Sie werden doch nicht gleich den gesamten Betrieb schließen. Niemals. Außerdem ist der Mord dort nicht mal geschehen.« Claires Augen weiteten sich. »Wir müssen uns alles genau anschauen, Gespräche führen. – Georges, du bist der Fachmann! Was schlägst du vor? Womit fangen wir an?«

»Ich denke, dass die Ermittlungen bei dem Kommissar aus Nantes in guten Händen liegen, Claire. Er macht einen kompetenten Eindruck.«

Dupin hatte sich um einen glaubwürdigen Tonfall bemüht.

»Das ist nicht dein Ernst, oder?«

Dupin musste auf der Hut sein. Er kannte diesen Blick, die Körperhaltung; es war Gefahr in Verzug.

»Claire«, er sprach mit sanfter Stimme, »ich kann hier nicht ermitteln. – Das ist nicht mein Terrain, nicht mein Fall, ich bin hier nicht zuständig.«

Claires Blick verfinsterte sich.

»Machst du Witze? Als hätte dich das je interessiert. Du ermittelst doch ständig auf fremdem Terrain. – Aber Wrac'h war doch auch nicht deine Zuständigkeit.«

Der letzte große Fall, der sehr kompliziert gewesen war.

»Wenn ich ermittle, dann immer ganz offiziell. Und es gab in jedem Fall einen guten Grund. – In Aber Wrac'h hatte man Kadeg niedergeschlagen.« Kadeg war Dupins zweiter Inspektor. »Ist doch klar, dass wir ermittelt haben. Der Präfekt war damit einverstanden. Außerdem haben wir mit der dortigen Gendarmerie zusammengearbeitet.«

Eine saubere und objektive Argumentation, fand Dupin.

»Und der Tote von der Belle-Île?«

»Der Tote von der Belle-Île«, das war Dupins vorletzter Fall gewesen, »wurde in unserem Gebiet gefunden, deshalb war das vorschriftsmäßig unser Fall.« Er seufzte. »Aus welchem Grund sollte ich hier ermitteln?«

»Du schaffst dir den Grund doch immer selbst! – Und denk mal an unsere Ferien an der Rosa Granitküste.«

Ein Schwachpunkt. Hier fiel es ihm schwer, etwas zu erwidern.

»Da hast du auf eigene Faust auf ganz fremdem Gebiet ermittelt, sogar ohne mir etwas zu sagen. – Warum solltest du also hier nicht auch ermitteln können?«

Dupin blickte sie ratlos an.

»Die Hochzeitsreise ist doch eine perfekte Tarnung.« Claire sprach immer eindringlicher.

Dupin verstand die Welt nicht mehr. Wollte sie ihn testen? Er studierte ihren Gesichtsausdruck.

»Und unsere Vereinbarungen, Claire? Dass wir die Arbeit außen vor lassen? Dass ich mich aus allen kriminellen Vorkommnissen raushalte?«

»Außer in absoluten Notfällen, haben wir gesagt – und wenn das kein absoluter Notfall ist, was dann? Außerdem ermitteln wir zusammen, Georges. Das ist etwas völlig anderes. Und es geht um meine Freundin.«

Dupin sprach so ernst es ging: »Das kann ich nicht tun,

Claire. Es geht einfach nicht. – Ich kann hier nicht ermitteln. Es ist ausgeschlossen.«

So etwas hatte er in seiner gesamten polizeilichen Laufbahn noch nie gesagt. Aber er meinte es ernst.

Claires Miene war wie versteinert. Das würde nicht gut enden. Zu allem Überfluss sah es so aus, als würde es tatsächlich in den nächsten Minuten heftig zu regnen beginnen.

»Ich würde nicht den Ansatz einer Begründung finden«, versuchte Dupin es noch einmal, »warum ich an der Ermittlung beteiligt sein sollte, Claire, wirklich nicht.«

Sie schien einen Moment nachzudenken.

»Na gut. Dann eben komplett inoffiziell. Verdeckt. Und wir beide gemeinsam.«

Es wurde immer verrückter.

»Claire, wenn das rauskommt – und das wird es –, stecke ich in ernsten Schwierigkeiten. Das weißt du. Ich riskiere alles.«

»Hat dich das je von etwas abgehalten, wenn es dir wichtig war?«

Ein höllisch gefährlicher Satz. Dazu kam, dass Claire natürlich recht hatte. Möglicher Ärger hatte ihn nie davon abgehalten, gegen Vorschriften zu verstoßen – wenn es ihm wichtig war.

»Wir hätten keinerlei Ressourcen, Claire. Wir könnten auf nichts und niemanden zurückgreifen. Könnten nicht einmal Verhöre führen. Niemand müsste und niemand würde uns etwas sagen. Wir hätten keine Chance, etwas in Erfahrung zu bringen. Wir bekämen keinerlei Informationen. – Überleg mal: Schon jetzt weiß Lelouche Dinge, die wir nicht wissen, die wir aber wissen müssten.«

»Das war an der Rosa Granitküste nicht anders.«

»Natürlich war es anders. Ganz anders, schon deswegen,

weil überhaupt niemand ermittelt hat – weil es zunächst überhaupt gar keinen Fall gab …«

»Dann aber sehr wohl. – Und du hast völlig unabhängig parallel zum Kommissar dort ermittelt. Am helllichten Tag. Hast mit den Leuten gesprochen, mit allen Verdächtigen. Immer unter irgendeinem Vorwand, konsequent im Hintergrund. – Und du hast den Fall gelöst! Ich habe es ja miterlebt. Es funktioniert!«

Verdammt. Dupins Lage wurde immer verzwickter.

Der bärtige Mann erschien mit ihrer Bestellung, er hatte sich Zeit gelassen. Er stellte alles ab und war im nächsten Augenblick wieder verschwunden.

»Claire – es geht nicht.«

»›Es geht nicht‹ ist kein Argument, sondern eine argumentative Kapitulation.«

»Es ist unsere Hochzeitsreise. Sie ist kurz genug. – Wir wollten doch ausnahmsweise wirklich Urlaub machen. Zeit nur für uns haben.«

Ein verzweifelter Versuch, die Strategie zu wechseln.

»Es bleibt doch unsere Hochzeitsreise – und wir werden sie weiterhin genießen. Dabei bloß ein wenig ermitteln – um einer engen Freundin in Not zu helfen. Ich …«

Claire brach ab. Ihr schien etwas eingefallen zu sein.

»Cécile! Natürlich! – Das ist es! Cécile kann jedes Gespräch mit jedem führen, ohne dass es verdächtig wäre. – Wir müssen sie einfach ins Team holen, das ist die Lösung. Wir ermitteln zu dritt.«

Ungünstiger konnte das Gespräch gar nicht laufen, vom Regen in die Traufe.

»Claire, wirklich – das geht schief. Und endet in einer Katastrophe.«

Er musste etwas tun.

»Übrigens – was ich dir noch sagen wollte: ein Specht. Ein aggressiver Grünspecht. – Er attackiert unser Haus.«

Dupin war sich nicht sicher, ob es eine gute Idee war, das Thema genau jetzt anzusprechen – aber vielleicht klappte es.

»Nolwenn und Riwal sagen, es ist eine sehr ernste Sache. – Wir müssen wohl ganz schnell etwas tun, ich weiß es seit gestern. Es geht um den Dachausbau.«

»Bitte was?«

»Ein Grünspecht, der bei uns sein Nest bauen will und bereits mehrere Löcher ins Holz gehämmert hat. Vier, um genau zu sein.«

»Vier Löcher? In unserem Haus? – Gestern?«

Dass er es seit gestern wusste, hätte er besser nicht sagen sollen. Ansonsten aber schien das Ablenkungsmanöver tadellos aufzugehen.

»Madame Claudel hat gestern angerufen, sie …«

»Madame Claudel? Wann?«

»Während der Weinprobe. Am Vormittag. – Ich wollte es dir sofort danach sagen, ich hab es nur vergessen. Der Grolleau Gris, du weißt.«

»Vergessen? Du hast vergessen, dass unser Haus attackiert wird? Wie kannst du das vergessen?«

Claire war außer sich.

»Ist dir klar, was das heißt, Georges? Wenn ein Specht sich in den Kopf gesetzt hat, bei uns ein Nest zu bauen?«

Alle schienen die Gefahr zu kennen, die von Spechten ausging – nur Dupin nicht.

Er bekam einen dicken Regentropfen ab. Obwohl der Himmel gerade etwas heller geworden war.

»Spechte im Nestfieber sind die starrsinnigsten Geschöpfe auf Erden. Es sind die idiotischen Spechtmännchen, die die Nester bauen, und zwar unsinnig viele, nur um die Weibchen zu beeindrucken, typisch … – Das ist ein Fiasko, Georges. Meine Großeltern haben auf diese Art beinahe ihr gesamtes Haus verloren.«

Es war offenbar doch keine gute Idee gewesen, jetzt mit dem Thema anzufangen.

»Riwal ist gestern zu unserem Haus gefahren«, versuchte Dupin zu beschwichtigen, »um den Specht zu vertreiben.«

»Und ich kann dir auch sagen, wie das geendet ist, Georges. – Sobald Riwal weg war, ist der Specht zurückgekommen. So ist das immer. – Das ist keine Lösung.«

Claire griff nach ihrem Glas und leerte es in einem Zug.

Dupin tat es ihr gleich.

Es wurden immer mehr dicke Tropfen. Claire schien sie gar nicht zu bemerken, so sehr ärgerte sie sich.

»Wir müssen sofort etwas unternehmen – wenn wir zurück sind, ist es zu spät. – Die einzig funktionierende Sofortmaßnahme ist, ein engmaschiges Netz zu spannen. Mit genügend Abstand zum Holz. – Das muss uns auf der Stelle jemand anbringen.«

Dupin wünschte sich ein zweites Glas Wein.

»Am besten ein Schreiner. – Wir haben doch diesen guten! Der, der uns die Regale eingebaut hat. – Ich rufe ihn gleich an.«

Sie griff nach ihrem Handy und erhob sich.

Aus den einzelnen Tropfen wurde jetzt ein echter Schauer.

Eilig trank Dupin seinen Kaffee aus.

Es war zum Verzweifeln.

Der Regen schien erst einmal vorüber, die Sonne fand hier und dort ein Loch in den Wolken, durch das sie es mit einem festlichen Abendlicht versuchte.

Zu Fuß waren es zehn Minuten bis zum *Le 21*. Ein kleines Restaurant direkt am Küstenweg, oberhalb einer malerischen Bucht, über steile Serpentinen-Treppen ging es bestimmt dreißig Meter hinunter. Schon der Weg dorthin war bezaubernd. Im Grün des botanischen Reichtums lagen verborgene Villen, bescheidener als die Anwesen in Dinard oder anderen noblen Küstenorten, doch voller Charme. Allesamt waren sie auf poetische Namen getauft, *Del Monte, Ker Bayu, Ker Tanniou, Aty, Les Bruyères, Villa Rosa* oder *La Tempête*. Wie die Boote der Fischer. Gourmalon hieß der pittoreske weitläufige Stadtteil im Süden von Pornic. Hier war in der zweiten Hälfte des 19. Jahrhunderts die atlantische Sommerfrische erblüht.

Es war Viertel vor neun, als sie am *Le 21* ankamen.

Claire hatte alles mit dem Schreiner besprochen. Das Dumme war nur: Er hatte erst in der übernächsten Woche Zeit. Schon das war ein Wunder – für gewöhnlich musste man auf Termine mit Handwerkern monatelang warten. Hier unterschied sich die Bretagne ausahmsweise nicht von allen anderen Orten der Welt. Die Frage war nun: Was geschah bis dahin? Claire hatte für die Anschaffung einer bassmächtigen Outdoor-Musikanlage plädiert, die sie tagsüber, wenn niemand da war, laufen lassen würden. Claire hatte Nolwenns Mann angerufen und sich mit ihm beraten, Dupin hatte ihn unvorsichtigerweise erwähnt. Der meinte, es sei einen Versuch wert. Er hatte angeboten, sich der Sache anzunehmen und am nächsten Tag ein entsprechendes Gerät zu besorgen und aufzustellen. Dupin hatte an die arme Madame Claudel gedacht, dann aber war ihm eingefallen, dass sie nicht mehr gut hörte. Sie hatten sich für harten Rap entschieden. »Drück uns die Daumen, Georges«, hatte Claire das Vorhaben abschließend kommentiert. Das mit dem Ermitteln hatte sie nicht mehr angesprochen. Allerdings war sie anschließend ausgiebig mit Cécile spazieren gegangen. Und erst um Viertel nach acht wieder zurückgekommen.

Dupin war in der Zwischenzeit schwimmen gegangen, in der Bucht, in der sie schon am Morgen gebadet hatten. Das Wasser war herrlich gewesen, ganz weich. Dann war er zurück zum Hotel gelaufen und hatte mit dem Aperitif begonnen. Eine Flasche des weißen Chenin der *Fontaine*, den sie bei der Verkostung später noch probiert hatten, Claire hatte grüne Äpfel, Quitten und Birnen herausgeschmeckt.

Dupin hatte sich die Flasche, ein Glas und ein Buch geschnappt, Erzählungen von Maupassant, und war in den Weinberg verschwunden. Dort hatte er, mitten in den Reben, eine Bank entdeckt. Er war ganz allein gewesen. Die Reben um ihn herum waren prall gefüllt mit den köstlichen Grolleau-Gris-Trauben. Die streng parallel angelegten Reihen der Rebstöcke bildeten lange Alleen für den Blick, der so direkt auf das Meer ging. Es glänzte feierlich in seinem hellen Jadegrün. Ein verrückter Kontrast zum düsteren Himmelsdrama, eine ganz und gar fantastische Szenerie. Dazu der vorzügliche Wein. Dupin hatte, musste er zugeben, zwar selbst das ein oder andere Mal an den Fall gedacht – wie auch nicht? –, die Gedanken aber rasch beiseitegeschoben.

»Cécile hat vorsichtshalber drinnen reserviert. Auf der Terrasse ist es zu riskant bei dem Wetter«, hatte Claire gesagt, als sie schließlich vor dem Restaurant angekommen waren.

Dupin hätte sich auch nach draußen gesetzt, an einen der Tische am Weg vor dem Restaurant. Aber Claire hatte recht, es war klüger, auf Nummer sicher zu gehen. Zumal ihr Tisch der schönste im Restaurant war, direkt am großen Panoramafenster mit Blick aufs Meer. Man sah bis zur Île de Noirmoutier. Heute Abend konnte man sogar die Silhouette der Inselhauptstadt erkennen. Das Jadegrün hatte mittlerweile einen etwas dunkleren Ton angenommen und wirkte noch mysteriöser.

»Cécile empfiehlt das *côte de veau*«, meinte Claire. »Es sei eine Sensation.«

Die Besitzerin des *Le 21* hatte ihnen die Karten dagelassen, nachdem sie sie zu ihrem Tisch begleitet hatte. Umfangreiche Karten, nicht unbedingt wegen des Essens, sondern wegen der beeindruckenden Weinauswahl.

»Sie braten das Kalbskotelett auf dem offenen Feuer, mit geröstetem Rosmarin und Salbei.«

Es klang himmlisch, Dupin lief das Wasser im Mund zusammen. Seit dem Frühstück hatten sie nichts gegessen. Jetzt erkannte er auch, wonach es im Restaurant duftete: Rosmarin. Auf einigen der Nebentische waren gusseiserne Töpfe zu sehen, in denen das *côte de veau* serviert wurde, es fand offenbar einige Liebhaber.

»Und schau mal, die Entrées, Georges: Oh, Nem mit Langustinen gefüllt, oder ah, weich gekochte Eier mit Trüffel und Parmesancreme, oder auch *ormeaux* von der Île de Groix, wie herrlich.«

Claire machte einen durch und durch aufgeräumten Eindruck. Sehr gut. Und der Fall war auf dem Weg hierher kein Thema gewesen.

»Ich nehme die Eier mit Trüffel.« Claire legte die Speisekarte auf den Tisch.

»Ich die *ormeaux*.« Es waren Dupins Lieblingsmuscheln.

»Trinken wir den Abouriou? Gut gekühlt? – Cécile sagte, dass es den hier gibt.«

»Selbstverständlich«, bestätigte Dupin.

»Ich bin neugierig.« Claire schien wieder ganz und gar bei der Sache zu sein. »Gestern habe ich fruchtige Noten von Erdbeere, Himbeere und Johannisbeere geschmeckt. Und überhaupt keine Säure. Ein tiefes Dunkelrot.«

Sie holte tatsächlich ihr Weintagebuch aus der Tasche hervor und blätterte darin.

»Ja, genau. Erdbeere, Himbeere, Johannisbeere.«

»Haben Sie sich schon entschieden?«, fragte die Besitzerin freundlich.

Sie gaben die Bestellung auf. Als Hauptgericht nahmen sie dann doch das Kalbskotelett, obwohl Claire auch zu den Jakobsmuscheln mit Pastinakenpüree und einer *beurre blanc* mit Dashi tendiert hatte und Dupin zu gegrillter Seezunge.

»Und als Nachtisch das *omelette norvégienne* für zwei Personen. Das ist ja großartig, ein Dessert, das fast überhaupt nicht mehr gemacht wird.« Claire war entzückt.

»Ich nehme davor noch Käse«, stellte Dupin vorsichtshalber klar.

»Ich auch«, pflichtete Claire bei.

»Sehr gute Wahl – durchweg«, lobte die Besitzerin.

»Und eine Flasche roten Abouriou von der *Fontaine,* leicht gekühlt.«

»Sie kennen sich aus, Madame!«

Noch ein Lob der Besitzerin.

»Einen Aperitif?«

Dupin hatte eigentlich genug Aperitif gehabt. Aber Claire noch nicht.

»Einen Gin Tonic bitte.«

»Bretonischer Gin? Einen *Dizonv?*«

»Dizonv«, bestätigte Claire.

Sie mochten ihn beide. Eine erlesene, typisch bretonische Mischung heftiger Gegensätze: Meeresaromen und ländliche Fruchtigkeit, alles in einem Gin. Neben Wacholder fand man Koriander, Iriswurzel, Zimt, Zitronenschalen, Kardamom,

Seetang und Algen darin. Exotische Süße und Salziges. Die Gegensätze kreierten auch seinen Namen: *Dizonv*, Zebra, wie die bretonische Flagge: schwarz und weiß gestreift.

»Für mich auch, bitte.« Dupin wollte nicht widerstehen.

»Perfekt.« Schon war die Besitzerin verschwunden.

»Also.« Claire setzte sich aufrecht hin, ihr Blick, ihr Habitus, ihre Stimme waren plötzlich völlig verändert. »Cécile hat sich um unseren Aufenthalt in der *Domaine du Lac* gekümmert. Wir können dort wie geplant übernachten. Sie bleiben geöffnet. So können wir uns dort unverdächtig bewegen. Und mit allen ein bisschen plaudern. – Ich schlage vor, wir behalten aber auch unser Zimmer in der *Fontaine*, so haben wir alle Freiheiten.«

Auch Dupin saß jetzt kerzengerade.

»Claire – wir hatten das doch besprochen. Ich kann hier nicht ermitteln.«

»Nicht du allein – aber wir drei zusammen. Ich habe alles mit Cécile geklärt.« Sie gab sich nonchalant. »Cécile müsste auch jeden Augenblick hier eintreffen. Dann können wir alles genauer besprechen.«

»Cécile kommt zum Essen dazu? Jetzt?«

»Willst du sie nach diesem Tag etwa allein zu Abend essen lassen?«

»Ich … Sie hat doch sicher noch andere Freunde.«

»Das ist nicht dein Ernst, Georges.«

Eigentlich schon.

»Ich meine, ich freue mich, wenn sie mit uns isst.« Er sollte sich auf den entscheidenden Punkt konzentrieren. »Aber wir können nicht ermitteln, Claire, auch nicht gemeinsam.«

»Dann mache ich es mit ihr allein.«

Jetzt wurde es ausweglos.

»Claire!«

»Es geht um eine meiner besten Freundinnen.«

Sie lächelte ihr Zauberlächeln, was hieß: Sie war entschieden, jedes Mittel einzusetzen.

»Für gewöhnlich bist du mit einer Ermittlung doch ganz zügig durch! – Und unsere Zeit hier werden wir dennoch genießen, das verspreche ich dir.«

Noch einmal das Lächeln.

»Claire – wir …«

»Da bin ich! Entschuldigt, bin ein bisschen spät.«

Cécile. In demselben fliederfarbenen Kleid wie heute Mittag, die Haare trug sie nun offen, so sah man, wie sehr das Rot in ein dunkles Kupfer überging. Ein Lippenstift im gleichen Farbton. Dunkle, undurchdringliche Augen, denen man trotz einer perfekten Wimperntusche den Schmerz ansah.

Sie nahm Platz und wandte sich an Dupin.

»Ach, Georges. – Ich bin dir unendlich dankbar. Ich kann es gar nicht in Worte fassen. Dass du das für mich tust.«

In ihrem Blick lag echte Erleichterung.

»Bei Commissaire Lelouche liegt der Fall in besten Händen, Cécile, da bin ich mir ganz sicher. Und hinter ihm steht der gesamte Polizeiapparat von Nantes. Bestens trainiert, routiniert, perfekt ausgestattet. Ein Kommissariat von großem Renommee.«

»Umso besser. Dann arbeiten zwei Mannschaften an dem Fall«, entgegnete Claire in konzilianter Art. »Georges, wir zweifeln ja gar nicht an der Nantaiser Polizei oder dem Kommissar – wir wissen nur, dass du der Beste bist.«

Claire zog wirklich alle Register.

»Und wir wissen, dass du die Sache nicht für einen Jagdunfall hältst«, ergänzte Cécile mit grimmigem Blick. »Das ist doch Humbug.«

»Es ist immer richtig …« Dupin brach ab. Es wäre sinnlos.

»Ist es nicht so, dass die Wahrscheinlichkeit, ein Verbrechen aufzuklären, mit jeder Stunde sinkt, Georges?« Cécile goss sich Wasser ein.

Das hatte man als Profi davon, wenn die Medien einzelne Dinge aus den Kriminalstatistiken herauspickten, die dann von unzähligen Krimis und Serien übernommen wurden …

»Genauso ist es«, bestätigte Claire kurzerhand. »Wir sollten also sofort loslegen. – Ich habe Cécile gebeten, uns eine Liste der Personen zu erstellen, mit denen Brian im engeren Kontakt stand. Persönlich und in der *Domaine.*«

Claire sah Cécile an, die umgehend ein Notizbuch herausholte.

»Hab ich gemacht.«

Cécile schlug eine Doppelseite auf. Sie hatte ein ganzes Personentableau erstellt.

»Et voilà«, die Besitzerin war mit den Getränken zurück. »Ah, Cécile! Ich hab dich gar nicht kommen sehen.«

Sie umarmten sich.

»Eine fürchterliche Sache, das mit Brian. Unfasslich.« Sie klang tief bestürzt. »Es tut mir schrecklich leid.«

»Danke. Ich …« Céciles Stimme brach. Sie war im Innersten erschüttert.

»Ohne dich war er gar nicht lebensfähig«, fügte die Besitzerin des *Le 21* hinzu, »ich hab es dir immer gesagt. Wenn sich um den keiner kümmert …«

Es klang unbeabsichtigt makaber.

»Ich bring dir erst mal ein Glas von deinem Lieblingswhisky. Einen doppelten.« Die Besitzerin verschwand.

»Also – die Menschen in Brians Leben.« Cécile hatte sich wieder hingesetzt und blickte konzentriert.

»Ich glaube, ich habe an alle gedacht, so viele sind es gar nicht. – Anne-Sophie Joly, fünfunddreißig: seine Lebensgefährtin. Seit drei Jahren. Tochter des härtesten Konkurrenten von Brians Weingut, Jérôme Joly.«

Jetzt sprach Cécile doch von Konkurrenz, vorhin hatte sie noch alles relativiert.

»Sie arbeitet selbst als leitende Winzerin im Familienbetrieb. *Château Joly*, ebenfalls nicht weit von Bouaye. Sie weiß, was sie will. Sehr kluge Frau. – Manche sagen, der Grund für die Querelen zwischen den Jolys und den Katells sei eine Affäre des damaligen Katell mit der Frau des damaligen Joly gewesen. Ende des 19. Jahrhunderts. Aber ein paar Jahrzehnte später wusste schon niemand mehr, warum sie sich eigentlich bekriegten. So ist das bei solchen Geschichten. Es geht nur darum: Wer hat das schönste Château, die größte Domaine, das größte Renommee? Wer den erlesensten Weinkeller – solche Dinge.«

»Ich bin mir nicht sicher«, intervenierte Dupin, »ob wir …«

»Georges! Lass Cécile doch erst mal alle Personen vorstellen. – Dann musst du uns erklären, wie du so einen Fall angehst.«

»Also weiter mit den Jolys.« Cécile nahm den Faden rasch wieder auf. »Jérôme Joly, zweiundsiebzig, der Rivale.«

Es klang wie: »Der Pate.«

»Der alleinige Inhaber des *Château Joly*, ein echter Patriarch. Herrisch, launisch, mürrisch. Sehr erfolgreich. Geschieden, vier Kinder. Außer Anne-Sophie hat aber keines der Kinder etwas mit Wein zu tun, sie sind in ganz Frankreich verstreut. Kurz nachdem die Kinder das Haus verlassen hatten, hat sich Joly von seiner Frau scheiden lassen. Er ist übrigens mit Brians Vater zur Schule gegangen, in dieselbe Klasse sogar.«

Cécile hatte einen Stift herausgeholt. Abermals machte Dupin einen Anlauf einzugreifen – er ließ es bleiben.

»So, kurz zu Brians bestem Freund seit der Schulzeit, der ebenfalls gestern Abend bei der kleinen Feier dabei war. Alain Chevrier. Architekt und Schreiner, mit einer eigenen Schreinerei in Saint-Philbert-de-Grand-Lieu. Hat ein Haus geerbt, das er verkauft hat. Er und Brian haben gerne zusammen Ideen ausgeheckt, immer schon, aber bisher noch keine realisiert. Das wollten sie jetzt ändern. Brian wollte auf der Parzelle hinter seiner *Domaine* eine Weinbar bauen, alles in Holz und Glas. Die Arbeiten sind schon weit fortgeschritten, ihr werdet sehen. – Ich kann euch auch die Pläne zeigen.«

»Sehr gerne.« Claire wirkte euphorisch, sie liebte Umbauten, architektonische Unternehmungen aller Art.

»Am Hauptgebäude mussten ohnehin einige Arbeiten erledigt werden, vor allem in den Kellergewölben, ein kleines Labyrinth aus Gängen und Kammern. Sie stammen von 1802, wie das ganze Haupthaus. Es gab seit geraumer Zeit Feuchtigkeitsprobleme an ein paar Stellen.«

Sie rieb sich die Schläfen.

»Ihr könnt euch gar nicht vorstellen, wie irre teuer und aufwendig das alles ist. Ich kenne das. Die Keller wurden damals ohne Vorschriften gebaut, alles, was tragend ist, ist aus Holz. Irgendwann muss man solche Gewölbe entweder aufgeben oder von Grund auf restaurieren lassen. Quasi neu konstruieren. Das war Brian angegangen. Jetzt war er fast fertig damit. – Ich hatte das vorletztes Jahr und bin immer noch nicht fertig, ich …« Sie brach ab. »Brian hat die Gelegenheit genutzt, um baulich ein paar Dinge zu verändern. Es gibt jetzt einen neuen Zugang zum Keller – so wird der Raum für die Verkostungen mit der Weinbar verbunden. Es wird fantastisch.«

Cécile schienen die Neuerungen zu gefallen.

»Die Bar sollte zudem eine Art Flagship-Store werden. Es sollte mehrere davon geben. Unter anderem in Bouaye, aber auch in Pornic und sogar in Nantes. Vor ein paar Jahren hatte Brian beschlossen, direkter zu agieren, weniger über Händler und über Restaurants. Brian hasste die Zwischenhändler. Alain hat das Konzept für die Stores entworfen und sollte sie bauen. Er wollte auch finanziell mit einsteigen. Aber keine Ahnung, wie genau. Ich weiß auch nicht, wie weit das mit den anderen Weinbars gediehen war.«

»Das finden wir schon raus«, sagte Claire.

Erneut lag Dupin einiges auf der Zunge.

»Brian konnte sich in solche Ideen regelrecht reinsteigern. – Aber nun zum Weingut selbst«, fuhr Cécile fort. »Da geht es hauptsächlich um drei Personen, denke ich.«

Sie deutete auf ihr Tableau.

»Jules Marchand, neunundsechzig, angestellter Verwalter, eigentlich so was wie der Manager der *Domaine du Lac*, ihr kennt ihn ja bereits. Hat schon für Brians Vater gearbeitet. Die *Domaine* ist sein Leben, seine Frau ist vor ein paar Jahren gestorben. – Sein Sohn heißt Laurent Marchand, zweiunddreißig, ist seit sieben Jahren dabei, er soll nach und nach die Stelle seines Vaters übernehmen. Brian hielt große Stücke auf ihn. Er beziehungsweise die *Domaine* hat einen Teil seiner Studienkosten übernommen. Er war auf dem renommierten *Institut des Sciences de la Vigne et du Vin* in Bordeaux.«

»Georges, willst du dir keine Notizen machen? Wo ist dein Clairefontaine-Heft?«

»Ich …«

»Er kann meine Aufstellung haben, Claire.«

Mit diesen Worten – und bevor Dupin etwas sagen konnte – riss Cécile die Doppelseite aus dem Heft und legte sie demonstrativ vor Dupin auf den Tisch.

»Weiter: Emily Pic, neunundzwanzig, erst seit zwei Jahren dabei. Ich kenne sie nicht sehr gut. Eine exzellente junge Winzerin, scheint es, außerdem sehr intelligent. Hat Großes vor, sagt sie offen. Will ihr eigenes Weingut aufziehen. Brian war ziemlich beeindruckt von ihr. Mir ist sie etwas zu ehrgeizig, aber na ja. Auch sie kommt von einer renommierten Weinschule aus Bordeaux, der *École Nationale Supérieure des Sciences Agronomiques.*«

Cécile war gut informiert.

»Und zuletzt Damien Dantec, vierundvierzig. Neuer Chef für Marketing und Vertrieb. Seit einem Jahr. Ein fürchterlicher Typ. Fand Brian dann irgendwann auch. Er wollte ihn wieder entlassen. Große Klappe, nichts dahinter, aber er selbst hält sich für absolut grandios. Spricht nur von ›Produkt‹ und ›Konsumenten‹, hat mit Wein eigentlich nichts am Hut. – Brian kam überhaupt nicht mit ihm zurecht, kein Wunder.«

Mit einem Mal wandte Cécile sich ab und blickte eine Weile still aus dem Fenster aufs Meer. Erneut schien sie die Trauer zu überkommen. Dann schaute sie wieder zu Claire und Dupin.

»Es ist sehr schade, dass ihr Brian nicht kennengelernt habt. Er war ein Enthusiast. Mit der Energie eines Berserkers.«

Dupin konnte sehen, dass sie Tränen in den Augen hatte.

»Viele hielten ihn für naiv – das war er auch. Aber das machte nichts. Mit seiner Kraft hat er die Wirklichkeit überwältigt. Dann wurden Dinge möglich, die eigentlich unmöglich waren.«

Es klang, als sei sie immer noch in ihn verliebt gewesen, fand Dupin.

»Wie weit war das mit der Entlassung? Wusste dieser Marketing-Mann schon davon?«, hakte Claire nach.

»Das weiß ich leider nicht. – Auf jeden Fall hatten sie schon ein paar ernste Gespräche geführt. Solche Dinge fallen Brian schwer … Ich meine, fielen ihm schwer.«

Sie machte eine Pause.

»Das habe ich Commissaire Lelouche ganz vergessen zu erzählen. Die Sache mit Damien Dantec war ein echter Konflikt. – Aber er ist wirklich die einzige Person, die mir eingefallen ist, mit der Brian über Kreuz lag.«

Noch eine Pause.

»Lelouche wird es schon noch auf anderem Wege erfahren.«

Claire hatte offenbar das Gefühl, ihre Freundin beruhigen zu müssen. Doch eigentlich war es völlig inakzeptabel, was sie da sagte.

»Was geschieht jetzt mit der *Domaine du Lac?* Wer erbt sie, wer übernimmt die Leitung?«

Die Frage war Dupin rausgerutscht. Ein Reflex. Er ärgerte sich über sich selbst.

»Na, der Kommissar wird es sicher längst wissen.« Dupin versuchte, den ermittlerischen Impuls zu verwischen.

»Eine gute Frage«, ignorierte Claire den Versuch.

Auf Céciles Stirn bildete sich eine Falte. »Um ehrlich zu sein, ich habe nicht die geringste Ahnung. So wie ich Brian kenne, hat er gar nichts verfügt. – Was passiert in einem solchen Fall eigentlich?«

Sie blickte zu Dupin.

»Wenn es kein Testament gibt?«

»Und zudem keine Nachfahren«, präzisierte Claire, »keine Familie. Keinen Ehepartner.«

»Wenn ein Nachlassgericht offiziell feststellt, dass es kein Testament und keine gesetzlichen Erben gibt, wird ein sogenannter Fiskalerbschaftsbeschluss erlassen.« Natürlich kannte Dupin solche Fälle. »Dann wird das Département zum Erben des gesamten Besitzes. Einschließlich des Barvermögens und anderer Besitztümer wie etwa ein Auto und persönliche Gegenstände. – Das würde alles verkauft werden. Zunächst, um eventuelle offene Forderungen zu bedienen. Samt Beerdigungskosten. Nicht selten versteigern die Départements derartige Erbmassen in einer Auktion. Es kommt häufiger vor, als man denkt.«

»Das ist ja furchtbar.« Claire war entsetzt. »Dann würde die *Domaine* verkauft? Versteigert? – Aus und vorbei?«

»So wäre es«, bestätigte Dupin. »Wobei es sicherlich nicht vorbei wäre. Höchstwahrscheinlich würde sie ein anderer Winzer kaufen und weiterführen.«

»Am Ende ginge die *Domaine* womöglich noch an den schlimmsten Konkurrenten? Den alten Joly? Und die über zweihundert Jahre alte Familientradition, das ganze Werk von Generationen? Wie traurig.«

»Und genau aus diesem Grund wird Brian Katell bestimmt ein Testament gemacht haben.«

Dupin hatte keine Zweifel.

»Ich bin mir da wirklich nicht so sicher«, hielt Cécile dagegen, »Brian mochte das Thema Sterben gar nicht. Darüber wollte er kategorisch nicht reden. Bis zu unserer Scheidung gab es jedenfalls kein Testament, ich kannte unsere und auch seine Dokumente besser als er.«

»Vielleicht war die Scheidung ja der Anlass für ihn, doch eins aufzusetzen.«

Das kam nicht selten vor, wusste Dupin.

»Hattet ihr eine Gütertrennung? Einen Ehevertrag?«, fragte Claire ganz direkt.

»Klar. – Das Weingut ist Brians alleiniger Besitz geblieben. Das habe ich natürlich verstanden. Und hätte es gar nicht anders gewollt. Alter Familienbesitz, der muss in einer Hand bleiben. Genau wie bei meiner *Fontaine aux Bretons*. Brian hat mir aber eine sehr angemessene Summe zukommen lassen nach der Scheidung. Er war äußerst großzügig. Beinahe auf problematische Weise. – Aber irgendwie«, sie lächelte, »war dann doch immer genug Geld da.«

Dupin verkniff sich weitere Fragen.

»Es wäre doch ein perfektes Motiv. Für Jérôme Joly, meine ich.« Claire geriet in Eifer. »Er wusste, dass es keine Erben und kein Testament gibt. Er bringt den letzten Katell um, um dann in einer Auktion die *Domaine du Lac* zu erstehen und in seinem *Château Joly* aufgehen zu lassen. So könnte er die Familienfehde nach zwei Jahrhunderten mit einem spektakulären Triumph beenden. Mit der völligen Auslöschung der *Domaine du Lac.*«

Es konnte einem beinahe unheimlich werden, so kannte Dupin Claire gar nicht.

»Ich könnte den Notar anrufen, der Brians Sachen regelt.« Cécile wirkte, als würde sie es am liebsten sofort tun.

»Du würdest ihn in ernsthafte Schwierigkeiten bringen, Cécile.«

Jetzt musste Dupin einschreiten.

»Ein Notar darf vor der offiziellen Testamentseröffnung nicht einmal eine Andeutung machen. Generell nicht, aber vor allem nicht bei einem Mord. Er müsste der Polizei sogar mitteilen, dass du danach gefragt hast.«

»Ja, und?«, konterte Claire.

»Georges hat recht. Das würde ich nicht wollen, Claire.«

Dupin war erleichtert.

»Gut. – Also, fangen wir an.« Claire wandte sich an Dupin. »Georges, wie beginnt man so eine Ermittlung? Was ist als Erstes zu tun?«

Dupin konnte nicht anders, er musste Farbe bekennen: »Claire – es geht einfach nicht, wir …«

»Was sagt eigentlich Nolwenn?« Claire hatte den Kopf zur Seite geneigt. Das bedeutete in der Regel: Angriff.

»Was meinst du damit?‹«

»Na, was Nolwenn dazu sagt. Ob du hier inoffiziell ermitteln solltest oder nicht.«

»Darüber habe ich mit Nolwenn nicht gesprochen.«

Schnell fügte Dupin hinzu:

»Weil ich es nicht mit ihr besprechen muss. Außerdem steht fest, was sie sagen würde.«

»Ach ja? – Ruf sie an.«

»Jetzt?«

»Ja.«

»Und dann – dann akzeptierst du, was sie sagt?«

»Tue ich.« Claire hatte keinen Augenblick gezögert.

»Na gut.«

Nolwenn waren zwar alle möglichen Verrücktheiten zuzutrauen, aber auch für sie wäre hier die Grenze. Schon weil sie zu genau wusste, welche Konsequenzen es hätte, wenn etwas von irgendwelchen privaten Ermittlungen herauskäme. Zumal Dupin andere und auch sich selbst in Gefahr bringen könnte. Es würde ihm wirklich an den Kragen gehen. Außerdem hatte sie ihm eingeschärft, dass er auf der Hochzeitsreise der Arbeit abschwören müsse. Er hatte keinen Zweifel, wie Nolwenn reagieren würde.

Dupin war aus der Tür des *Le 21* herausgetreten und ein Stück den Küstenweg Richtung Pornic entlanggelaufen, wo sich noch mehr Villen im verschwenderischen Grün versteckten. Am Horizont brach das Licht der untergehenden Sonne durch den grimmigen Wolkenhimmel. Ein schmaler Streifen, rosa eingefärbt.

»Ah – Monsieur le Commissaire!«

Der Tonfall war eigentümlich. Dupin fühlte sich sofort ein wenig unwohl.

»Bonsoir, Nolwenn.«

Er hatte keine Ahnung, wie er anfangen sollte. Auf jeden Fall würde er nicht sofort mit der Tür ins Haus fallen. Warum hatte er es überhaupt so weit kommen lassen?

»Ich wollte wissen, ob es Neuigkeiten vom Specht gibt. Wir haben ...«

»Selbstverständlich werden Sie ermitteln! Ganz im Verborgenen, Monsieur le Commissaire!«

So rigoros hatte Dupin Nolwenn selten sprechen hören.

»Und dabei werden Sie Ihr Bestes geben! – Wissen Sie eigentlich, wie gut dieser Wein ist, den Brian Katell und seine Familie kreiert haben, über all die Jahrzehnte? Ein wahres Wunder. Einem solchen Künstler schießt niemand einfach den Kopf weg. Er war eine bretonische Ikone!«

Dupin war wie erstarrt stehen geblieben. Das durfte doch nicht wahr sein.

»Aber Nolwenn ...«

»Sie werden Ihre Frau nicht enttäuschen! Und Cécile Cast ebenso wenig! Auch sie ist eine Künstlerin. Ihr Grolleau Gris, ein Meisterwerk.«

Es war irrwitzig.

»Sie haben mit Claire telefoniert, Nolwenn. Geben Sie es zu!«

»Unsinn! – Mit Cécile Cast. Sie ist eine gute Bekannte.«

Das hatte Dupin nicht gewusst.

»Ein grandiose Frau. Die Weinwelt liegt immer noch viel zu sehr in Männerhänden. Das ist nie gut!«

Nolwenn klang kämpferisch.

»Aber Cécile zeigt es ihnen allen! Was sie mit der *Fontaine* schafft, ist wegweisend.«

»Commissaire Lelouche macht mir einen patenten Eindruck«, versuchte es Dupin.

»Umso besser!« Nolwenn ließ sich nicht aus dem Konzept bringen. »Er soll wirklich nicht schlecht sein, wenn auch ein seltsamer Kauz. Aber das kennen wir ja von Kommissaren.«

Sie machte eine kurze Pause.

»Und Sie sollen ihn weder sabotieren noch hintergehen, sondern bloß mitdenken. Sie haben nun mal diese Gabe, dafür können Sie nichts. Sie sind der Beste. Aber eine besondere Kraft bedeutet immer auch eine besondere Verantwortung. Und der werden Sie sich doch nicht entziehen wollen, oder, Monsieur le Commissaire?«

Nolwenn ging in die Vollen.

»Sie müssen nur Ihre grauen Zellen aktivieren! Mit hinschauen, mit nachdenken, mehr nicht. Am Ende können Sie Lelouche ja einen anonymen Hinweis geben und selbst ganz im Hintergrund bleiben. – Riwal, Kadeg, Le Menn, Nevou und ich stehen Ihnen natürlich zur Verfügung. Auch das konsequent inoffiziell, versteht sich.«

Dupin setzte sich wieder in Bewegung. Allerdings in die entgegengesetzte Richtung, zurück zum *Le 21*. Es dauerte, bis er reagierte.

»Mit hinschauen, mit nachdenken?«

»So ist es. Nicht mehr – aber auch nicht weniger.«

»Und die Hochzeitsreise?«

»Was soll ich sagen? Das Leben verlangt zuweilen eine gewisse Flexibilität.«

Für gewöhnlich plädierte Nolwenn immer für das stabile Rückgrat.

»So ein Abenteuer schweißt ja auch zusammen. Und bedenken Sie, was es Claire bedeutet, wenn Sie ihrer Freundin helfen.«

Dupin schwieg erneut eine Weile, dann murmelte er resigniert:

»Mit hinschauen, mit nachdenken.«

»Prima! Dann sind wir uns also einig.«

»Nur das, Nolwenn!«

»Nur das.«

»Na gut«, brummte Dupin.

Claire hatte gewonnen.

Vier Minuten später nahm er erneut an ihrem Tisch im *Le 21* Platz.

DER DRITTE TAG

Die *Domaine du Lac* war ein Traum. Ein in jedem Detail geradezu vollkommenes romantisches Weingut.

Es lag inmitten der Reben. Lediglich ein schmales Sträßchen führte durch den Wein geradewegs in einen großen Hof. Nur gesäumt von einer niedrigen Mauer, sodass der Blick auf den Wein frei blieb. Feiner Kies, so großzügig verteilt, dass die vier Wagen, die im Hof parkten – unter anderem ein kleiner Polizei-Peugeot –, tiefe Rillen hinterlassen hatten. Dupin mochte das Knirschen der Reifen im Kies. Ein schneeweiß gestrichenes Holztor, ein dezentes Schild in mattem Schwarz: *Domaine du Lac,* elegante weiße Lettern. Weiß umrahmte große Fenster, dazu minzgrüne Holzverschläge. Geradeaus lag das Hauptgebäude, von dem Cécile erzählt hatte. Links und rechts lang gezogene neuere Gebäude, sicher auch schon ein Jahrhundert alt. Alle, wie es in der Gegend üblich war, mit nur einer Etage und einem flachen Dach aus gerundeten Tonziegeln. Ein warmes Rotbraun, der Grundton der gesamten Bucht. In der Bretagne prägte die Erde, der Granit, der Schiefer oder hier der Ton, nicht bloß die Natur, sondern auch die menschliche Welt: das Antlitz der Häuser, Weiler, Dörfer, Städte, die Mauern der Gärten, die Böden der Terrassen.

Zusammengenommen bildeten die Gebäude ein großes U, an dessen rechter Seite noch zwei weitere Hallen angebaut waren. Mit großen Platten in mattem Anthrazit verkleidet, sehr schlicht, sehr ästhetisch. Die heiligen Produktionsstätten, vermutete Dupin. Wo der überaus köstliche Muscadet kreiert wurde, den sie bereits probiert hatten. Beinahe alle Fassaden waren mit wildem Wein bewachsen. Die Trauben schienen reif, prall prangten sie in solchen Mengen, dass man sich fragte, wie die grazilen Reben sie tragen konnten. Fenster, Fensterläden und Türen waren akkurat freigeschnitten. Vor dem linken Gebäude, inmitten der hellen, heiteren Atmosphäre des Innenhofs, stand ein Holztisch mit Bierbänken.

Es war Mittag.

Dupin stellte den Motor ab. Seit einiger Zeit hörte er leichte Störgeräusche beim Starten und beim Ausschalten. Er musste unbedingt zur Werkstatt.

Claire stieg aus und ging auf das erhöhte Eingangsportal des Hauptgebäudes zu. Dupin folgte mit dem Koffer.

Sie hatten die imposanten Steinstufen erreicht, die von rechts und links hinaufführten, als sich die schwere Tür öffnete und Jules Marchand erschien. Der Verwalter. Er hatte vermutlich den Wagen gehört.

»Na dann, willkommen in der *Domaine du Lac.*« Er machte ein ernstes Gesicht. »Wir hoffen, Sie fühlen sich dennoch wohl bei uns.« Es klang ungelenk.

Marchand trug ein graues, zerknittertes Leinenjackett. Und er wirkte kleiner, als Dupin ihn in Erinnerung hatte. Und rundlicher. Er schlurfte ein wenig beim Gehen.

»Da bin ich mir sicher.«

Claires Ton mutete ein wenig provokant an, aber vielleicht hörte das auch nur Dupin heraus.

Sie standen jetzt vor der offenen Haustür, neben Jules

Marchand, der allerdings keinerlei Anstalten machte, einzutreten. An der Tür stand ein kleiner Holztisch mit einem Weinkühler und einer Flasche darin.

»Sie sind unsere einzigen Gäste. Das Paar aus Toulouse, das bei uns logiert hat, ist heute früh abgereist. Wegen des ›grausamen Mordes‹, wie es in den Nachrichten heißt. Sie waren auch auf Hochzeitsreise.«

Es klang wie ein Vorwurf. Dabei verstand Dupin das Paar. Morde und Hochzeitsreisen passten nicht zusammen.

»Heute früh gab es ein Treffen aller Angestellten. Wir haben beschlossen, den Betrieb der *Domaine* und der Gästezimmer aufrechtzuerhalten. Nur die Verkostungen werden nicht stattfinden. – Gestern haben wir selbstverständlich alles ausgesetzt.«

»Das Meiste läuft regulär weiter?«, wollte Claire wissen.

»Oh ja! Monsieur Katell hätte es ohne Zweifel so gewollt. Die Ernte ist im Gange. Der plötzliche Tod von Monsieur Katell hat uns alle tief schockiert, aber einigen hilft es, Arbeit und Alltag fortführen zu können.«

Ein weiser Mann, fand Dupin.

»Monsieur Katell war unentwegt für das Weingut im Einsatz, es bedeutete ihm alles. Er hat nie geruht.«

»Irgendwann müssen wir alle ruhen«, rutschte es Claire halblaut heraus.

Jules Marchand ignorierte es.

»Ich hatte schon vermutet«, er senkte die Stimme und warf Dupin einen schwer zu deutenden Blick zu, »dass Sie gedenken, ein bisschen mitzumischen. – Ich habe mich schlaugemacht. Wie es aussieht, sind Sie bekannt dafür, gerne auch außerhalb des eigenen Terrains zu ermitteln.«

»Absolut nicht, Monsieur. Ich habe mit den Ermittlungen nicht das Geringste zu tun«, wehrte Dupin ab. »Wir befinden uns auf Hochzeitsreise. Das ist alles.«

»Natürlich, natürlich. Wie auch immer.« Der Verwalter nahm die Flasche aus dem Kühler. »Zur Begrüßung gehört bei uns ein erstes Glas unseres Weines. Noch bevor Sie die Schwelle übertreten, kosten Sie die Essenz der *Domaine*. Unser *Terroir*. Und unser *Savoir-faire*.«

»Eine sehr schöne Idee«, fand Claire.

Dupin konnte dem nur zustimmen.

Marchand füllte die beiden Gläser großzügig.

»Unser bester Muscadet. Für Sie. – Herzlich willkommen.« Er hielt Claire und Dupin etwas mechanisch die Gläser hin.

»Danke.«

Claire nahm einen Schluck. Dupin tat es ihr gleich.

»Köstlich. Absolut köstlich«, schwärmte Claire. »Ich schmecke etwas Kiwi.«

Dupin auch. Ein klein wenig. Wenn er sich sehr bemühte.

Marchand schwieg und wartete einen Moment.

»So, und nun zeige ich Ihnen Ihr Zimmer. Wenn Sie wollen, später am Nachmittag gerne auch das Anwesen. Einschließlich des Ausbaus, der gerade getätigt wird. Die Baustelle.« Wieder vernahm man Stolz in seinen Worten. »Man kann bereits erahnen, wie es aussehen wird. Wenn Sie Glück haben, treffen Sie Alain Chevrier, den Architekten, der die Weinbar entworfen hat und auch den Bau leitet.«

»Das wäre schön«, nahm Claire den Faden sofort auf. »Dann kann er uns ein bisschen darüber erzählen.«

Sie ging ziemlich offensiv vor, fand Dupin.

»Wenn Sie etwas essen wollen – im nahen Bouaye finden Sie ein paar einfache Restaurants. Und eine exzellente Crêperie. *À Deux Pas du Lac* heißt sie.«

»Oh, Crêpes wären herrlich«, sagte Claire.

Richtig essen würden sie am Abend. Sie hatten sich mit Cécile in einem Restaurant in Pornic verabredet. Claire hatte gemeint: »Tagsüber ermittelt jeder für sich, und abends essen wir zusammen und besprechen uns.« Dupin war immer noch alles andere als glücklich mit der Situation. Aber vielleicht gestaltete sich ja alles viel harmloser als gedacht. Verlief sich im Sande. Oder der Kommissar aus Nantes klärte den Fall schnell auf.

Claire trank einen letzten Schluck. Dupin ebenfalls. Sie stellten die Gläser ab und Jules Marchand schritt durch die Tür.

»Ihr Zimmer liegt hier im Haupthaus. Erste Etage. Im linken Flügel. – Im Parterre befindet sich meine Wohnung. Meine Familie wohnt hier seit über achtzig Jahren. Außer Brian Katell sind wir die Einzigen, die hier leben.«

»Wir?«, fragte Claire.

»Mein Sohn und ich.«

Sie durchquerten die Eingangshalle. Alter, dunkler Holzboden, die Wände weiß getüncht, links und rechts lange, schmale Gänge. Gegenüber eine Treppe nach oben.

»Wer führt hier die Weinproben durch? Hat Brian Katell das selbst gemacht?«, erkundigte sich Claire.

»Emily Pic, eine junge Winzerin.«

Sie stiegen die Stufen hoch. Dupin mit Claires schwerem Koffer, in den sie ihre Sachen für die Tage in der *Domaine du Lac* gepackt hatten. Dupins Koffer hatten sie in Céciles Weingut gelassen.

»Wird sie auch …«

Claires Handy unterbrach sie. Sie warf einen Blick auf das Display.

»Deine Mutter!«

»Meine Mutter?«

»Warum ruft sie bei mir an und nicht bei dir?«

Dupin zuckte mit den Schultern.

»Lass es einfach klingeln, sie …«

»Bonjour, Anna. Wie geht's dir?«, nahm Claire prompt an.

Sie hörte eine Weile zu.

»Ja, uns geht es sehr gut. Danke. Wir genießen es, insbesondere natürlich den Wein.«

Sie hatten den ersten Stock erreicht und folgten dem Verwalter durch die Flure.

»Nein, nein. Unser *chambre d'hôtes* in der *Domaine du Lac* ist sehr hübsch. Es ...«

Claire wurde offenbar unterbrochen.

»Ja, ein *chambre d'hôtes*, genau. Mitten im Wein, im Muscadet, am Lac de Grand-...«

Claire wurde erneut unterbrochen.

Sie durchschritten einen langen Gang.

»Mach dir keine Sorgen. Es ist völlig angemessen. ... Nein. Das brauchen wir nicht. Wirklich nicht. ... Nein, das *Grand Hôtel* in La Baule ist gar nicht unsere Sache!«

Der Verwalter blieb vor der letzten Tür stehen, öffnete sie.

»Nein, da würden wir uns nicht wohlfühlen.«

Dupin ahnte, worum es ging. Er hatte seiner zutiefst bourgeoisen Mutter wohlweislich keine Details über ihre Reise erzählt. Schon als er ihr verkündet hatte, dass sie heiraten würden, hatte sie kundgetan, ihnen die Hochzeitsreise schenken zu wollen. »Etwas Unvergessliches.« Ihre Idee: eine kleine Privatinsel neben Saint-Barth, ein winziges Hyper-Luxus-Resort, das sich sogar jenseits der Sterne-Kategorisierung befand. Sie hatte einige Zeit auf Martinique verbracht, wegen einer seit letztem Jahr verflossenen Liebe. Dupins Vater lebte schon lange nicht mehr. »Na, dann macht, was ihr wollt«, hatte sie beleidigt gesagt, als Claire und Dupin abgelehnt hatten, zuerst höflich, dann immer heftiger. »Dann aber zumindest die schönsten Schlosshotels der Loire«, war die Aufforderung gewesen, als sie ihr von ihrem Weingut-Plan erzählt hatten. Erst als sie auch dies entschieden abgelehnt hatten, war sie verstummt.

»Nein, Anna, nein. – Einfach und endgültig nein.«

Claire blieb souverän am Telefon. Generell ließ sie sich nicht aus der Ruhe bringen. Sie war es, die andere aus der Ruhe brachte, zuweilen wahnsinnig werden ließ, Dupin hatte es schon erlebt.

»Wir beziehen gerade unser Zimmer, ich muss gleich auflegen.«

Claire und Dupin waren hinter dem Verwalter in den Raum getreten.

»Ja, es ist sehr schön … Nein, keine Suite … Nein, kein Spa, kein Schwimmbad, keine Bar, kein Butler. Aber fließendes Wasser. Und eine Toilette mit Spülung. Nein, Georges kann ich dir nicht geben, er ist noch unten an der Rezeption. Bis bald, au revoir.«

Zügig legte sie auf. Und schaute sich um.

»Sehr schön hier!«

Dupin stimmte ihr zu.

»Und ein wunderbarer Ausblick.«

Claire war zum großen Fenster getreten.

»Dahinten, ist das der See?«

Eine silber-bläuliche Fläche, die aussah, als ob sie schwebte.

»Genau.« Marchand hatte sich neben sie gestellt. »Es ist das Zimmer mit der schönsten Aussicht«, sagte er stolz. »In der Weihnachtsnacht, heißt es, erheben sich aus dem See die Ruinen der untergegangenen Stadt Herbauges.«

»Warum ist sie untergegangen?«, wollte Claire wissen.

Dupin fand die Frage unvorsichtig – schließlich steckte in fast jedem Bretonen ein Erzähler …

»Ihre Einwohner hatten sich partout nicht zum christlichen Gott bekehren lassen. Über ein Dutzend Missionare sind jämmerlich gescheitert. Dann, im Jahr 555, bekam der Bischof von Tours die Aufgabe vom Papst persönlich übertragen. Der Name des Bischofs: Sankt Martin.«

Er setzte kurz ab.

»Aber die Einwohner wollten sich auch von ihm nicht bekehren lassen und verprügelten ihn. Ein einziges frommes Paar nahm sich seiner an. Gott aber war entsetzt und sann auf Rache. Er schickte einen Engel, der als Strafe eine Flut ankündigte, die die Stadt und ihre heidnischen Einwohner verschlingen würde – nur Martin und das Paar würden errettet. Sie sollten sofort aufbrechen und sich nicht ein einziges Mal umdrehen, was immer auch geschehe.«

Dupin hatte beinahe das Gefühl, Riwal zuzuhören.

»Die drei flohen auf der Stelle. Wassermassen stürzten vom Himmel, die Mauern zerbarsten, sämtliche Häuser wurden zerstört. Das Paar blickte sich voller Angst um – und erstarrte zu Stein. Nur Sankt Martin besaß genug Gottvertrauen und entkam der Katastrophe.«

Marchand zeigte Richtung Westen.

»In Pont-Saint-Martin, dem Ort, der nach ihm benannt wurde, können Sie das Paar sehen – zwei Menhire stehen dort. Die Stadt liegt auf dem Grund des Sees, von Schlamm und Ton bedeckt. Die Menschen sind im Ton konserviert für alle Ewigkeit. Wenn es nachts ganz still ist, hört man ihre verzweifelten Schreie.«

Der Verwalter seufzte, er schien selbst bewegt von seiner Erzählung. Es war eine brutale Geschichte.

Claire schien nicht vorzuhaben, ein Wort über das Telefonat mit Dupins Mutter zu verlieren, Dupin war froh darüber. Er hatte den Koffer abgestellt.

Der Ausblick war wirklich bezaubernd. Die Weinberge, dann Wiesen mit hoch stehendem grellgrünem Gras, kleine Wälder hier und dort. Dahinter der See. Der vollkommene Frieden. Man hatte den Eindruck, weit weg von allem zu sein. Dabei waren es bis zum geschäftigen Nantes nur wenige Kilometer.

»Ich habe gehört«, Claire wandte sich zu Marchand, »dass Monsieur Dantec die *Domaine* verlassen wird. Das ist in der gegenwärtigen Situation natürlich misslich, oder?«

Sie lächelte ihr schönstes Lächeln.

»Was meinen Sie?«

Monsieur Marchand war sichtlich irritiert.

»Brian Katell war wohl äußerst unzufrieden mit ihm.«

»Wer hat Ihnen das gesagt?«

»Ich weiß es gar nicht mehr.« Claire mimte die Unschuldige. »Irgendjemand gestern.«

»Ich ... Ich meine, es stimmt: Die beiden kamen nicht miteinander klar. Überhaupt nicht. Das wurde recht schnell deutlich. Monsieur Katell hat es mir dann bald auch selbst anvertraut. Aber da hatte ich es natürlich längst bemerkt.«

Dem Verwalter war spürbar daran gelegen, deutlich zu machen, dass er in die wichtigen Vorgänge auf dem Weingut einbezogen wurde. Zumindest, dass er über derart Wesentliches Bescheid wusste.

»Dann wissen Sie auch, aus welchem Grund?« Eine geschickte Taktik.

»Die beiden hatten nichts gemeinsam. Sie waren völlig unterschiedliche Typen. Für Monsieur Katell bedeutete der Wein alles: eine Berufung. – Für Monsieur Dantec hingegen ist Wein in erster Linie ein zu vermarktendes Produkt. – Das kann nicht funktionieren.«

»Hat es ja wohl auch nicht«, konstatierte Claire trocken.

»Monsieur Katell fand, dass Monsieur Dantec nur Phrasen von sich gab. – Und dass man nur auf fabelhafte neue Ideen kommt, wenn man für etwas brennt. Sonst wird alles immer bloß lau und langweilig, pflegte er zu sagen. Und ich denke, dass er recht hatte. Nur aus einer Begeisterung heraus entsteht etwas Großes. Etwas Außergewöhnliches. Wie unsere Weine.«

Dupin fand das Pathos übertrieben, aber in der Sache gab er Marchand recht.

»Ist es in letzter Zeit zu einer Zuspitzung des Konfliktes gekommen? – Ist etwas passiert?«

Der Verwalter starrte Claire an. Es wirkte ein wenig überdramatisch, fand Dupin.

»Sie halten es für denkbar, dass Monsieur Dantec der Mörder von Monsieur Katell sein könnte?«

»Sie nicht?«, konterte Claire auf ihre direkte Art. »Er scheint der einzige Mensch zu sein, mit dem Monsieur Katell in letzter Zeit echte Differenzen hatte.«

»Geht der Kommissar nicht mehr von einem Vorfall mit einem Wilderer aus?« Marchand blinzelte skeptisch.

»Halten Sie das denn für plausibel?«

Der Verwalter schien nachzudenken, zumindest ließ er sich Zeit mit einer Antwort.

»Unmöglich ist es nicht.«

Marchand hob die Schultern.

»Ich weiß es wirklich nicht. Ich denke, man sollte jeder Möglichkeit nachgehen.« Er drehte sich zu Dupin: »Was meinen Sie? Sie sind ja der Profi.«

»Ich denke, Sie haben völlig recht, Monsieur. Man sollte jedes Szenario in Erwägung ziehen.«

Marchand nickte zufrieden.

»Hat es eigentlich noch ein Nachspiel zu diesem Vorfall zwischen dem alten Joly und Brian Katell bei diesem Weinwettbewerb gegeben?«, wollte Dupin wissen. »Immerhin hat Monsieur Joly ihm in aller Öffentlichkeit einen Betrug vorgeworfen, wenn ich es richtig verstanden habe.«

»Infam, einfach infam«, regte sich Marchand auf.

»Und?«

»Monsieur Katell war über solche Vorwürfe erhaben. Er hatte es gar nicht nötig, auf derartig primitive Frechheiten überhaupt zu antworten.«

»Die beiden sind sich seitdem nicht mehr begegnet?«

»Nicht, dass ich wüsste.«

»Da fällt mir ein, Ihrem Sohn sind wir auch noch gar nicht begegnet.« Claire lächelte Monsieur Marchand an.

Sie waren gerade erst angekommen, verwunderlich war das also keinesfalls, dachte Dupin.

»Er hat in Bouaye zu tun.«

»Wir haben gehört, dass Monsieur Katell große Stücke auf ihn gehalten hat.«

»Oh ja. Das hat er.«

Wieder zeigte sich Stolz auf Marchands Zügen.

»Ich lasse Sie jetzt allein.« Er wandte sich zum Gehen. »Sie wollen bestimmt auspacken – und ich habe zu tun.«

»Mich würde noch Ihre Antwort interessieren. Ist es zwischen Dantec und Brian Katell in letzter Zeit zu Zusammenstößen gekommen?«

Monsieur Marchand stand bereits im Türrahmen.

»Es hat ständig Differenzen gegeben.«

»Besonders heftige zuletzt?«, insistierte Claire.

»Monsieur Dantec passt nun einmal nicht zu uns.«

»Hatte Monsieur Katell ihm bereits mitgeteilt, dass er ihm kündigt?«

Dupin war erstaunt, dass Marchand so bereitwillig auf Claires Fragen einging.

»Ich denke schon. Auf jeden Fall muss Dantec gewusst haben, was auf ihn zukommt.«

Eine längere Pause.

»Ich denke, er hat es ihm gesagt. Egal, was Dantec behauptet.«

Marchand wandte sich zum Gehen.

»Ich habe jetzt eine Besprechung«, erklärte er und trat aus dem Zimmer.

»Und wer führt die *Domaine* jetzt, in dieser Situation? Bis feststeht, wer sie erben wird?«

Der Verwalter drehte sich mit pikierter Miene um.

»Das obliegt selbstverständlich mir, Madame.«

»Und wer wird die *Domaine* erben, vermuten Sie? Wissen Sie etwas von einem Testament?«

»Nein, und ich verbiete mir jedwede Spekulation.«

Im nächsten Moment war der Verwalter endgültig fort.

Umgehend holte Claire die Personenskizze aus ihrer Handtasche, die Cécile gestern Abend mit ins *Le 21* gebracht hatte, und machte sich neben dem Namen Damien Dantec ein paar Notizen.

»Du hast doch immer einen Vorrat von deinen kleinen roten Notizbüchern im Handschuhfach. – Ich hole mir gleich eins, okay?«

»Ich …« Dupin brach ab. Es wäre müßig.

Die Crêpes waren exzellent gewesen; die Crêperie *À Deux Pas du Lac* war eine hervorragende Empfehlung. Dupin hatte einen *chèvre chorizo*, dann einen *complète*, mit Käse, Schinken und Ei, und als Dessert einen mit *crème de marrons* gegessen – die gewöhnliche Menüfolge beim Besuch einer bretonischen Crêperie. Zwei salzige Crêpes, aus Buchweizenmehl, dann einen süßen, aus Weizenmehl. Allerdings kein

Cidre, dafür Muscadet. Es ging nicht anders: Jetzt befanden sie sich im Herzen der Melon de Bourgogne. Im Kernland des Muscadet. Der Muscadet kam allerdings nicht von der *Domaine du Lac*, sondern von der Konkurrenz. Der schärfsten Konkurrenz, wie sie jetzt wussten: vom *Château Joly*. Und sie hatten beide befunden: Es war einer der besten Muscadets, die sie je getrunken hatten. Überhaupt war es ein sehr schönes Mittagessen gewesen, die Stimmung gelöst, in Momenten sogar ausgelassen – ganz wie zu Beginn ihrer Hochzeitsreise. Lediglich auf dem kurzen Weg nach Bouaye hatten sie sich noch über das Gespräch mit dem Verwalter unterhalten, dann nicht mehr. Sie hatten sich wieder auf ihr Beisammensein konzentriert. Und auf den Wein. Claire hatte über »zarte Kohlensäure« und »sanfte Spritzigkeit« räsoniert und dann nicht bloß Apfel herausgeschmeckt, sondern diesen als »grünen Apfel« identifiziert. Und »junge Birne«. Dupin hatte auf Limone bestanden. Der hellgrün-gelbe Wein hatte etwas köstlich erfrischend Säuerliches. »Etwas Hefiges«, wagte Dupin sich vor. »Kein Wunder, die Muscadets gären bis zu zwei Jahre auf einem Hefebett«, hatte Claire gewusst. Der Wein war unendlich geschmeidig. Claire hatte einen ausführlichen Eintrag in ihrem Weintagebuch vorgenommen.

Es war 14 Uhr 30, als Dupins alter Citroën im knirschenden Kies neben einem schwarzen Geländewagen zum Stehen kam, der sich im nächsten Moment prompt in Bewegung setzte. Am Steuer des Defenders saß eine junge Frau mit pechschwarzen schulterlangen Haaren und goldener Pilotensonnenbrille. Dupin hatte einen Augenblick Angst gehabt, dass sie den Citroën rammen würde. Es schien, als hätte sie ihn gar nicht wahrgenommen.

In Bouaye und auf der Rückfahrt war ein heftiger Schauer niedergegangen, der Regen hatte laut auf das Autodach geprasselt, beim Aussteigen im Hof der *Domaine du Lac* erwartete sie nun blendender Sonnenschein. Zudem war die Umgebung hier völlig trocken, obwohl sie nur einen Katzensprung von Bouaye entfernt waren, war hier kein einziger Tropfen heruntergekommen.

Sie hatten vor, sich »etwas umzuschauen«, wie Claire es formuliert hatte.

Im Hof war kein Mensch. Auch der Polizei-Peugeot war verschwunden. Kurz hatte Dupin den Eindruck gehabt, dass jemand hinter einem der Fenster im Erdgeschoss des Haupthauses gestanden hatte. Wie ein neugieriger Hausmeister. Der Verwalter vielleicht. Dupins Blick hatte das Gebäude nur gestreift, als er dann noch einmal hingeschaut hatte, war niemand mehr zu sehen gewesen.

Claire ging auf eine Tür im Gebäude rechts vom Haupthaus zu.

»Monsieur Marchand hat uns gar nicht gesagt, wo die Zugänge zum Weinkeller liegen. – Mal sehen.«

Schon hatte sie die Hand auf der Türklinke.

Dupin hatte eigentlich kein Interesse an dem Besuch eines weiteren Gewölbes.

Sie traten in einen schmalen Flur. Gegenüber führte eine Holztreppe in den ersten Stock. Daneben eine Tür mit einem diskreten Schild: *Production*. Sie würde, wenn Dupin es richtig deutete, zu den Hallen führen. Alles war sehr schlicht gehalten. Zudem war es erstaunlich kühl, obwohl es draußen sicher fast dreißig Grad waren. Vermutlich lag das an den massiven Steinmauern.

An der Wand neben der Treppe hing eine Tafel mit Orientierungshinweisen. Ein Dutzend Zimmernummern und Namen. Offenbar war dies das Verwaltungsgebäude.

»Damien Dantec, *Directeur ventes et marketing*. – 0.7«, las

Claire vor. »Ich würde zu gerne mal das Gesicht zum Namen sehen.«

»Vielleicht ist er heute gar nicht da.«

Claire steuerte den Gang entlang, als hätte sie Dupins Einwand nicht gehört.

Dupin folgte widerwillig.

»Hier ist die 0.5, Georges. – Hier die 0.6.« Claire sprach mit gesenkter Stimme. »Die 0.7 ist das Zimmer ganz am Ende des Ganges.«

Im nächsten Augenblick klopfte sie an die Tür und öffnete sie, ohne eine Reaktion abzuwarten.

»Bonjour, Monsieur Dantec, wir …« Sie brach ab. »Niemand da.«

Das hielt sie allerdings nicht davon ab, ins Büro zu treten und sich umzusehen. Wobei es nicht viel zu sehen gab. Eigentlich gar nichts. Das Büro war sehr unpersönlich eingerichtet und Dantec offenbar ein überaus ordentlicher Mensch. Einer derjenigen, die ihrem Arbeitsplatz keine persönliche Note verliehen. Während ihn andere bedenkenlos in ein zweites Zuhause verwandelten, Dupin kannte es aus dem Kommissariat. Von Riwal vor allem.

Der Schreibtisch verfügte über eine gut geordnete Ablage und einen gewaltigen Bildschirm. Ein einzelner Stift lag davor. Ansonsten war der Tisch leer. An den Wänden hingen kunstvolle Schwarz-Weiß-Fotografien mit Motiven aus der Welt des Weins in weißen Holzrahmen.

»Komm, weiter.«

»Warte!«

Dupin hätte gerne einen Blick in eines der hellgrauen Sideboards geworfen, die im Büro standen. Aber Claire war schon wieder draußen.

Zielsicher ging sie auf die Tür mit der Aufschrift *Produc-*

tion zu. Sie öffnete die Tür. Mechanischer Lärm drang ihnen entgegen.

Sie traten in die Halle. Vier riesige Edelstahltanks, jeder sicher vier Meter lang, waren auf einer roten Stahlkonstruktion nebeneinander angebracht, auf denen in großen Lettern *BUCHER VASLIN* stand.

»Der Hersteller der Pressen«, merkte Claire kundig an.

Es sah so aus, als würde der Betrieb hier regulär laufen, soweit sie das beurteilen konnten. Es waren sicher ein Dutzend Menschen zu sehen, Frauen und Männer. Überall standen blaue Plastikboxen, die randvoll mit Trauben waren.

»Kann ich Ihnen helfen?«

Eine junge Frau mit langen blonden Haaren, Jeans und einem schwarzen T-Shirt stand plötzlich vor ihnen. Ihr Gesicht war voller Sommersprossen.

»Wir sind Gäste der *Domaine*. Und Freunde von Cécile Cast.«

»Herzlich willkommen.« Die junge Frau wirkte verunsichert. »Trotz der fürchterlichen Umstände, meine ich.«

»Auf Hochzeitsreise«, fügte Dupin hinzu. »Das hier ist eine Station unserer Hochzeitsreise.«

»Ich verstehe«, nickte die Frau.

»Und Sie sind?«, lächelte Claire die junge Frau an.

»Ich bin Emily Pic.«

»Ah. Dann sind Sie es, die die Verkostung mit uns gemacht hätte.«

»Genau.« Jetzt lächelte sie. »Vielleicht kommen Sie ja noch einmal wieder. Dann holen wir das nach.«

Claire schaute sich demonstrativ um.

»Wir haben dieses Jahr sehr früh mit der Lese der Trauben angefangen, bereits vor zehn Tagen. Seitdem keltern wir auch.« Emily Pic zeigte auf die Tanks. »Da kommen die

Trauben rein, das Pressen ist der nächste Schritt.« Im Handumdrehen fiel die junge Frau in einen routinierten didaktischen Tonfall. »Im Raum nebenan stehen die Fermentationstanks zur Gärung und Klärung. Außerdem die Abfüllanlage und eine ganze Menge Flaschen. – Aber jetzt müssen Sie mich entschuldigen. Wir haben viel zu tun.«

»Natürlich.«

»Sie können auch gerne diesen Ausgang benutzen.«

Sie wies auf eine Schiebetür an der hinteren Wand der Halle. »Da gelangen Sie direkt in die Weinberge und zur Baustelle der neuen Weinbar. Sie wird phänomenal. Schon allein deswegen müssen Sie wiederkommen.«

»Das werden wir.«

»Vielen Dank, Madame Pic«, nickte Dupin der Winzerin zu.

Claire war bereits losgelaufen.

»Jules Marchand, Emily Pic. Jetzt haben wir schon zwei der Protagonisten, wenn nicht gar Verdächtigen kennengelernt, Georges. – Aufregend.«

Claire sprach mit gedämpfter Stimme.

Sie traten aus der Produktionshalle ins Freie. Was hieß: in die Weinberge. Ordentlich in strengen Reihen organisiert. So weit das Auge reichte. Auch hier schien es ein Wunder, dass die Pflanzen die Unmengen an Weintrauben überhaupt zu tragen vermochten. Die Trauben dominierten alles, kein Stamm, kein Ast, fast keine Blätter waren mehr zu sehen. Als hingen die Trauben auf zauberhafte Weise in der Luft. Und sie leuchteten im Sonnenlicht exakt in derselben Farbe wie der Wein zuvor im Glas, die Strahlen schienen bis in ihr Innerstes zu gelangen, sie ganz zu durchdringen und zum Leuchten zu bringen. Ein geheimnisvolles, funkelndes Gelb mit Grünnuancen.

»Nicht schlecht!«

Claire war stehen geblieben. Vor ihnen lag die Baustelle der Weinbar. Die Arbeiten waren ziemlich weit fortgeschritten. Was sich Brian Katell mit seinem Schulfreund ausgedacht hatte, war bereits gut zu erkennen.

Eine breite steinerne Treppe führte hier unter die *Domaine*, wahrscheinlich der Eingang zu den Weinkellern, so alt wie das Gebäude selbst. Man hatte alles so belassen, wie es gewesen war, aber mit einer hohen Plexiglasüberdachung versehen, was den alten Kellerzugang wie ein Kunstwerk inszenierte. Wo das Plexiglas endete, begann die Baustelle: eine große, quadratische Betonbodenplatte war zu sehen, geschätzt zwanzig mal zwanzig Meter. Direkt daneben begannen die Reben. Die Weinbar würde mitten in den Weinbergen stehen.

»Schau mal, Georges.«

Claire wies auf eine Tafel, die eine Skizze der *bar à vin* zeigte, wie sie am Ende aussehen würde.

»Einfach großartig«, sagte Claire nach einer Weile des Staunens. Auch Dupin war beeindruckt.

Die Wände würden aus Glas sein, die tragenden Elemente – schlichte Verstrebungen – aus hellem Holz. Genau wie das Flachdach. Der Clou: Man würde durch viele kreisrunde Glasflächen in den Himmel schauen können. Sicher je einen Meter im Durchmesser.

Mit einem Mal stand ein Mann vor ihnen. Er musste durch die Schiebetür gekommen sein. Schwarze Jeans, schwarzes Hemd, die Ärmel hochgekrempelt. Spärliches Haar. Ein kantiges Gesicht. In seinem Blick lag Skepsis.

»Sie sind der Architekt, oder? Brian Katells Freund.« Claire bewegte sich lächelnd auf ihn zu.

Architekten sahen fast immer aus wie Architekten.

Dupin fühlte sich unbehaglich – aber das tat er schon die ganze Zeit, seit sie hier herumschnüffelten.

»Und?«

Es klang irritiert, aber nicht unfreundlich.

»Bonjour. – Ich bin Claire Lannoy. Eine Freundin von Cécile Cast. Und das ist mein Mann Georges Dupin. Wir sind auf Hochzeitsreise. Seit vorgestern. Die ersten beiden Tage haben wir auf Céciles Weingut verbracht, jetzt sind wir zwei Tage hier. – Trotz der Tragödie«, fügte sie rasch hinzu.

»Ich verstehe. – Ich bin Alain Chevrier. – Bonjour.«

Katells Freund sah erschöpft aus.

»Wir unterstützen Cécile, so gut es geht. Brian Katell und sie waren sich immer noch sehr nah – aber das wissen Sie ja. – Auch für Sie muss es ein entsetzlicher Schock sein, Monsieur. Wie schrecklich.«

Ein cleverer Beginn. Dem eine unbehagliche Stille folgte. Chevrier schien nicht zu wissen, was er von ihnen halten sollte.

»Wir sehen Cécile heute zum Abendessen.«

Das schien das Eis zu brechen. Die Gesichtszüge des Architekten entspannten sich. Eine Entspannung, die einen anderen Menschen hervorbrachte.

»Das ist wunderbar!« Von einem Moment auf den anderen wirkte er zugewandt. »Es wird Cécile guttun. Es sind sehr schwere Tage. Für sie, ja, und auch für mich. Brian war mein ältester Freund. Mein bester Freund.«

»Es tut uns wirklich aufrichtig leid, Monsieur.«

Dupins Worte klangen förmlich.

»Wir sind wirklich begeistert von dem Projekt hier.« Claire zeigte auf die Baustelle. »Ihre Idee, Ihr Entwurf, ganz fantastisch. Das wird ein besonderer Ort.«

Mochte Claires Begeisterung angesichts der Umstände vielleicht nicht ganz passend erscheinen – sie entlockte Chevrier ein kleines Lächeln. Und natürlich wusste Claire, dass es kein mächtigeres Mittel gab, einen Menschen freundlich zu stimmen, als seinen Stolz.

»Danke. Das ist sehr freundlich.«

Er schien kurz zu überlegen, was er sagen sollte.

»Es fühlt sich fürchterlich an, hier zu sein. – Grundfalsch. Aber es ging nicht anders. Ich musste heute herkommen. Morgen nehmen die Maurer ihre Arbeit im Keller wieder auf. Nächste Woche wollen sie fertig sein. Es geht um die letzten Handgriffe. Und die wollen besonders gut überwacht sein. – In zwei Tagen wird zudem das Grundgerüst der Bar errichtet.«

»Unglaublich, dann wird die *bar à vin* ja schon bald Wirklichkeit sein. Gratulation.«

Wieder quittierte der Architekt Claires Bemerkung mit einem Lächeln.

Es verflog allerdings im nächsten Moment.

»Ich weiß es ehrlich gesagt nicht. – Es ist seltsam. Niemand weiß, wie es hier weitergeht. Auch ich nicht«, fügte er sichtlich verloren hinzu.

»Ihr Freund hat Ihnen nie gesagt, was im Falle seines Todes passieren würde? Wer die *Domaine* erbt? Und was mit Ihrem gemeinsamen Projekt passiert? Sie müssen sich doch abgesichert haben.«

»Er hasste das Thema. Alles, was mit dem Tod zu tun hat. – Darüber wollte er nicht einmal im Ansatz sprechen. Ich habe öfter versucht, es zu thematisieren, wenn wir abends beim Wein saßen. Dass wir uns alle auch darüber Gedanken machen müssen – dass einem von uns etwas passieren könnte während des Projekts. Er hat gesagt, das brächte bloß Unglück …«

Das schrille Klingeln von Claires Handy unterbrach den Architekten unsanft. Eigentlich Dupins Spezialität.

»Entschuldigung.« Sie holte es hervor. »Es ist Cécile. Ich gehe besser mal ran.«

Sie verschwand in einem der Rebengänge.

Chevrier schaute Dupin ratlos an.

»Was wissen Sie über den Vorfall auf dem Weinwettbewerb vor ein paar Wochen, als der Inhaber des *Château Joly* Brian Katell öffentlich beschimpft hat?«

Chevrier blickte erstaunt. Nicht bloß über die Frage selbst – sondern vermutlich auch darüber, dass ihn ein vollkommen unbekannter Mann aus dem Nichts in eine Art Verhör verwickelte.

»Ich? – Gar nichts. Wie kommen Sie …«

Jetzt war es Dupins Handy, das Chevrier unterbrach.

Widerwillig warf Dupin einen Blick auf das Display.

Nolwenn.

»Ich muss leider rangehen«, erklärte Dupin. »Ich bin gleich wieder da.«

»Natürlich«, nickte Chevrier.

Dupin ging ein paar Schritte in die Weinberge.

»Was gibt's, Nolwenn?«

»Monsieur le Commissaire, zwei Nachrichten. Eine gute und eine schlechte.«

Für gewöhnlich fragte man nach einem solchen Beginn, welche Nachricht der Empfänger zuerst hören wollte – nicht aber Nolwenn.

»Die gute zuerst: Ich habe für Sie eine Verkostung im *Château Joly* gebucht. Morgen Vormittag, elf Uhr. Anne-Sophie Joly leitet sie – ist das nicht großartig? Eine perfekte Gelegenheit, ihr auf den Zahn zu fühlen. Und überhaupt das Weingut ein bisschen unter die Lupe zu nehmen.«

»Ich …« Dupin brach ab. Was sollte er sagen? Er steckte ohnehin schon mittendrin, so war es jetzt.

»Und Sie werden sicher eine Möglichkeit finden, auch den alten Joly kennenzulernen. Den dunklen Rivalen. – Das hat doch tatsächlich die Dimension einer klassischen Tragödie! Zwei seit Jahrhunderten verfeindete Familien, eine verbotene Liebe. – Und dann wird dem Liebhaber eines Tages plötzlich der Kopf weggeschossen.«

»Nolwenn!« Manchmal konnte sie wirklich rabiat sein, dachte Dupin. »Und die schlechte?«

»Die basslastigen Beats des Ghetto-Poeten Kaaris zeigen nicht die geringste Wirkung auf den Specht, sagt mein Mann. Es ist verflixt.«

Nolwenns Stimme klang nach Weltuntergang.

Dupin kannte den Rapper natürlich. Eine französische Ikone.

»Sein Rap scheint den Vogel eher noch anzustacheln, er hämmert immer besessener.«

Na bravo.

»Das heißt: Sie haben wirklich ein ernsthaftes Problem, Monsieur le Commissaire. Der *pic vert* zerlegt Ihnen alles, bevor der Schreiner übernächste Woche mit den Netzen kommt.«

»Und was sollen wir jetzt tun?«

»Sprechen Sie mal mit Claire. Ich hab sie nicht erreicht. Es war besetzt. – Mein Mann hat ein Luftgewehr, er …«

»Ausgeschlossen.«

»Ich meinte natürlich nur zur Abschreckung.«

Eigentlich war Nolwenn überzeugte Tierschützerin und Ökologin. Das sprach für ihre Behauptung. Nicht aber der Tonfall.

»Was gibt es noch für Möglichkeiten?«

»Es muss Tag und Nacht jemand am Haus Wache halten.

Sofort eingreifen, wenn der Specht im Anflug ist. Sich mit Steinen bewaffnen. Ihn immer wieder aufs Neue verjagen.«

Was für ein Aufwand.

»Ich werde Riwal fragen.«

»Tun Sie das. – Ich wollte es Ihnen ja nur sagen.«

Es klang eingeschnappt.

»Also, bis bald, Monsieur le Commissaire.«

»Eine Sache noch, Nolwenn.«

»Ja?«

»Katells Weine haben vor ein paar Wochen einen Wettbewerb gewonnen – sie haben sich dort auch gegen die Weine des *Château Joly* durchgesetzt. Bei der öffentlichen Preisverleihung in Nantes hat der alte Joly Brian Katell wohl heftig beschimpft. Könnten Sie mal schauen, ob Sie dazu irgendetwas herausfinden? Bei den Organisatoren? Das müssen viele Menschen mitbekommen haben. Ob sich die beiden danach noch einmal persönlich begegnet sind – so was …«

»Ziemlich vage. Aber ich versuch's.«

Und schon hatte sie aufgelegt.

Dupin hatte kehrtgemacht und ging zurück zu Alain Chevrier.

»Die *bar à vin* war ja Ihr gemeinsames Projekt«, hörte er Claire sagen. Das Telefonat mit Cécile war offenbar nicht allzu lang gewesen.

»Oh ja. Wir haben es seit vielen Jahren geplant.«

Dupin trat aus den Reben hervor.

Irgendetwas war los, Dupin sah es an Claires Gesichtsausdruck, auch wenn sie sich Mühe gab, sich nichts anmerken zu lassen.

»Wir …«, Chevriers Stimme wurde schwer, »hatten große Pläne zusammen.«

»Davon haben wir gehört«, sagte Claire. »Es ging um ein wichtiges strategisches Projekt. An verschiedenen Standorten. Um den Direktverkauf an den Konsumenten. Ohne Händler.«

»Es geht um fünf Weinbars, die als Flagship-Stores der *Domaine* zugleich das besondere Flair des Muscadet vermitteln sollen.« Chevrier nickte anerkennend. »Sie haben den Kern des Projekts völlig richtig erkannt. Ein Grundstück haben wir bereits. In Sainte-Marie, im Westen von Pornic.«

»Ich hoffe, Sie werden die Pläne trotz allem realisieren.«

»Ich – ich weiß es wirklich noch nicht.«

»Wir lassen Sie jetzt in Ruhe weiterarbeiten, Monsieur Chevrier. Wir waren bloß neugierig auf das Bauvorhaben und die Kellergewölbe. Wir haben so viel davon gehört.«

Claire hatte es plötzlich eilig. Sie würde vermutlich erzählen wollen, was sie eben von Cécile erfahren hatte.

»Am besten nehmen Sie den Eingang gleich hier, wenn Sie sich die Keller ansehen wollen.« Der Architekt wies mit dem Kopf hinter sich. »Wenn Sie dem Gang folgen, kommen Sie ins Hauptgewölbe. Da, wo die Verkostungen stattfinden. Sicher der eindrucksvollste Raum. Aber verlaufen Sie sich nicht. Die Welt da unten gleicht einem Labyrinth.«

»Danke! Sehr freundlich, Monsieur Chevrier.«

Claire lief bereits an ihm vorbei.

»Und grüßen Sie Cécile ganz herzlich von mir. – Sie hat mich heute Morgen angerufen. – Das war nett von ihr.«

»Wir sehen uns ja sicher noch.«

Claire winkte und nahm bereits die erste Stufe. Dupin folgte ihr widerwillig.

Unten angekommen, noch vor dem Eintritt in die labyrinthische Unterwelt, wartete Claire auf Dupin.

»Du wirst es nicht glauben, Georges!« Sie konnte ihre Aufregung nicht verbergen, strengte sich aber an, leise zu sprechen. »Cécile – sie ist es! Sie erbt die *Domaine du Lac*. Brian hatte sehr wohl ein Testament. Sein Notar hat sich eben offiziell bei Cécile gemeldet, nachdem er zuvor mit Commissaire Lelouche gesprochen hat.«

»Cécile?«

Dupin stand wie angewurzelt da.

»Cécile ist die neue Besitzerin der *Domaine?* Die alleinige Erbin?«

Das nannte man eine faustdicke Überraschung.

»So ist es, Georges. Ist das nicht verrückt?«

Dupin lief die Treppe hoch – und wieder runter, seine Gedanken rasten.

»Was hast du denn, Georges?«

»Ist dir klar, was das heißt? Das macht Cécile zur Hauptverdächtigen, Claire!«

»Das ist doch grotesk, Georges. Es ist Cécile! Alle wissen, dass sie ein enges, freundschaftliches Verhältnis zu ihrem Ex-Mann hatte. Nur weil sie …«

Claire brach ab.

»Cui bono? – Na klar.« Es sickerte langsam durch. Ihr Gesichtsausdruck wurde ernst. »Wer profitiert? Oh mein Gott. Sie profitiert – und zwar gewaltig.«

»Exakt.«

Claire schwieg eine Weile, Dupin konnte förmlich sehen, wie auch ihre Gedanken sich überschlugen.

»Noch ein Grund also, unsere Ermittlungen zu verstärken und den Täter schnellstmöglich zu finden. Wir müssen Cécile schützen. Damit das klar ist: Sie ist meine Freundin, und bevor man ihr etwas hundertprozentig nachweisen kann, plädiere ich im Zweifelsfall für sie.«

Claire blickte so grimmig, wie Dupin es noch nie gesehen hatte.

Jetzt war es Dupin, der verstummte. Auf eine Weise verstand er Claires Haltung, dennoch konnte er sie nicht akzeptieren.

»Warum haben sich die beiden eigentlich getrennt? Weißt du das?«

Sie warf ihm einen missbilligenden Blick zu.

»Warum fragst du?«

Egal, wie Dupin es anstellte: Natürlich würde Claire merken, worauf er hinauswollte. Aber es war, wie es war: Cécile war nun eine Verdächtige. Auch für Dupin.

»Die Kurzfassung: Es ging einfach nicht. Nicht als Ehe. Es war unmöglich für sie. – Brian hat sich immer restlos für seine Berufung verausgabt. Er konnte nicht anders. Der Wein, die *Domaine*. Er meinte es gar nicht böse. Aber es gab für Cécile keinen Platz. Er war ein Verrückter, nach allem, was sie mir erzählt hat. Ein wunderbarer Verrückter. Aber, so ist das immer, auch ein grausamer Verrückter.«

Sie standen immer noch am Eingang zu den Kellergewölben.

»Wann war das? Wann haben die beiden sich getrennt, wann scheiden lassen? Gab es schlimme Auseinandersetzungen?«

»Warum stellst du jetzt all die Fragen zu Cécile? Du denkst doch nicht auch, dass …«

Ein lauter, hoher Schrei unterbrach Claire. Sofort darauf ein weiterer – noch eindringlicher, noch verzweifelter. Es kam aus dem Gewölbe. Eine Frau, eindeutig, und sie konnte nicht weit sein.

»Hilfe! – Ich brauche Hilfe.«

Dupin stürzte los, in den Keller hinein, Claire hinterher.

Sie rannten den Gang entlang, von dem der Architekt gesprochen hatte, und kamen in ein großes Gewölbe. Ein langer Holztisch stand dort, hier fanden offenbar die Verkostungen statt.

»Ich brauche Hilfe«, hallte es durch den Keller.

»Ich komme!«, rief Dupin. Noch konnte er die Frau nicht orten. »Ich bin von der Polizei.« Seine Waffe lag blöderweise im verschlossenen Handschuhfach seines Wagens.

Mehrere Gänge zweigten vom Gewölbe ab.

»Hilfe, Hilfe!«

Jetzt war eindeutig, woher die Rufe kamen. Dupin stürmte weiter. Vier, fünf Meter, dann sah er links eine alte Holztür, die offen stand.

»Hier! Hier bin ich.«

Er preschte hinein. Claire hinterher.

Es war offenbar ein Weinlager. Ein schlauchartiger Raum, eine niedrige Decke, an beiden Seiten Regale aus Tonziegeln voller Weinflaschen. Alles spärlich beleuchtet.

»Hier!«

Emily Pic, die Winzerin, mit der sie eben gesprochen hatten, kniete in der Mitte des Raums auf dem Boden. Sie war es, die geschrien hatte. Neben ihr lag der Körper eines Mannes, den sie stumm anstarrte.

Augenblicklich war Dupin bei ihr.

»Ich kam rein, und er lag hier auf dem Boden.«

Sie wirkte vollkommen außer sich.

Der Mann bot einen schrecklichen Anblick. Er lag auf dem Rücken, der Kopf war seltsam abgeknickt, die dichten Haare auf der rechten Kopfseite voller zäh quellendem Blut. Scherben neben dem Kopf auf dem Boden. Scherben einer Weinflasche, man sah das Etikett. *Le Grand. Domaine du Lac, 2007.*

Dupin ging in die Hocke und sprach den Mann mit fester Stimme an.

»Monsieur? Monsieur?«

Er packte die Schulter und schüttelte ihn.

»Hallo! – Monsieur?«

Keinerlei Reaktion.

Mittlerweile hatte sich Claire neben Dupin hingekniet. Sie überstreckte den Kopf des Mannes, hielt ihr rechtes Ohr abwechselnd an Mund und Nase. Fixierte dabei seinen Brustkorb.

»Keinerlei Zeichen einer Atmung.« Sie sprach wie zu sich selbst, Dupin kannte das von Ärzten in Notsituationen.

Sie richtete sich auf und legte Zeige- und Mittelfinger seitlich neben den Kehlkopf.

»Nichts. Kein Puls. – Ich denke, der Körper hat sogar schon an Temperatur verloren.«

Sie legte ihre Hand auf die Stirn des Mannes, ihre Finger waren mittlerweile blutverschmiert. Schließlich drehte sie seinen Kopf zur Seite und betrachtete schweigend die Wunde, die nun gut zu sehen war.

Es sah fürchterlich aus.

»Er ist tot.«

Claire erhob sich langsam.

»Nicht erst seit gerade eben – aber auch noch nicht lange. Ein, zwei Stunden, denke ich. Traumatische Läsionen des Schädels. Er wird wahrscheinlich sofort bewusstlos geworden sein.«

Sie deutete auf die zu Bruch gegangene Flasche.

»Eine tödliche Waffe. Eigentlich, das hat ein Schweizer Forensiker herausgefunden, sind leere Flaschen sogar noch effektiver. Aber eine volle tut es auch sehr gut, wie man sieht.«

Mediziner klangen nicht selten unbeabsichtigt makaber.

»Kennen Sie den Mann? Wer ist es?«, richtete sich Dupin an die Winzerin.

Einen kurzen Augenblick herrschte eine unheimliche Stille.

»Damien Dantec – unser Marketing- und Vertriebschef«, stammelte sie.

»Das ist Dantec?« Claire wirkte fassungslos. »Der, dem Brian Katell kündigen wollte?«

Auch Dupin brauchte einen Moment.

»So ein Scheiß.«

Er fuhr sich heftig durch die Haare.

Dupin sah sich im Keller um. Er würde nicht viel Zeit haben. Allerdings gab es eigentlich nichts zu sehen. Außer den Regalen und den Weinflaschen. Der schlauchartige, nicht sehr große Raum war ansonsten leer. An der hinteren Seite des Raums waren offenbar Umbauten vorgenommen worden, einige der Ziegelsteinregale waren neu konstruiert worden, es war deutlich zu sehen. Vermutlich hatte es auch hier die Feuchtigkeitsprobleme gegeben, von denen Cécile gesprochen hatte. Zwei der Ziegelsteinregale waren durch einfache Holzregale ersetzt worden, aber das musste, wie es aussah, lange her sein.

»Commissaire Lelouche und seine Leute müssen gleich da sein«, keuchte der Verwalter, als er das Hauptgewölbe des Weinkellers erreicht hatte. Er war in der Produktionshalle gewesen. »Er bittet darum, dass wir alle hierbleiben und auf ihn warten.«

Nachdem Emily Pic die Polizei benachrichtigt hatte, war die Gendarmin aus Bouaye eingetroffen. Dieselbe Kollegin, die gestern am See dabei gewesen war. Auch sie hatte zunächst den Toten in Augenschein genommen. Sie hatte sich von Emily Pic berichten lassen, wie sie den Toten gefunden hatte, im Anschluss dann von Claire und Dupin, wie sie dazugestoßen waren.

Dupin hatte Nolwenn von den Entwicklungen in Kenntnis gesetzt. Claire hatte dasselbe mit Cécile Cast versucht – vergeblich. Sie war nicht zu erreichen gewesen. Also hatte sie eine Nachricht hinterlassen, dass sie sich sofort melden solle. Im Keller gab es keinen Empfang, sie hatten nach draußen gehen müssen.

Dupin hätte sich am liebsten vor dem Eintreffen des Kommissars aus dem Staub gemacht. Es war abzusehen, was kommen würde. Haarige Fragen – warum sie sich zufällig genau zu diesem Zeitpunkt hier in der *Domaine* aufgehalten hatten. Ermittelten sie vielleicht doch? – Dupin musste sich der Situation stellen. Und er war sich vollständig darüber im Klaren, dass alles sonderbar und höchst verdächtig wirken musste. Es war ja tatsächlich ein seltsamer Zufall.

Immerhin: Die Vermutung, dass Brian Katell gestern willkürliches Opfer eines Jagdunfalls geworden sein könnte, war nun endgültig hinfällig. Das Drama, das sich hier abspielte, war mit dem einen Verbrechen noch nicht an sein Ende gekommen, sondern hatte sich auf grässliche Weise zugespitzt. Ein zweiter Mord. Der Fall hatte gewaltige Dimensionen angenommen.

»Ich fasse es nicht«, Emily Pic stand immer noch unter Schock, Claire fühlte ihr gerade den Puls, »ich habe noch …«

»Da bin ich.«

Kommissar Lelouche, begleitet von einem ganzen Tross.

Dupin erkannte die patente Gerichtsmedizinerin von gestern. Allerdings würde sie auch nicht mehr sagen können als

Claire. Zumal die Todesursache außer Frage stand. Das Einzige, was sie sich erhoffen konnten, wäre eine Präzisierung des Todeszeitpunktes. Der Tatzeit. Dupin ging im Moment von der Stunde zwischen dreizehn und vierzehn Uhr aus. Um 14 Uhr 30 waren sie aus Bouaye wiedergekommen.

»Kommen Sie, ich zeige Ihnen die Leiche«, empfing die Gendarmin Kommissar Lelouche und ging voraus.

Lelouche nickte.

»Mesdames, Messieurs – Sie alle warten hier auf mich. Niemand verlässt den Keller«, sagte er und marschierte an ihnen vorbei.

»Ich versuche noch mal, Cécile zu erreichen«, ignorierte Claire die Instruktion des Kommissars. »Sie muss Bescheid wissen.« Sie wandte sich ab.

»Brian Katells Ex-Frau? – Sie war heute Mittag noch hier.« Emily Pics Stimme klang schwach.

»Was?«, rutschte es Dupin heraus.

»Cécile – Cécile Cast?« Auch Claire hatte innegehalten und sich abrupt zu Emily Pic umgedreht.

»Sie hat sich hier mit Monsieur Katells Lebensgefährtin getroffen. Mit Anne-Sophie Joly.«

»Was?« Dieses Mal war es Claire rausgerutscht. »Davon hat Cécile gar nichts gesagt.«

»Madame Joly war ebenfalls hier?«, hakte Dupin sofort nach.

»Ja. Sie beide.«

»Wann?«

»Bei Anne-Sophie Joly kann ich es sagen. Sie ist um dreizehn Uhr angekommen. Ich habe sie zufällig im Hof getroffen.«

»Schwarze schulterlange Haare, schwarzer Defender?«, fragte Claire.

Emily Pic nickte. Sie schien alle Kraft aufzuwenden, um dieses Gespräch zu führen.

»Georges, das war die Frau, die uns fast gerammt hat, als wir von der Crêperie wiedergekommen sind.«

Was hieß, dass sich Brian Katells Lebensgefährtin heute Mittag rund eineinhalb Stunden auf dem Weingut aufgehalten hatte. Während der vermuteten Tatzeit.

»Was wollte Madame Joly hier?«, fragte Claire.

»Ihr iPad lag wohl noch in Katells Wohnung. Und sie war mit Cécile Cast verabredet. Mehr hat sie nicht gesagt. – Anne-Sophie Joly hat hier häufiger übernachtet, auch vorgestern. Nach der Geburtstagsfeier.«

»Und sie haben sich in Katells Wohnung getroffen? Das dürften sie eigentlich nicht«, protestierte Dupin.

»Keine Ahnung. Ich habe aber gesehen, dass ein Polizist mit rein ist.«

Dupin holte mit einer schnellen Bewegung sein Notizheft heraus, schrieb sich etwas auf und steckte es zurück in seine Jeanstasche.

»Woher wissen Sie, dass Anne-Sophie Joly nach der Geburtstagsfeier hier übernachtet hat?«, wollte er wissen.

»Am nächsten Morgen, als ich kam, stand ihr Wagen hier. Und ich war schon um sechs da.«

»Und Madame Cast – wann ist sie heute Mittag gekommen? Und wann wieder gefahren?«

Claire bedachte Dupin mit einem protestierenden Blick.

»Das kann ich Ihnen nicht sagen. Ich habe sie gar nicht gesehen.« Sie atmete tief durch. »Auf jeden Fall war sie noch nicht da, als ich Anne-Sophie Joly im Innenhof getroffen habe.«

Und schon nicht mehr da, als Claire und er von der Crêperie zurückgekommen waren, ergänzte Dupin im Geiste. Auch Cécile hatte sich zur Tatzeit auf dem Weingut aufgehalten.

Genau wie eine Reihe anderer Personen: Alain Chevrier, der Architekt, Jules Marchand, der Verwalter, und auch Emily Pic, die den Toten gefunden hatte.

»Wussten Sie«, Dupin sprach schnell, sie würden nicht viel Zeit haben, »dass Monsieur Katell feste Tage und Uhrzeiten zum Joggen hatte?«

Die junge Winzerin warf Dupin einen verwirrten Blick zu.

»Warum?«

»Der Mörder oder die Mörderin muss davon gewusst haben. Er oder sie hat ihm gestern Morgen ganz gezielt am See aufgelauert.«

»Und ich gehöre plötzlich zu den Verdächtigen?«

Mit einem Mal wirkte Emily Pic verändert. Der Satz hatte aggressiv geklungen.

»Selbstverständlich«, entgegnete Claire, bevor Dupin etwas sagen konnte.

»Wer wusste von Brian Katells Ritual?« Dupin blieb ganz ruhig.

»Ich denke, das wussten wir alle hier. Er erzählte manchmal davon. Von den frühen Stunden am See, der Ruhe, der Einsamkeit. Dass es eine Art Meditation für ihn sei.«

»Besitzen Sie eine Jagdwaffe?«

Dupin merkte, wie ihn der Ermittlungsdrang überkam. Er konnte nichts dagegen tun.

»Bitte?«

»Gehen Sie auf die Jagd?«

»Nein!«

»Und eine der anderen Personen aus Katells Umfeld?«

Es war eine zentrale Frage.

»Das habe ich gestern selbstverständlich als Allererstes in Erfahrung bringen lassen, Monsieur Dupin.«

Kommissar Lelouche war mit einem Mal hinter ihm aufgetaucht. Dupin drehte sich um. Es war ein besonders ungünstiger Moment.

»Und wir beide«, fuhr Lelouche in aller Seelenruhe fort, »hatten uns gestern geeinigt, dass Sie dies alles überhaupt nichts angeht.«

Er baute sich vor Dupin auf.

»Ich habe mich ein wenig über Sie erkundigt, Dupin. – Ich habe mir schon gedacht, dass Sie das mit dem illegalen Ermitteln auch dieses Mal nicht lassen werden.«

Er näherte sich Dupin herausfordernd.

»Und dass Sie die Ermittlungsarbeit der Nantaiser Polizei empfindlich behindern werden.«

Lelouche sprach betont leise.

»Also habe ich bereits gestern mit meinem Präfekten gesprochen. Der Ihren Präfekten gut kennt, die beiden schätzen einander sehr.«

Dupin versuchte, gelassen zu bleiben.

»Das freut mich zu hören. Je enger unsere Départements zusammenarbeiten, desto besser.«

Lelouche zeigte kein Zeichen einer Irritation.

»Und die beiden haben bereits miteinander gesprochen. – Ich hatte angekündigt, dass ich es schon bei dem allerkleinsten Vorfall eskalieren lassen würde. – Und dann ziehen Sie in die *Domaine* von Brian Katell, der gestern ermordet wurde! Es ist doch klar, was das heißt.«

»Wir haben das Zimmer schon vor Wochen gebucht. – Und ob es Ihnen gefällt oder nicht, Monsieur: Das ist ein freies Land«, entgegnete Claire, »und wir wählen auf unserer Hochzeitsreise die Unterkunft, die uns gefällt. – Oder gedenken Sie, uns davon abzuhalten?«

Lelouche antwortete, ohne seinen Blick von Dupin zu nehmen.

»Sie verstehen mich falsch, Madame. – Ich habe anderes zu tun, als Sie von irgendetwas abzuhalten. Unter anderem haben wir zwei Morde aufzuklären. – Mich interessieren Sie höchstens als Verdächtige.« Der Kommissar neigte den Kopf. »Es ist auffällig, dass Sie beide sich sowohl gestern als auch heute zur Tatzeit vor Ort aufhielten, das wissen Sie selbst.«

»Ein Komiker im Polizeidienst, sehr amüsant«, konterte Claire.

Für den Bruchteil einer Sekunde sah Dupin einen verdutzten Ausdruck auf Lelouches Gesicht.

»Mir wäre nach einem Spaziergang zumute, Claire, was meinst du?«

Dupin hatte Lelouche fixiert, während er sprach, seine Stimme war klar und fest.

»Sehr gerne, Georges. Eine gute Idee.«

Dupin setzte sich in Bewegung. Man sah Lelouche eine gewisse Unschlüssigkeit an. Er schien zu erwägen, ob er einschreiten sollte. Aber bevor er in irgendeiner Weise reagieren konnte, sagte Claire betont freundlich:

»Na dann: viel Glück beim Ermitteln, Monsieur le Commissaire.«

Und schon machten sie sich auf den Weg ins Tageslicht.

Am Horizont über dem See braute sich etwas zusammen. Der Himmel dort war nicht dunkel, nicht grau – er war pechschwarz. Im Osten hingegen blendete einen ungetrübt strahlendes Blau. Der Himmel dazwischen bot alles an Wolken auf, was es überhaupt nur gab, das gesamte Spektrum. Die »dramatisch instabile Wetterlage«, von der jetzt sogar die Zeitungen sprachen, war offenbar nicht nur ein kurzes Phänomen gewesen. Dabei war es noch wärmer geworden. Es war schwül, etwas, das in der westlichen Bretagne so gut wie nie vorkam. So unwohl sich Dupin im Kellergewölbe auch gefühlt hatte, so war es dort immerhin angenehm kühl gewesen.

Sie waren in die Weinberge gelaufen, Richtung See, ohne ein bestimmtes Ziel. Eigentlich hätte Dupin sich lieber noch weiter auf dem Weingut umgesehen, auch im Keller – aber daran war nun nicht mehr zu denken.

»Ein grässlicher Typ!« Claire war sichtlich genervt.

Dupin verkniff sich einen Kommentar. Er konnte beileibe nicht sagen, dass Lelouche ihm sympathisch war, dennoch musste er zugeben, dass er ihn verstehen konnte. Ein wenig zumindest. Dass ein fremder Kommissar verdeckt auf Dupins Terrain ermittelte, wäre auch für ihn inakzeptabel. Allerdings, und das machte einen Unterschied, hätte Dupin eine direkte Auseinandersetzung gesucht und nicht den Weg über den Vorgesetzten gewählt.

»Jetzt sind es schon zwei Morde, Georges. Das ist Wahnsinn. Ich verstehe langsam, warum Nolwenn sagt: Wo immer du auftauchst, gibt es Tote.«

»Versuch es noch einmal bei Cécile«, Dupin überging die Bemerkung, »sie muss unbedingt im Bilde sein. Vor allem: Frag sie, warum sie sich mit Anne-Sophie Joly getroffen hat. Und warum in der *Domaine?* – Wir müssen alles ganz genau wissen.«

»Aber nur, um Cécile zu schützen!«, erwiderte Claire angespannt.

Sie erreichten das Ende der Parzelle. Ein flaches Mäuerchen markierte die Fläche, dann folgte eine Wiese. Ein Stück weiter sah man eine kleine Straße. Ein Wäldchen dahinter.

»Du hast es selbst gesagt, Georges. Wir müssen sie schützen. Für den Kommissar ist sie die Hauptverdächtige.«

Logischerweise.

»Und genau deswegen müssen wir sie ebenfalls als solche betrachten und alles kritisch hinterfragen.«

Es war nicht die ganze Wahrheit. Dupin ging es nicht vorrangig um ihren Schutz – ihm ging es darum, den Täter zu finden.

Claire stieg über das Mäuerchen, auf dem sich ein paar bunte Schmetterlinge sonnten, und lief auf die Wiese. Es roch nach Spätsommer.

»Du hast recht.« Claire holte ihr Handy hervor. »Ein bisschen Empfang, immerhin.«

Schon drückte sie die Nummer.

Dupin ließ sich ein paar Meter zurückfallen und griff ebenfalls nach seinem Handy. Mit der anderen Hand wischte er sich den Schweiß von der Stirn. Er musste dringend mit Nolwenn sprechen.

»Monsieur le Commissaire?«

Es klang, als wäre Nolwenn beschäftigt.

»Haben Sie etwas vom Präfekten gehört?«, fragte Dupin.

»Von Locmariaquer? Nein. Sollte ich?«

»Der Präfekt aus Nantes hat sich bei ihm gemeldet. Lelouche hat ihn wohl gegen mich in Stellung gebracht. Er wusste natürlich von unserem Umzug in die *Domaine*. Blöd ist er ja nicht.«

»Hm.«

Ein ungutes »Hm«, Dupin kannte es. Nolwenn schien die Sache ernster zu nehmen, als er gehofft hatte.

»Die beiden treffen sich einmal im Jahr in Vannes und machen einen Segeltörn zusammen. Mit ihren Frauen.«

Nolwenns Aussage hatte finster geklungen.

»Da muss ich mir etwas einfallen lassen. – Hm.«

Eine Pause.

»Aber lassen Sie das meine Sorge sein.«

Das klang schon besser. Viel besser.

»Danke, Nolwenn. – Noch ein paar Dinge: Wir müssen wissen, wer hier eine Jagderlaubnis oder einen Waffenschein hat.«

»Um wen genau geht es?«

Dupin zählte auf: »Um Brian Katells Lebensgefährtin Anne-Sophie Joly und ihren Vater, Katells Freund Alain Chevrier, um Emily Pic, die Winzerin von Katells Weingut, um den Verwalter, Marchand, und seinen Sohn. Und«, Dupin senkte instinktiv die Stimme, »Cécile Cast.«

»Cécile Cast?«

»So ist es.«

Noch eine Pause.

»Sie haben völlig recht, Monsieur le Commissaire. So ist es jetzt.«

Eine klare Positionierung.

»Und Damien Dantec.«

»Verstehe. Er könnte Katell ermordet haben und dann selbst zum Opfer geworden sein.«

»Haben Sie etwas über den Vorfall bei dieser Preisverleihung herausgefunden?«

»Ich muss leider etwas diskreter vorgehen als sonst. – Noch nicht viel: Der Präsident des Weinverbandes, der die Preise verleiht, stand neben Brian Katell auf der Bühne. Ich konnte kurz mit ihm sprechen. – Er bestätigt die Beschimpfungen. Joly hat wohl etwas von Bestechung gerufen. Für alle hörbar. – Ob sich die beiden Männer nach der Verleihung noch begegnet sind, wusste er nicht.«

»Hat der Direktor etwas zu diesem Vorwurf gesagt?«

»Nur, dass es hanebüchen sei. Was er natürlich auch sagen würde, wenn es wahr wäre.«

So war es.

Claire und Dupin hatten das Sträßchen erreicht. Hohe Birken säumten den Lauf. Claire war Dupin immer noch ein paar Schritte voraus.

»Haben Sie sich mit Claire zu dem Specht-Problem beraten? Wissen Sie, wie Sie weiter vorgehen wollen?«

»Ich melde mich später dazu, Nolwenn.«

Dupin hatte die Sache, wenn er ehrlich war, aus den Augen verloren.

»Wenn es denn für Ihr Haus noch ein Später gibt …«

»Bis dann, Nolwenn.«

Dupin beendete das Gespräch. Und sah, dass auch Claire nicht mehr telefonierte.

Sie wartete auf ihn.

»Sie hat ermittelt! Nur deswegen!«

»Bitte?«

Dupin stand auf der Leitung.

»Na, Cécile. Verstehst du? Sie hat sich heute Morgen bei Anne-Sophie Joly gemeldet und gesagt, dass sie das Bedürfnis habe, sie zu sehen. Zu reden. Es stimmte auch ein bisschen, sagt Cécile. Die beiden sind ja gut miteinander klargekommen. – Anne-Sophie hat sich wohl sehr gefreut über den Vorschlag. Und gesagt, dass sie ohnehin zur *Domaine* müsse, wegen des iPads, und dass sie sich dort treffen könnten.«

Claire sah Dupin in die Augen.

»Hörst du? – Es war Anne-Sophies Vorschlag, sich in der *Domaine* zu treffen, nicht Céciles. Anne-Sophie ging dort wohl ein und aus. – Cécile war dann von halb zwei bis kurz vor halb drei dort. Sie muss unmittelbar vor unserer Ankunft aufgebrochen sein. Noch vor Anne-Sophie Joly.«

»Und Madame Jolys iPad lag tatsächlich in Katells Wohnung?«

»Als Cécile kam, hatte Anne-Sophie es bereits. Da war ein Polizist dabei nachzuprüfen, ob es auch wirklich ihres war.«

»Weißt du, wo das iPad lag?«

»Nein.«

»Und wo sie sich in der Wohnung aufgehalten haben?«

»Im Wohnzimmer und in der ersten Etage wohl.«

Mit einem Mal tat es einen gewaltigen Schlag. Ein infernalischer Lärm, wie ihn Dupin in seinem Leben selten gehört hatte. Er ging durch Mark und Bein.

Kurz darauf folgte ein zweiter Schlag.

Der Himmel über Claire und Dupin war pechschwarz.

»Wir sollten …«

Ein greller Blitz überwältigte die Welt. Er schien für Sekunden in der Luft zu stehen. Derartig plastische Blitze hatte Dupin nur einmal in einer Computersimulation der rauen Frühphase des Planeten Erde gesehen. Apokalyptisch. Der Donner, der folgte, war noch ohrenbetäubender als die ersten beiden Schläge, die aus dem Nichts gekommen waren. Zwischen Blitz und Donner nicht mehr als zwei, drei Sekunden. Das Gewitter war bereits ganz nah.

»Wir sollten zurück, so schnell es geht.«

Claire schien Dupins Worte nicht zu hören; wie gebannt starrte sie in den Himmel.

»Schau, jetzt zeigen sich die Wolken.« Es hörte sich an wie: Schau, da steht der Feind …

Und tatsächlich. Von dem tiefen Schwarz des Himmels setzte sich mit einem Mal ein Wolkenungetüm ab, gigantisch groß, wenn auch nur schemenhaft zu erkennen. Ein besonders dunkles Anthrazit. Direkt über ihnen.

»Rund, eindeutig – siehst du?«

Dupin sah es.

»Das ist gefährlich.«

Sie schaute sich um.

»Wie lange sind wir gel…«

Eine Windböe riss Claire fast um. Gewaltige Regentropfen prasselten im nächsten Moment wie Geschosse auf sie nieder. Die Welt würde untergehen, so viel stand fest.

»Der Beginn einer Superzelle. – Das ist ja irre«, Claire musste so laut schreien, wie sie konnte, damit Dupin überhaupt etwas verstand. »Wir müssen Schutz suchen, Georges.«

Dupin war nicht sicher, was bei Claire überwog: Angst oder wissenschaftliche Faszination.

»Eine besondere Art des Gewitters, in der die Aufwinde heftig zu rotieren beginnen. Die Zelle dehnt sich immer weiter aus. Am Ende können sogar Tornados entstehen.«

Die Birken am Wegesrand bogen sich abenteuerlich.

»Hier gibt es nichts, wo wir Schutz suchen könnten. – Wir müssen zurück!«, brüllte Dupin.

Claire nickte.

Sie waren vielleicht eine Viertelstunde gegangen, schätzte Dupin.

Claire preschte los. Dupin folgte. Bereits jetzt waren sie komplett durchnässt. Es war, als stünden sie unter einem Wasserfall, der von allen Seiten kam.

Das Weingut war nicht zu sehen, überhaupt konnten sie kaum etwas erkennen. Sie würden den Weg, den sie durch die Wiese genommen hatten, nicht mehr finden. Aber die Richtung war klar.

Dupin schloss zu Claire auf.

»Wir müssen gleich auf die Wiese«, schrie er. »Dann kommen wir zu der Straße, die zur *Domaine* zurückführt.«

»Jetzt!« Claire verließ den Weg.

Was eben noch fester Boden gewesen war, hatte sich rasant in tiefen Schlamm verwandelt. Sie sanken beinahe bis zum Knöchel ein. Es war wie bei heftig aufkommender Flut. Dupin musste unwillkürlich an das Paar denken, das vor dem apokalyptischen Unwetter fliehen musste und zu Stein verwandelt wurde.

»Wir sollten ...«, rief Claire, kam aber nicht weiter.

Abermals wurde die Welt grell erleuchtet – dieses Mal aber explodierte der Donner simultan. Der Blitz selbst war nicht zu sehen gewesen, er musste direkt hinter ihnen niedergegangen sein. Dupin würde trotzdem nicht nach hinten schauen ...

»Schneller!«, schrie Claire.

Sie spornte sich selbst an. Tatsächlich wurden sie auf dem unwegsamen Grund langsamer und langsamer. Und von Meter zu Meter wurde es anstrengender. Blätter, Gräser, Zweige flogen ihnen entgegen, sie konnten von Glück reden, dass keine Bäume in der Nähe waren. Irgendetwas roch mit einer verrückten Intensität, etwas Scharfes; Dupin hätte nicht sagen können, was es war.

»Schau!« Claire zeigte nach vorn.

Nach einer gefühlt endlos langen Zeit mitten im Gewitter hatten sie endlich das Mäuerchen erreicht, das die Wiese vom Weinberg trennte.

Schon stürmten sie durch die Rebenreihen. Die prallen, runden Trauben schlugen gefährlich hin und her, einige hatte es bereits abgerissen, sie lagen wild verstreut in der aufgeweichten Erde. Ein Wunder, dass überhaupt noch welche an den Stöcken hingen.

So ging es eine Weile. Bis Claire abrupt stehen blieb.

»Ich glaube, wir haben uns verirrt. Wir müssten schon längst an der Zufahrt sein.«

Dupin hatte gerade den gleichen Gedanken gehabt.

Beim Sprechen lief einem der Regen in den Mund, als würde man unter der Dusche stehen. Die Temperatur war dramatisch gefallen, sicher um zehn Grad.

Dupin blickte sich um. Nichts.

»Am besten laufen wir ein Stück zurück. Und halten uns links.«

Claire nickte und lief los.

Die Blitze schienen überall zu sein, gingen vor ihnen, hinter ihnen, rechts und links von ihnen nieder.

»Da!«

Dupin hatte eine dunkle Kontur gesehen. Etwas Eckiges.

Er zwängte sich durch die Weinreben hindurch. Claire folgte ihm. Blätter und Trauben schlugen ihnen heftig ins Gesicht.

Bald erkannten sie die Rückseite des Hauptgebäudes. Sie mussten rechts um den Anbau herum, dann würden sie den Hof erreichen. Endlich!

Claire lief zum Haupteingang.

»Nein – hier!«, schrie Dupin.

Er steuerte auf den Citroën zu. An den Polizeiwagen war zu erkennen, dass immer noch alle da waren, die gesamte Mannschaft. Dupin hatte keine Lust, irgendjemandem zu begegnen, so dringend sie auch trockene Kleidung brauchten.

»Wir sollten Lelouche aus dem Weg gehen.«

Claire nickte heftig.

Im nächsten Moment saßen sie triefend auf den schwarzen Vordersitzen des alten Wagens. Sie schlugen die Türen zu und schauten sich an.

Sie hätten nicht zu sagen vermocht, warum und wer begonnen hatte – aber sie brachen in ein lautes, langes, tief erleichtertes Lachen aus und fielen für Augenblicke zusammen aus Zeit und Raum.

Dupin hatte die Heizung im Wagen so hoch gedreht, wie es nur ging. Sie war, wie der ganze Wagen, in die Jahre gekommen. Dafür half die Sitzheizung unverzüglich. Die Scheiben waren beschlagen, Claire musste das Stück vor Dupin regelmäßig mit einem Taschentuch säubern, damit er überhaupt etwas sah. Für viel mehr als Schritttempo reichte es dennoch nicht. Und auch dabei musste er sich aufs Äußerste konzentrieren. Vor Gewitter und Regen bot ein Auto Schutz – nicht aber vor herabstürzenden Ästen oder umfallenden Bäumen.

»Pornic?«, fragte Dupin.

»Oh ja. – Auf der Rückbank liegen Pullover und Jacken, Georges.«

Wie immer führte Claire einen halben Kleiderschrank im Wagen mit sich, heute zahlte es sich aus.

»Ich brauche Kaffee, das ist alles.«

Es ging um Prioritäten. Die Welt musste wieder in Ordnung kommen.

»Cécile hat mir einen Tipp gegeben, wo wir guten Kaffee bekommen. Man kann dort wohl auch schön sitzen – wenn nicht gerade ein Unwetter niedergeht. In Sainte-Marie, dem westlichen Teil von Pornic.«

»Dann haben wir ein Ziel.«

Ein paar Minuten später bogen sie auf die D751 ab, die sie geradewegs bis nach Pornic bringen würde. Allmählich begann die Wucht des Gewitters nachzulassen. Sie hatten sich tief in die beheizten Sitze gepresst, Claire hatte Dupin und sich die Haare mit einem Sweatshirt trocken gerieben. Dann hatte sie sich ihres nassen T-Shirts entledigt und einen von Dupins Pullovern übergezogen.

»Wie geht's dir, Georges?«, fragte sie nachdenklich. »Ganz schön extrem, oder? – Aus dem Nichts, zwei brutale Morde.«

Claire war im Innersten angegriffen.

»Und wir mittendrin. – Es fühlt sich völlig unwirklich an.«

Dupin kannte die Empfindung sehr gut.

»Ich weiß.«

Claire schloss die Augen.

»Ich hab vergessen, dir die Neuigkeiten von unserem Specht zu erzählen.«

Natürlich war es unpassend. Aber das war es immer.

»Das mit der Musik funktioniert nicht. Nolwenn fragt, was wir als Nächstes versuchen wollen.«

Dupin hatte eine heftige Reaktion erwartet, aber Claire wirkte bloß müde, fast ein wenig resigniert.

»Ich hatte schon befürchtet, dass es nicht klappt.« Mit einem Mal setzte sie sich aufrecht. »Da müssen wir andere Saiten aufziehen. Am besten, ich spreche noch mal mit Nolwenns Mann.«

Es klang bedrohlich.

»Du weißt, dass wir nichts Illegales tun können«, stellte Dupin prophylaktisch klar.

»Ich weiß. – Lass den Specht mal meine Sorge sein.«

Der letzte Satz beunruhigte Dupin noch mehr.

Eine Zeit lang schwiegen sie.

Dupin schaltete das Radio ein. Daran hatte er eben schon gedacht. Für gewöhnlich vermied er während seiner Ermittlungen konsequent alle Medien – dieses Mal aber war es ja gar nicht sein Fall. Potenziell könnte das Radio eine Quelle sein, um Informationen zu erhalten. Er musste einen regionalen Sender finden. Bald hatte er ihn.

»... wahrscheinlich in einem Zusammenhang. Damien Dantec, vierundvierzig Jahre alt, war seit einem Jahr Marketingchef des berühmten Weingutes. Ging der Commissaire nach dem gewaltsamen Tod von Star-Winzer Brian Katell zunächst von einem Jagdunfall aus, steht nun fest, dass es ein Mord war.«

Die Nachricht hatte sich im Nu verbreitet. Was kein Wunder war. In der *Domaine* hatten sich über ein Dutzend Leute aufgehalten.

»Die Polizei sucht aktuell nach einem Motiv«, führte der Radiosprecher aus, »das mit den Geschäften der *Domaine du Lac* in Verbindung steht, wie Commissaire Lelouche in einer ersten Stellungnahme mitteilte. Er bezeichnete das Geschehen als eines der schwerwiegendsten Verbrechen der letzten Jahre im Département Loire-Atlantique. Er werde alles dafür tun, die Morde so rasch wie möglich aufzuklären und den oder die Täter einer gerechten Strafe zuzuführen. – Jetzt zu weiteren Nachrichten aus der Region ...«

Dupin schaltete das Radio aus.

»Etwas wirklich Neues haben wir nicht erfahren«, kommentierte Claire trocken.

Sie hatte recht.

»Meinst du«, Dupin versuchte es behutsam zu formulieren, »Cécile könnte eine Beziehung mit Alain Chevrier haben? Eine Affäre?«

»Was?«

Claire schien entsetzt.

»Wie kommst du denn jetzt darauf? Niemals!«

»Ich weiß es nicht.«

»Hast du irgendeinen Anhaltspunkt?«

»Nein. Nur so.«

Es stimmte. Der Gedanke war ihm aus dem Nichts gekommen.

»Nur so?«

»Genau.«

»Wir müssen alles in Erwähnung ziehen?«

»Genau.«

»Okay.«

Zwanzig Minuten später verließen sie die D751 nach Pornic.

»*Cabane des Sablons* heißt das Café. Ich schau mal auf der Karte.«

Claire tippte auf ihrem Handy herum.

Bald fiel die Straße steil ab Richtung Meer, das in einem übernatürlichen Jadegrün leuchtete. Im Westen nämlich, über dem offenen Atlantik, am Ende der großen Bucht, waren die Wolken aufgebrochen, oder genauer: Es waren überhaupt gar keine Wolken mehr zu sehen.

Die Straße führte nun so steil bergab, dass man das Gefühl bekam, Anlauf zu nehmen für einen tollkühnen Sprung, wie auf einer Skischanze. Einen weiten Flug über das Meer, bis zur Île de Noirmoutier.

»Auf der Uferstraße links, ein paar Hundert Meter die Küste entlang.«

Fein zerfurchte silberne Felsen, die ins funkelnde Jademeer abfielen. Die Straße verlief streng parallel zur Wasserlinie. In engen Abständen sah man die charismatischen Fischerhütten, die *pêcheries*. Die Netze waren heruntergelassen. Es herrschte Flut. Die Fischer hofften auf Beute.

»Cécile hat gesagt, dass auch Pornic Opfer der Invasion ist«, bemerkte Claire, deren Blick ebenfalls zu den Fischerhütten geschweift war.

Eines der großen bretonischen Themen dieses Sommers. Es ging um die rätselhafte Invasion der Tintenfische. Myriaden von Tintenfischen suchten die südbretonischen Gewässer heim, vor allem nahe der Küste, und fraßen das Meer leer. *On n'a jamais vu ça*, so etwas hatte man noch nie gesehen, da waren sich die Bretonen einig. Und das wollte in der Bretagne etwas heißen. Die Invasion betraf die gesamte Südbretagne, auch Concarneau. Leider war die Angelegenheit nicht bloß mysteriös, sondern auch bedrohlich. Sie stellte ein ernstes Problem dar, eine ökologische Katastrophe. Und zum Leidwesen der Bretonen auch eine kulinarische. Die gefräßigen Wesen hatten es nämlich auf alles Köstliche abgesehen, unter anderem auf Hummer, Langusten und Langustinen. Die Vorlieben der Tintenfische stimmten mit denen Dupins in erschreckendem Maße überein. Sie schlürften die Schalentiere bei lebendigem Leibe leer. Schon im März waren Fotos von stattlichen Hummern veröffentlicht worden, die auf den ersten Blick intakt aussahen, von innen aber leer waren – nur die Hülle existierte noch. Das Gleiche bei Seespinnen, Krebsen und auch Muscheln. Bedauerlicherweise machten die Tintenfische auch vor Dupins Lieblingsmuscheln keinen Halt, den *ormeaux*. Tintenfische waren Allesfresser. Und die Menschen erleichterten ihnen auch noch die Arbeit: Wenn die eigentlich überaus wehrhaften Hummer einmal in den Körben der Fischer waren, mussten die Tintenfische nur noch hineingleiten und sie aussaugen. Selbst renommierte Meeresbiologen sagten, dass niemand wisse, was die Invasion verursache. Sie vermuteten jedoch einen Zusammenhang mit dem Klimawandel. Fakt war, dass die Tintenfische über den Sommer immer mehr geworden waren. Auf den Glénan war letzte Woche ein über sechs Kilo schweres Exemplar mit Tentakeln von hundertsiebzig Zentimetern Länge gefangen worden. »Sie mutieren zu Riesenkalamaren!«, hatte es reißerisch geheißen. Folglich hatten die Bretonen mit rigoroser Gegenwehr reagiert: »Wir alle müssen die Invasion gemeinsam bekämpfen!«, hatte schon der erste Kampfaufruf von *Ouest-France* im März gelautet. Praktisch gesprochen: »Esst Tintenfisch!« Tageszeitungen, Kochmagazine, Radio- und Fernsehstationen hatten angefangen, Tintenfischrezepte zu verbreiten. Eine konzertierte Aktion mit den Fischern, die keine andere Wahl hatten, als ihren Fang umzustellen. Ein Beispiel: Im Mai waren in Quibérons kleiner Fischauktionshalle zweihundert Kilogramm Tintenfisch verkauft worden, im Juni ganze drei Tonnen, im Juli fünf, im August elf Tonnen, sprich: elftausend Kilogramm – jetzt im September waren es in einer einzigen Woche schon sechs Tonnen gewesen.

»Cécile sagt, dass die Fischer in ihren Netzen hier auch fast nur noch Tintenfische vorfinden.«

»Schrecklich.«

Dupin sah sich schon den Rest seines Lebens nur noch Tintenfisch essen.

»Hier, Georges. – Wir sind schon da.«

Dupin sah, was Claire am dicken Stamm einer Meereskiefer entdeckt hatte. Ein verwittertes Holzschild: *La Cabane des Sablons*.

Schöner konnte ein Ort nicht sein.

Eine kleine Bucht, eingefasst von atemberaubenden Felsvorsprüngen, auf denen Fischerhütten standen. Weiter oben, auf den grünen Kappen der vom Meer zerfransten Klippen, waren eng stehende Grüppchen von Meereskiefern zu bestaunen. Die Bucht selbst trumpfte mit einem angeberisch schönen Strand auf, der eine besondere Extravaganz bot: Sein Sand war tonrot. Die Sonne ließ ihn intensiv leuchten. Und nicht nur ihn – auch die dunkelgrauen Felsen, die sich hier und dort aus dem Sand erhoben. Das Meer trug auch hier sein magisches Jadegrün zur Schau.

»Das ist ja ein Traum, Georges!«

Das war es.

Außerdem war es hier an der Küste sicher fünfundzwanzig Grad warm. Zehn Grad mehr als beim Weltuntergang, den sie eben noch in den Weinbergen erlebt hatten.

Die *Cabane des Sablons* stand direkt im Sand und schmiegte sich mit ihrer Rückseite an die Felsen. Eine Holzhütte, von Sonne und Salz ausgeblichen, ein flaches Dach, tonrot wie der Sand der Bucht. Ein Holzsteg führte über den Strand zur *Cabane* und von dort zu gemütlich aussehenden Strandsesseln und weißen Tischen unter ausladenden weißen Sonnenschirmen.

Augenblicklich nahmen die *Cabane* und die kleine Bucht für Dupin einen Platz auf der Liste seiner Lieblingsorte ein.

Wie um dem beizupflichten, eroberte das strahlende Blau, vom Westen kommend, selbstbewusst immer weitere Teile des Himmels.

Die Welt, die sich hier zeigte, ließ das Erlebte von eben bloß als finsteren Spuk erscheinen. Die Sonne lachte alle Unwetter einfach aus.

»Ein Glas Saumur, bitte.« Claire hatte den Weißwein – natürlich von der Loire – auf der Karte gesehen. »Und einen *petit café* – und eine große Flasche Wasser«, komplettierte sie ihre Bestellung.

Sie standen an der Theke. So kam Dupin schneller zu seinem ersehnten Kaffee.

»Ein fantastischer Saumur«, nickte die Bedienung anerkennend, »und wir haben ihn perfekt gekühlt.«

Saumur würde die nächste Station ihrer Hochzeitsreise sein, so zumindest lautete der Plan.

»Zwei *cafés* für mich, bitte«, sagte Dupin. »Und geben Sie uns gleich eine Flasche von dem Saumur. Und die Makrelenrillettes auf Toast.«

Eine kleine Stärkung konnte jetzt nicht schaden.

»Kommt sofort.« Die freundlich zugewandte Dame bestätigte lächelnd die Bestellung. »Sie sind wohl ziemlich in den Regen gekommen!«

»Oh ja«, bestätigte Claire, »drüben am See.«

Man sah es ihnen immer noch an. Claires lange Haare waren nass, Dupins Jeans klebte unangenehm an den Oberschenkeln, er hasste das Gefühl.

»Hier war fast nichts. Nur ein paar Tröpfchen.«

Es war Dupin auch aufgefallen. Die Welt hier war trocken.

»Der Himmel ist zwar pechschwarz geworden – aber der Regen ist uns erspart geblieben. Die Gäste haben sich trotzdem alle vorsichtshalber in Sicherheit gebracht.« Sie deutete mit dem Kopf auf die leeren Tische.

Claire und Dupin setzten sich direkt ans Wasser. Die Strandsessel waren noch bequemer, als sie aussahen.

»Ich will mich ausführlich auf Katells Weingut umsehen«, kündigte Dupin an, »sobald Lelouche und seine Leute weg sind.«

Ihm war eingefallen, dass sie dank Cécile – die ja die neue Eigentümerin war, wie es aussah – freien Zugang haben würden. Freilich nur, wenn der Kommissar die *Domaine* nicht absperren ließ. Was Dupin an seiner Stelle längst getan hätte.

»Sehr gut. Das machen wir. Cécile kennt sich dort ja bestens aus. Sie hat auch die Schlüssel zu Brians Wohnung.«

Dupin hatte es gehofft.

»Und nicht nur zu seiner Wohnung, das ist ein Generalschlüssel, damit kommt man in der *Domaine* überall rein.«

Ausgezeichnet.

Claire und Dupin hatten die beiden Sessel so gerückt, dass sie nebeneinander im Sand standen, so konnten sie beide aufs Meer blicken.

Dupin schaute auf die Uhr. »Meinst du, Cécile kann uns um 18 Uhr 30 in der *Domaine du Lac* treffen?«

»Bestimmt. Sie hat für heute Abend einen Tisch im *Marius* gebucht. Am Hafen unten in Pornic. Das schönste Restaurant der Stadt, sagt sie. Für acht. Sollen wir das absagen?«

»Nein, nein. Nur auf etwas später verschieben. Das reicht.« Sie würden auf ihrer Hochzeitsreise nicht anfangen, kulinarisch zu improvisieren.

»Gut. – Dann rufe ich Cécile an. – Und Nolwenns Mann.«

Noch bevor Dupin etwas dazu sagen konnte, war sie aufgestanden und lief zum Wasser.

Als Claire wiederkam, standen die Getränke bereits zwischen ihnen. Dupin hatte die beiden Gläser großzügig gefüllt. *Clin d'œil* hatte der sinnige Winzer seinen Wein genannt. Augenzwinkern.

»Alles klar. Um 18 Uhr 30. Wir sollen sie anrufen, wenn wir Bouaye erreicht haben. Cécile ist ohnehin in der *Domaine,* der Kommissar hat sie gebeten zu kommen. Auch in ihrer Eigenschaft als zukünftige Eigentümerin. – Sie sind übrigens noch alle da, die ganze Polizei-Mannschaft. – Nolwenns Mann habe ich aufs Band gesprochen.«

Dupin hob sein Glas.

»Auf uns, Claire!«

Claire hob ihres.

»Auf unsere erste gemeinsame Ermittlung«, fügte sie hinzu.

Dupin hätte es bis vor Kurzem noch nicht für möglich gehalten – aber jetzt lächelte auch er bei Claires Satz.

»Pfirsich. Zitrusfrüchte, unbedingt, und – warte … Litschi. Ja, das ist es. Litschi!«

Litschi? Eine Assoziation, auf die Dupin nie gekommen wäre. Auf Zitrusfrüchte wohl, die schmeckte er aus irgendeinem Grund immer, vielleicht noch auf Pfirsich. Aber nicht auf Litschi. Prompt nahm er einen weiteren, noch größeren Schluck: Er würde, es war evident, einfach intensiver trainieren müssen.

»Im Mund erfrischend, lebendig, rund.« Claire war begeistert. »Ich muss irgendwie auch an Spargel denken.«

Wieder eine für Dupin überraschende Geschmacksassoziation.

Während Claire den nächsten Schluck nahm, griff sie mit der anderen Hand in ihre Handtasche, holte das Personentableau und das kleine rote Clairefontaine heraus.

»Hier, nimm du dein Heft – ich aktualisiere die Skizze, wir haben ja jetzt einen Verdächtigen weniger. Und einen Toten mehr.«

Claire hatte es bestimmt nicht so makaber gemeint, wie es klang.

Dupin hatte den Wein abgestellt und trank den zweiten *café*.

»Willst du nicht mit deinen berühmten Notizen beginnen?« Sie warf Dupin einen auffordernden Blick zu.

»So machst du das doch immer. Du hast da doch so ein Geheimsystem mit deinen Notizen.«

Er hatte kein Geheimsystem. Und es funktionierte auch nicht auf Kommando. Überhaupt merkte er, dass Claire ein eher mechanisches Bild von seiner Arbeit hatte. Als gäbe es eine feste Methode.

»Wie hast du das verstanden, als wir mit Brians Freund, dem Architekten, gesprochen haben – hat er nur die Pläne für die Weinbars gemacht? Oder ist er an dem gesamten Projekt selbst beteiligt? Mit seinem eigenen Geld?«

Der Punkt war Dupin eben auch schon durch den Kopf gegangen.

»Was er gesagt hat, könnte man so oder so interpretieren. Cécile schien es ja auch nicht genau zu wissen. Wir hätten ihn direkt fragen sollen.«

Wie so einiges andere.

»Warum? Ich meine, warum willst du das wissen?«

»Nur so.«

Dupin würde jetzt nicht anfangen, jede Frage, jeden Impuls, jeden Gedankenansatz, jedes Gefühl zu erläutern. Ausgeschlossen.

»Denkst du, es geht um etwas, das mit dem Wein zu tun hat? Am Ende doch um die Konkurrenz der beiden Traditionshäuser?«

Dupin war in Gedanken.

»Warum Dantec? Warum er?«

Jetzt machte Dupin sich doch eine Notiz, eine allererste.

»Was hast du aufgeschrieben?«

»Ich …«

Dupins Handy klingelte. Er warf einen unwilligen Blick auf das Display. – Inspektor Kadeg? Was wollte er?

Dupin zögerte, dann nahm er doch an.

»Ja, hier ist Dupin!«

Er würde das übliche Ritual von Kadeg jetzt nicht ertragen.

Kadeg begann jedes Telefonat mit der Frage, ob auch wirklich die Person am Apparat war, die er angerufen hatte.

»Commissaire Dupin?«

»Kadeg, ich meine es ernst, ich …«

»Ich stehe gerade hier vor Ihrem Haus. Wie soll ich sagen? Das Problem mit dem Grünspecht hat sich erledigt!«

»Was?«

Die beste Nachricht, die Kadeg je überbracht hatte.

»Aber es gibt ein Dilemma.«

Kadegs aktuelles Lieblingswort. Alles war ein Dilemma. Vor allem Dinge, die auf keinen Fall ein Dilemma waren, wenn man die eigentliche Bedeutung des Wortes auch nur im Geringsten ernst nahm.

»Es ist ein Schwarzspecht hinzugekommen. – Jetzt sind es zwei. Das ist jetzt das Problem.«

Kadegs Humor war etwas verquer.

»Kadeg! Das ist nicht lustig.«

Claire warf Dupin einen fragenden Blick zu.

»Es war auch kein bisschen lustig gemeint, Commissaire. – Der Schwarzspecht ist nämlich noch ungleich aggressiver als der Grünspecht. Und er lässt sich wie sein grüner Artgenosse kein bisschen von dem Rap einschüchtern. – Jetzt sind sie beide am Werk.«

Kadeg meinte es ernst.

»Und haben Sie schon etwas dagegen unternommen, Kadeg?«

Es klang, als hätte Kadeg sich alles bloß interessiert angeschaut.

»Selbstverständlich.« Eine zackige Antwort. »Ich habe eine professionelle Steinschleuder dabei. Das mögen sie gar nicht. – Das Dumme ist nur, dass sie verdammt schnell sind, ich treffe sie nie richtig – und sobald ich mich entferne, sind die beiden sofort zurück. – Riwal ist anderweitig im Einsatz.«

Ohne Zweifel war es illegal, auf geschützte Vögel mit Steinschleudern zu schießen.

»Und was nun?«

»Keine Ahnung, Commissaire, tja, ein echtes Dilemma.«

»Ich …«

Dupin wusste nicht, was er sagen sollte.

»Ich melde mich wieder, Kadeg. So lange bleiben Sie vor Ort. – Bis dann.«

Schon hatte Dupin aufgelegt.

Vielleicht hatte Claire eine Idee. Mit knappen Worten resümierte er das Telefonat.

Claire schien nicht sonderlich überrascht. Sie legte den Kopf schief.

»Jetzt auch noch ein Schwarzspecht. Das kommt vor.«

Kam es? Ja? Dupin hatte in seinem Leben noch nie davon gehört.

»Wir müssen …«

Dupins Handy klingelte aufs Neue. Eine unbekannte Nummer dieses Mal.

»Ja?«

»Commissaire Dupin?«

»Mit wem spreche ich?«

»Emily Pic. Die Winzerin von der *Domaine du …*«

»Ich weiß, wer Sie sind, Madame Pic.«

Für einen Moment war es still.

Claire machte ein Zeichen – Dupin brauchte einen Augenblick, dann verstand er und schaltete den Lautsprecher ein.

»Sind Sie noch da, Madame?«

Jetzt konnte Claire mithören.

»Es ist nur – ich wollte Sie etwas fragen.«

»Ja?«

»Es ist mir unangenehm.«

»Fragen Sie einfach, Madame. Alles bleibt unter uns. Es ist wie beim Arzt.«

Claire verdrehte die Augen.

»Ich habe eine Affäre mit Damien Dantec, seit einem halben Jahr. Ich meine: Ich hatte. Und nun frage ich mich, ob ich Kommissar Lelouche von mir aus davon erzählen muss. – Ob ich mich sonst strafbar mache. Ich würde es nur äußerst ungern tun. Als ich eben mit ihm gesprochen habe, nachdem Sie weg waren, da habe ich es nicht getan. Obwohl er mich gefragt hat, ob ich etwas Privates über Damien Dantec weiß.«

Eine höchst interessante Information. Dupin schwieg eine Weile.

»Sie *müssen* nicht, Madame Pic. Aber Sie sollten es dennoch unbedingt tun. Es könnte eine Rolle spielen, das weiß man nie. Sie würden also unter Umständen bei der Aufklärung des Falls helfen. Außerdem wäre es in Ihrem eigenen Interesse. Objektiv gehören Sie zu den Verdächtigen.« Dupin sprach ganz ruhig und sachlich. »Wenn Sie es nicht tun und der Commissaire es herausfindet – und das wird er –, lässt es Sie noch verdächtiger werden.«

»Noch verdächtiger?«

»Statistisch ist es häufig so, dass die Person, die das Opfer auffindet, auch selbst die Tat begangen hat.«

Dupin trank das Glas Saumur leer.

»Ich sollte es also tun«, sagte Madame Pic nach einer Weile.

»Sie sollten es unbedingt tun.«

Dupin wollte nicht hinzufügen, dass er es ansonsten selbst tun musste. Anders als sie war er nämlich tatsächlich dazu verpflichtet.

»Na gut. – Das wollte ich nur wissen.«

»Ich habe auch eine Frage, Madame: Dieses Weinbar-Projekt, steckt da auch Geld von Alain Chevrier drin, wissen Sie das zufällig?«

»Ich weiß es nicht. Das müssen Sie ihn fragen.«

Dupin lag ein »Das werde ich« auf der Zunge. Er hatte es sich gerade noch verkniffen.

»Dann danke ich Ihnen für dieses vertrauliche Gespräch, Monsieur le Commissaire.«

Hatte ihr vorletzter Satz noch schroff geklungen, so war ihr Ton jetzt überaus freundlich.

»Gerne, Madame Pic.«

Im nächsten Moment hatte sie aufgelegt.

»Ist es das, worum es hier geht? Diese Affäre? Hat sie Dantec umgebracht? – Und Brian? Warum musste er dann sterben?«

Claire hatte all diese Fragen in einem Atemzug gestellt.

»Es kann auch unerheblich sein. Und überhaupt nichts mit dem Fall zu tun haben.«

Dupin lehnte sich zurück.

»Aber es könnte auch alles erklären, oder? Ohne dass wir jetzt schon wüssten, wie.«

Dupin nickte.

So verhielt es sich mit jeder Information während einer Ermittlung. Und nicht nur in einer Ermittlung – eigentlich ja überhaupt im Leben.

»Marchands Sohn haben wir noch gar nicht kennengelernt.« Dupin sprach eher zu sich selbst. »Er war auch eben nicht in der *Domaine*.«

Er hatte sich ein Personentableau angelegt. Ein eigenes, auf seine Art.

»Den treffen wir schon noch. Wir werden einen Weg finden.«

Claire goss ihnen Wein nach.

»Wir …«

Dupins Handy. Ein drittes Mal.

Nolwenn.

Dupin nahm an.

»Ja?«

»Ist Claire bei Ihnen?«

Irgendetwas stimmte nicht, Dupin hörte es sofort an Nolwenns Stimme.

»Ja, ist sie – warum …«

»Wo sind Sie gerade?«

»Was ist los, Nolwenn?«

Dupin schaltete erneut auf Lautsprecher.

»Ich …«

Dupin erinnerte sich nicht, Nolwenn je so unsicher und zögerlich erlebt zu haben.

»Nolwenn! Was ist los?«

»Sie werden bedroht, Monsieur le Commissaire. – Claire und Sie.«

»Was?«, rief Claire.

»Claire hört mit, das ist gut. – Riwal ebenfalls. Er sitzt neben mir. Gerade ist eine anonyme Mail bei uns eingetroffen, in der …«

»Lesen Sie sie vor, Nolwenn.«

»*Dies ist eine Warnung an Commissaire Dupin: Wenn Sie weiterermitteln, bringen Sie Ihr Leben und das Ihrer Frau in Gefahr. Es ist bitterer Ernst.* – Riwal und ich halten …«

»Was soll das?« Dupin war so heftig aufgesprungen, dass der Sessel umgefallen war … Er war außer sich. Jemand bedrohte Claire.

»Wie gesagt, die Mail ist eben eingetroffen. An die allgemeine Adresse des Kommissariats gerichtet. Über einen Remailer verschickt.«

»Hi, Chef«, Riwal übernahm prompt. »Ich habe es mir sofort alles angesehen. Das kriegen wir nicht zurückverfolgt. Sämtliche Informationen, die auf den Absender schließen lassen könnten, wurden sauber entfernt. Die Mail wurde von dem Remailer-Programm über zufällig ausgewählte Server rund um die Welt geleitet – das heißt, wir können nicht einmal sagen, wann genau sie abgesendet wurde.«

»Eine Drohung? – So eine Unverschämtheit.«

Claire war kein bisschen Angst anzumerken – dafür große Empörung.

»So ist es«, bestätigte Nolwenn trocken.

»Unglaublich. – Aber das wollen wir doch mal sehen!« Claire war in Rage.

»Und die Mail kann auf keinen Fall zurückverfolgt werden, Riwal?«

Dupin lief den Strand hinunter Richtung Wasserlinie. Claire ging neben ihm.

»Auf keinen Fall.«

Dann war es so.

»Und auch, dass sie über einen Remailer kam, lässt auf nichts schließen. Dafür muss man längst kein IT-Experte mehr sein. Die Dienste sind jedem frei zugänglich und mittlerweile kinderleicht zu bedienen. Innerhalb weniger Minuten kann jeder völlig anonym eine Mail verschicken.«

»Weiß noch jemand von der Drohung?«

»Natürlich nicht.«

»Gut.«

Sie waren am Wasser angekommen. Dupin ging linker Hand den Strand entlang, Claire eng neben ihm.

»Wir müssen das unbedingt dem Commissaire aus Nantes weiterleiten«, schaltete sich Nolwenn ein, »eigentlich sofort. – Und wir müssen uns überlegen, wie wir jetzt vorgehen.«

»Wir leiten das an überhaupt niemanden weiter«, protestierte Dupin. »Das verursacht bloß noch mehr Aufregung und Ärger.«

Das würde es. Die Begegnung heute Mittag war bereits unangenehm genug gewesen.

»Eine Morddrohung gegen einen Commissaire der Police Nationale *und* seine Frau. Im Zusammenhang mit zwei brutalen Morden und …«

»Ist gut, Nolwenn.«

Sie hatte ja recht. Lelouche musste es wissen.

»Wir müssen das umgehend weiterleiten, Chef«, bekräftigte Riwal.

»Ich habe doch schon gesagt: in Ordnung.«

»Und was tun wir jetzt? Wie gehen wir mit dieser Drohung um?«, kam Nolwenn zum Kern zurück.

»Ich werde die Person zur Strecke bringen. Rasch – und mit allen Mitteln. Niemand bedroht Claire!«

Als sie das Ende des Strandes erreicht hatten, machten sie kehrt und liefen in die entgegengesetzte Richtung. Dupin spürte den Wein. In seinem Körper, in seinem Kopf. Claire würde es nicht anders gehen. Sie hatten die Flasche Saumur innerhalb kürzester Zeit geleert.

»Die Drohung gilt Ihnen beiden, Monsieur le Commissaire. Und diese Person kennt keine Skrupel, sie hat bereits zwei Morde begangen. Sie wird auch nicht vor weiteren zurückschrecken.«

»Denn sie weiß genau, dass Georges sie kriegen wird«, zischte Claire. »Georges macht dem Täter viel mehr Angst als der Commissaire aus Nantes.«

Dupin wertete die Bemerkung als Liebeserklärung.

»Ich sage es gleich«, Nolwenn bemühte sich um einen besonders strengen Ton, »ich bin dafür, dass wir abbrechen. Dass

Sie noch heute nach Saumur aufbrechen. Und die Sache der Polizei vor Ort überlassen.«

»Ausgeschlossen«, schoss es aus Claire hervor. »Das kommt nicht infrage. – Jetzt erst recht.«

»Ich bleibe auf jeden Fall«, stellte Dupin klar. »Aber Claire fährt. Ich erledige das hier, und dann komme ich nach.«

»Du spinnst wohl, Georges! Auf keinen Fall.«

Claire schaute so empört, wie Dupin es selten erlebt hatte.

»Claire, dieses Mal sollten Sie auf Ihren Mann hören.« Nolwenn bezog offen Stellung.

»Ich sehe es genauso«, assistierte Riwal. »Sie können auf keinen Fall bleiben. Das ist zu gefährlich.«

»Wenn Georges bleibt, bleibe ich auch«, stellte Claire unmissverständlich fest. Rabiat fügte sie hinzu: »Und Georges bleibt!«

»Commissaire Lelouche wird Sie ebenfalls auffordern, die Gegend zu verlassen«, versuchte Nolwenn es erneut.

»Lelouche kann uns nicht zwingen. Zudem werde ich meine Freundin jetzt ganz sicher nicht allein einem wahnsinnigen Mörder überlassen.«

Sie hatten das andere Ende des Strandes erreicht – und kehrten erneut um.

»Er kann Sie nicht zwingen, aber er kann Commissaire Dupin fürchterlichen Ärger machen.«

»Das werden wir ja sehen.«

In solchen Situationen kam bei Dupin stets ein Instinkt durch: die Flucht nach vorn antreten, die Stirn bieten.

Kurz trat Stille ein.

»Na, da haben sich ja wirklich zwei gefunden! Sie passen einfach wunderbar zusammen. Aus demselben Holz geschnitzt.«

Die Bemerkung enthielt keinerlei Ironie, Nolwenn meinte, was sie sagte. Und sie meinte es als Anerkennung.

»Ehrlich gesagt«, fuhr sie fort, »haben wir uns schon gedacht, dass Sie so reagieren würden. Und beschlossen, dass Riwal und Le Menn ein paar Tage Urlaub in Pornic machen werden. Ich habe sie bei Cécile Cast eingebucht, der Betrieb in der *Domaine du Lac* ist jetzt vorerst eingestellt – Hotel und Weinproduktion. – Auch Sie werden wieder ganz in Ihr Zimmer bei Cécile zurückkehren müssen.«

»Riwal und Le Menn? Im Hotel?«

Dupin und Claire blieben stehen.

»Das ist doch absurd. – Und völlig unnötig.«

»Keine Widerrede. Das müssen Sie akzeptieren.«

Dupin stand einen Moment fassungslos da.

»Wir sind einverstanden«, antwortete Claire resolut.

»Claire, wir …« Dupin wollte protestieren. Er brach ab.

»Also, Monsieur le Commissaire?«

»Gut.« Dupins Stimme klang resigniert.

»Warum nicht gleich so? – Und nun werde ich ein Gespräch mit der Assistentin des Präfekten führen – wenn möglich auch mit Locmariaquer selbst. – Ich werde ihm die Mail mit der Drohung weiterleiten müssen.«

Dupin hatte nicht daran gedacht.

»Aber machen Sie sich keine Sorgen, Monsieur le Commissaire. Ich werde sie angemessen kommentieren.«

Nolwenn gab sich kampfeslustig, Dupin war froh darüber.

»Und dem Präfekten klarmachen, dass sämtliche Behauptungen, Sie würden während Ihrer Hochzeitsreise ermitteln, abstrus sind.«

»Übertreiben Sie es nicht, Nolwenn!«

»Niemals! Sie kennen mich.«

»Na gut. Wir fahren jetzt zum Weingut von Brian Katell und treffen uns dort mit Cécile Cast.«

»Und vergessen Sie Ihren Koffer nicht!«

Nolwenn hatte recht. Er stand noch in ihrem Zimmer.

»Riwal und Le Menn werden gegen einundzwanzig Uhr in Pornic sein. In Zivil. – Natürlich werden Claire und Sie keinerlei Umgang mit ihnen haben. Riwal und Le Menn werden dennoch durchgehend in Ihrer Nähe sein und Sie nicht aus den Augen lassen.«

Es klang konspirativ.

»Ist das nicht alles etwas auffällig?«

»Ich denke nicht, dass man die Gesichter der beiden dort kennt. Auch nicht im Kommissariat von Nantes. Und, wie gesagt, sie haben eben für den Rest der Woche offiziell freigenommen. – Und ich bin die Zentrale, wie immer.«

Ein beruhigender Satz.

»Kadeg und Nevou stehen ebenfalls parat. Wir werden sie selbstverständlich einweihen. Es bleibt ja in der Familie.«

Dupin war nicht ganz wohl bei so vielen Mitwissern, aber es ging nicht anders.

»Noch eine andere Sache, Monsieur le Commissaire. Wir haben das mit den Jagd- und Waffenscheinen geprüft. Keine der Personen besitzt einen. Aber Sie wissen ja, Jagdwaffen waren früher sehr leicht zu beschaffen.«

Das wusste er tatsächlich. Erst in den letzten Jahren waren die Bestimmungen deutlich strenger geworden.

»Bis später also, Monsieur le Commissaire.«

»Bis später, Nolwenn.«

»Bis spä…«, versuchte Riwal sich zu verabschieden, als Nolwenn auflegte.

Claire und Dupin wandten sich vom Meer ab und liefen über den roten Sand auf den Weg zu, der zur Straße hochführte. Sie erreichten die Uferstraße, wo ihr Wagen stand.

Kurze Zeit später startete Dupin den Motor, drehte sich aber noch einmal zu Claire um. Er musste die Frage stellen.

»Wie gut kennst du Cécile wirklich?«

Claire schaute ihn genervt an.

»Georges, ich dachte, wir hätten das geklärt.«

»Bevor wir nicht wissen, wer der Mörder ist, haben wir gar nichts geklärt.«

Er richtete den Blick nach vorne und gab Gas.

Sie hatten Bouaye fast erreicht.

Claire wählte Céciles Nummer.

Sie ging sofort ran.

»Wir sind gleich da, Cécile.«

»Gut. – Mein Gespräch mit dem Kommissar ist schon beendet. Er hat die *Domaine* eben verlassen, aber ein paar Polizisten postiert«, fuhr Cécile in konspirativem Ton fort. »Die würden uns den Zutritt verweigern. Und sofort Commissaire Lelouche informieren. Also müssen wir verdeckt vorgehen.«

»Du hast völlig recht.«

Claire schien kein Problem in der ganzen Sache zu sehen. Dabei gab es nur ein Wort für das, was sie vorhatten: illegal. Es war eine illegale Aktion. Aber dann war es eben so. Dupin war wild entschlossen. So, wie die Dinge standen, war es der einzige Weg, wie sie sich in Brian Katells Wohnung umsehen konnten.

»Wir treffen uns außerhalb der *Domaine*. – Wenn ihr auf der Straße zum Weingut seid, biegt ihr nicht rechts in die direkte Zufahrt ab, sondern fahrt ein Stück weiter geradeaus, dann erst rechts. – Da stehe ich mit meinem Wagen.«

»Okay. Wir müssen es so sehen«, sagte Claire, »du erbst die *Domaine*, also erbst du auch Brians Wohnräume. Alles ist jetzt dein Eigentum. Und ich nehme an, der Kommissar hat dir nicht ausdrücklich verboten, dich dort aufzuhalten, oder?«

»Hat er nicht.«

Abenteuerliche Rechtfertigungen, fand Dupin.

»Wir nehmen den Hintereingang«, erklärte Cécile. »Übrigens haben sie mir euren Koffer mitgegeben, den laden wir dann um.«

»Machen wir.«

Cécile legte auf.

Dupin blickte nach oben. Keine einzige Wolke war mehr zu sehen. Der Himmel strahlte unschuldig in einem kräftigen Blau. Nur die Pfützen, die abgerissenen Äste, Zweige und Blätter blieben als Erinnerung an das heftige Unwetter.

»Lelouche hat mich eineinhalb Stunden lang verhört! Die unmöglichsten Fragen gestellt.« Cécile war aufgebracht. »Schlimmer noch als gestern. Ich bin jetzt seine Hauptverdächtige.«

Sie waren unbemerkt in Brian Katells Wohnung gelangt, die den gesamten linken Flügel des Gebäudes ausmachte. Zwei Polizisten waren vor dem Haupteingang postiert, zwei weitere im Bürotrakt und ein drittes Team hinter dem rechten Flügel, bei der Baustelle und dem Eingang zum Keller. Der Bürotrakt war abgesperrt, ebenso wie die beiden Hallen der Weinproduktion.

»Weißt du eigentlich von der Affäre zwischen Emily Pic und Damien Dantec?«

Dupin war auf Céciles Sätze nicht eingegangen.

»Nein! Echt?« Cécile wirkte überrascht. »Emily Pic und Damien Dantec?«

Eine Weile schwieg sie.

»Davon habe ich nichts gewusst.«

Ein abermaliges Schweigen.

»Na ja, eigentlich passen sie ja ganz gut zusammen«, meinte Cécile, »beide sind pathologisch ehrgeizig. – War es eine richtige Beziehung oder nur eine Affäre?«

»Sie sprach von einer Affäre«, antwortete Claire.

»Wusste das jemand? – Meint ihr, das spielt eine Rolle?«

»Wir werden sehen«, murmelte Dupin. Er fixierte Cécile. »Weißt du, ob Anne-Sophie Joly und Brian Katell Kinder wollten?«

Nun antwortete sie prompt.

»Ich glaube nicht.«

Es klang erstaunlich entschieden.

»Warum?«

»Brian wollte keine Kinder. Nicht weil er sie nicht mochte, gar nicht. Im Gegenteil. Er mochte Kinder und konnte sehr gut mit ihnen. Aber er selbst wollte keine. So war es.«

Mit einem Mal wirkte sie traurig. Es machte den Eindruck, als verberge sich hinter dem Thema eine eigene Geschichte. Eine von ihr und ihrem Ex-Mann.

»Aber ausschließen kann man es nicht«, konstatierte Claire. »Vielleicht wollte sie ja unbedingt …«

Claire brach ab. Einen Moment herrschte ein unbehagliches Schweigen.

»Ist in der *Domaine* eigentlich irgendetwas abhandengekommen?«, brachte Dupin ein anderes Thema auf.

»Soweit man bisher sehen kann, wohl nicht.« Cécile wirkte erleichtert über den Themenwechsel. »Lelouche hat sich zusammen mit Monsieur Marchand alle Räume angesehen.

Aber ehrlich gesagt: Hier gibt es keine Wertsachen. Auch in Brians Wohnung nicht. Das Weingut selbst ist der Wert.«

Dupin spürte immer noch den Weißwein im Kopf. Trotzdem war er hellwach. Er hatte die Waffe aus dem Handschuhfach genommen, trug sie unter dem Poloshirt. Er hatte schon beim Aussteigen aus dem Wagen seine Anspannung bemerkt, mit zusammengekniffenen Augen hatte er instinktiv die Umgebung gescannt. Sich ganz nah bei Claire aufgehalten.

»Was ist das eigentlich für ein Gewölbe, in dem Dantec umgebracht wurde? Ein Lager?«

»Genau. Dort werden je fünfzig Flaschen der letzten zwanzig Jahrgänge gelagert. Für den Hausbedarf, wie Brian es nannte. Für gewöhnlich trinkt man einen Muscadet nach spätestens zwei Jahren. Die wenigsten Muscadets profitieren von einer weiteren Flaschenreife. Nur die außergewöhnlich guten kann man bis zu zwanzig Jahre lagern, die reifen ganz wunderbar nach. Die Frische geht zwar ein wenig verloren, dafür wird man mit einem noch komplexeren Geschmack belohnt. Der Wein hat mehr Sauerstoff, die Säure ist besser eingebunden, alles ist harmonischer. Die florale Grundnote bleibt selbstverständlich erhalten, und die Würze bildet sich deutlicher heraus.«

»Es ist also eine Art Archiv«, spitzte Claire zu. »Die letzten zwanzig Jahre der *Domaine*.«

»Im Prinzip schon. Aber für den Verzehr bestimmt. So ein Lager hat jeder Winzer. Eigentlich ist der Raum verschlossen. Aber Dantec hatte natürlich einen Schlüssel. Wie alle wichtigen Mitarbeiter.«

»Dann ist es nicht ungewöhnlich, dass Dantec in diesen Raum gegangen ist?«, wollte Dupin wissen.

»Nein. Vielleicht wollte er eine bestimmte Flasche holen, vielleicht als Kundengeschenk.« Cécile Cast machte auf dem

Absatz kehrt. »Jetzt aber zu Brians Wohnung. In diesem Zimmer hat Brian regelmäßig Privatverkostungen veranstaltet, einschließlich aufwendiger Menüs. Für Freunde, Bekannte, Gäste, besonders gute Kunden, vor allem für Gastronomen.«

Brian Katell hatte sämtliche Wände entfernen lassen, eine Art Loft war entstanden, das die gesamte untere Etage umfasste. Es gab eine offene Küche, die in einen Essbereich mit einem langen Holztisch überging, an dem bestimmt zwanzig Gäste Platz hatten. Eine naturbelassene Tischplatte, Walnuss, vermutete Dupin. Zwei halbhohe mattschwarze Weinkühlschränke standen direkt nebeneinander.

Ein paar Schritte hinter dem imposanten Tisch begann eine Sofalandschaft aus mehreren kunstvoll verschachtelten Elementen, hellgraue Wollbezüge, Kissen in allen Formen und Farben.

»Brian hat immer selbst gekocht. Er liebte das Kochen. Vor allem das Garen bei niedriger Temperatur. Lamm, Rind, Schwein, Kalb, Geflügel, alles.«

Eine Leidenschaft, die Dupin voll und ganz guthieß.

»Ich war so oft dabei. Es waren wundervolle Abende. Heitere Nächte, perfekte Momente, im Sommer nicht selten bis zum Sonnenaufgang. Dann haben wir im Hof gesessen.« Sie deutete durch die Fenster in den Innenhof. Der Küchenbereich hatte eine eigene Tür zum Hof.

Mit den letzten Sätzen hatte Cécile eine merkliche Traurigkeit überkommen, die sie nicht zu verbergen suchte. Man hörte ihr immer noch tiefe Zuneigung für Brian Katell an.

»Ihr kennt doch die Éric-Rohmer-Filme.« Cécile öffnete den Kühlschrank und holte eine Flasche Wein heraus. »Freunde, die an einem Tisch sitzen, essen, trinken und über das Leben reden – und selbst intensiv leben, diesen Abend lang.«

Dupin wusste, was Cécile meinte.

»Wann war der letzte dieser Abende?«

»Vor drei Wochen. Mit der einsetzenden Ernte gab es jedes Jahr eine Pause. Brian wollte dann Anfang November wieder mit diesen Einladungen beginnen.«

Cécile hatte die Flasche geöffnet, sie hatte drei Gläser aus einem Regal geholt, in dem Dutzende Gläser in verschiedenen Größen und Formen standen. Sie füllte sie äußerst wohlmeinend.

»Hier, als kleiner Ersatz für die ausgefallene Degustation. Einer von Brians besten Weinen. *Le Grand*. Seine edelste Linie. Die Reben stehen dem See am nächsten, da ist der Tongehalt in der Erde am höchsten, ihnen wird dort beinahe Unmögliches abverlangt.«

Der Wein, der Dantec das Leben gekostet hatte, *Le Grand* – mit einer solchen Flasche war er erschlagen worden.

»Es ist ja schließlich immer noch eure Hochzeitsreise. – Ein außerordentlicher Jahrgang. 2012. Für alle Muscadets ein sensationelles Jahr, aber ganz besonders für diesen hier.«

Für einen Moment standen ihr Tränen in den Augen.

»Wisst ihr, besser, persönlicher, intimer als über seine Weine könntet ihr Brian gar nicht kennenlernen.«

Dupin hatte eigentlich ablehnen wollen. Wein passte gerade gar nicht in die Situation. Sie waren gekommen, um in der Wohnung eines Mordopfers herumzuschnüffeln, umgeben von Polizisten.

»Für gewöhnlich bieten gute Muscadets Aromen von Apfel und Birne, meist auch Maiglöckchen, Jasmin oder Veilchen.«

Maiglöckchen, Jasmin, Veilchen – Dupin wäre bisher nicht auf die Idee gekommen, solche Aromen überhaupt mit Weinen zusammenzubringen.

»Brian wollte aber unbedingt auch Orange, Mandarine, Quitte. Vor allem aber Mandel. – Und hier, in seinem *Le*

Grand, hat er sie alle vereint! Alles, was er wollte. Eigentlich unmöglich – aber er hat es geschafft.«

Claire und Dupin griffen nach ihren Gläsern.

»Auf Brian!« Sie stießen an, dass die Gläser klirrten.

Claires Blick verklärte sich.

»Unfassbar. Das übertrifft alles.«

»An diesem Abend vor drei Wochen, wer war da dabei?«, wollte Dupin wissen.

»Es war ein Fest für Marchand. Zu Ehren seines fünfzigjährigen Dienstjubiläums. Alle Mitarbeiterinnen und Mitarbeiter der *Domaine* waren eingeladen. Brian hat Marchand eine Flasche eines extraordinären Bordeaux geschenkt. Als Dank für seine Dienste. *Château Cheval Blanc – premier grand cru classé,* Saint-Émilion, aus Marchands Geburtsjahr. 1953. Das müsst ihr euch mal vorstellen. – Völlig verrückt. Aber typisch Brian. Von dem Geld, das der Wein wert ist, könnte sich Marchand ein neues Auto kaufen. Vielleicht tut er es ja sogar. – Brian, die ganze *Domaine,* verdankt Marchand wirklich viel. Brian war sich dessen bewusst.«

»Warst du an dem Abend dabei?«

»Nein.«

»Warum nicht?«

Dupin merkte, dass die Frage irgendwie fehl am Platz wirkte.

»Wie gesagt, er hatte nur die Angestellten eingeladen.«

»Seine Lebensgefährtin Anne-Sophie Joly nicht?«

»Doch, sie schon, ja.«

»Wie viele Mitarbeiter hat die *Domaine?*«

»Achtzehn Festangestellte, im Herbst viele zusätzliche Erntehelfer. An die sechzig.«

»Nicht schlecht«, Claire zog die Augenbrauen hoch.

»Die *Domaine* ist ungefähr so groß wie meine *Fontaine.* Sie gehört zu den großen Weingütern der Gegend.«

»Das heißt, dein Betrieb ist jetzt mit einem Mal sogar doppelt so groß.«

Dupin nahm einen weiteren Schluck des außergewöhnlichen Muscadets.

»Ich habe wirklich noch keine Vorstellung, wie ich das machen werde. – Aber natürlich bleibt die *Domaine du Lac* als eigenständiges Weingut erhalten.«

»Du konntest ja nicht die leiseste Ahnung haben, dass Brian dir alles vererben würde«, intervenierte Claire, wobei sie Dupin einen bösen Blick zuwarf.

»Brian hat das nicht im Entferntesten angedeutet. Nichts! Gar nichts! Wir haben ja noch gestern darüber gesprochen, ich war mir ganz sicher, dass er überhaupt kein Testament hatte.«

»Hat dir der Notar gesagt, wann er es aufgesetzt hat?«

»Vor zwei Jahren im Februar.«

»War er da schon mit Anne-Sophie Joly zusammen?«

»Ja, schon fast ein Jahr. – Wollen wir mal raufgehen?«

Cécile hatte sich in Bewegung gesetzt, in Richtung der Wendeltreppe, die in den ersten Stock führte.

Dupin und Claire folgten.

»Warum hat er es dir nicht erzählt, was meinst du?«

»Ich weiß es wirklich nicht. Vielleicht weil ich ihm gesagt hätte, dass ich es gar nicht will?«

»Du willst es nicht?«

Sie hatten die Treppe erreicht.

Cécile machte einen überforderten Eindruck, fing sich aber rasch.

»Damals hätte ich sicher Nein gesagt. Ganz bestimmt. Aber jetzt«, sie stockte, »jetzt ist es ein Auftrag. Ein Vermächtnis. Jetzt spielt es keine Rolle mehr, was ich damals geantwortet hätte.«

»Das ist ein schöner Gedanke, ein Vermächtnis«, bestätigte Claire und warf Dupin erneut einen warnenden Blick zu.

Dupin ignorierte ihn.

»Warum, glaubst du, hat er dich als Wahrerin seines Vermächtnisses ausgesucht? Und nicht seine Lebensgefährtin? Oder Jules Marchand? Oder seinen Schulfreund, mit dem er ohnehin gemeinsame Pläne hatte?«

Cécile schien keine Schwierigkeiten mit der Frage zu haben.

»Vielleicht weil er wusste, dass ich alles daransetzen würde, die *Domaine du Lac* in seinem Sinne, im Sinne ihrer zweihundertjährigen Tradition fortzuführen. Als ein bedeutendes Stück Kultur, als Kunstform, nicht bloß als Unternehmen.«

Es klang plausibel.

»Gab es einen Anlass, warum Brian das Testament dann vor zwei Jahren hat aufsetzen lassen? Warum zu diesem Zeitpunkt?«

Cécile begann die Treppe hinaufzusteigen.

»Darüber habe ich auch schon nachgedacht. Ich weiß es wirklich nicht. Auf jeden Fall war es die Zeit, als er die Restaurierungsarbeiten beschlossen hatte und als Alain und er die Idee mit der Weinbar hatten. Da ging es natürlich um erhebliche Investitionen. Vielleicht ist er dabei ins Nachdenken gekommen. – Oder weil er die vierzig überschritten hatte? Ich weiß es nicht.«

Beides wäre ein guter Grund gewesen.

»Wie sahen Brian Katells finanzielle Verhältnisse aus?«, fragte Dupin.

Claire und er folgten Cécile mit ein paar Stufen Abstand.

»Absolut solide. Zumindest war es so, als ich sie noch im Detail kannte. Keine Kredite, steigende Umsätze, leicht steigende Gewinne, damals um die dreihunderttausend Euro jährlich.

Von denen er einen guten Teil reinvestiert hat. Zudem verfügte er über Rücklagen, liquide Mittel, wenn auch nicht allzu umfangreiche. – Ich weiß natürlich nicht, wie es in den letzten Jahren war, aber alles, was ich mitbekommen habe, deutete darauf hin, dass es ähnlich weitergegangen ist.«

Sie hatten den ersten Stock erreicht.

Dupin sah sich um.

Es war ein fantastischer Raum. Deckenhohe Fenster. Nur an drei Stellen von einem Streifen Mauerwerk unterbrochen. Man wohnte quasi im Weinberg. Zugleich konnte man ihn überblicken, Dupin meinte sogar, den See zwischen den Pappeln schimmern zu sehen. Die Fenster auf der gegenüberliegenden Seite boten einen stimmungsvollen Blick in den Hof. Die Wände dazwischen waren mit Bildern und Fotos tapeziert.

Der wie unten loftartige Raum war in zwei Bereiche geteilt. Ein großes Bett mit einer dunkeltürkisfarbenen Tagesdecke an einem Ende des Raums, von dem aus man die Weinberge sah. An der Wand Richtung Innenhof befand sich ein imposanter Einbauschrank aus hellem Holz.

Der andere, größere Teil der Etage schien, soweit Dupin das sehen konnte, für Katells Leidenschaften reserviert gewesen zu sein. Ein Büro der Passionen. Lange, schmale Tische an beiden Wänden, auf denen alles Mögliche stand und lag. Dupin lief daran entlang. Es sah aus, als wäre alles maßgefertigt. Dupin spürte die neugierigen Blicke von Cécile und Claire. Als würde er geheime detektivische Zeremonien abhalten, eine Art ermittlerisches Voodoo. Bis er irgendwann plötzlich ausrufen würde: »Ich hab's!«

Weinflaschen, volle, aber auch leere. Große Karaffen, Weingläser in allen Formen und Größen. Drei professionell aussehende Fotoapparate. Zwei Ferngläser, die ebenfalls nach Profi-Equipment aussahen. Dutzende Fläschchen, zudem Glasapparaturen wie im Chemieunterricht. Mehrere Gefäße, die anscheinend mit Erde gefüllt waren. Ein wuchtiger Hightech-Laserdrucker. Stapel von Blanko-Etiketten. Ein riesengroßes aufgeschlagenes Buch mit Bildern von David Hockney, 365 Blicke aus dem Fenster des Malers.

Ein Kuriositätenkabinett, könnte man sagen. Ein kreatives Superchaos. Die hellen Tischplatten waren nur an ganz wenigen Stellen zu sehen, so voll beladen waren sie. Daneben zwei Weinkühlschränke, offenbar die gleichen Modelle wie unten, hier allerdings mit etwas kleineren Türen aus Glas, sodass man die Flaschen sehen konnte.

»Fragt mich nicht, was er hier alles gemacht hat. Brian hat auch die Etiketten für die Weine selbst entworfen, wie überhaupt alle Designs für die *Domaine*. Er konnte sehr gut malen und zeichnen.« Cécile zeigte auf die Wand. »Die meisten der Bilder sind von ihm. Außerdem hat er ständig fotografiert.«

Sie machte eine kurze Pause.

»Er hat immer zu viel gehabt, von allem. Ich meine, er hat sich, wenn es um seine Leidenschaften ging, ständig neue Sachen gekauft. Noch eine bessere Kamera und dann noch eine bessere. Ähnlich war es hier im Betrieb. Immer die besten Pressen, Anlagen, Fässer et cetera. Alles wurde zum Spleen. Um etwas noch perfekter zu machen.«

Dupin trat vor ein besonders großes Bild, sicher eineinhalb Meter hoch und breit. Ein einziges Blau eigentlich – bestehend aus vielen verschiedenen Blautönen. Abstrakt, flächig, mit groben Pinseln gemalt – aber dann doch irgendwie gegenständlich, eine Meeresszene, vermutete Dupin.

Cécile zeigte auf eine der wenigen leeren Stellen auf der langen Arbeitsplatte.

»Die Polizei hat die Computer mitgenommen, er hatte mehrere. – Lelouche wollte wissen, ob ich die Passwörter kenne. Warum sollte ich?«

»Commissaire Lelouche hat dich sicher auch nach deinen finanziellen Verhältnissen gefragt, oder?«, wollte Dupin wissen.

Er bewegte sich weiter an den Tischen entlang.

»Er hat mich deswegen regelrecht gelöchert.«

»Und?«

»Georges!«, intervenierte Claire.

»Nein, nein, Claire. Georges hat recht. Er muss alles wissen. Mein Betrieb läuft fabelhaft. Mein Geschäft mit dem Wein ist nicht so einträglich wie das von Brian, er kann zu deutlich höheren Preisen verkaufen. Dafür funktioniert mein Hotel- und Restaurantbetrieb hervorragend. Mittlerweile macht das die Hälfte meiner Umsätze und sogar noch einen größeren Teil meiner Gewinne aus. – Allerdings habe ich für den Ausbau des Hotels einen größeren Kredit aufnehmen müssen.«

»Was heißt das genau?«, hakte Dupin schnell nach.

Das erste Mal wirkte Cécile irritiert.

»Insgesamt vier Millionen. In drei Teilkrediten – die ich über zwanzig Jahre zurückzahle.«

Das war in der Tat eine größere Summe.

»Aber«, ergänzte Cécile, »das Projekt ist bestens kalkuliert. Mein Kaufmann und ich haben einen peniblen Businessplan ausgearbeitet, der die Bank überzeugt hat, sie hatten nicht einen einzigen Punkt zu beanstanden. Das Unternehmen hat eine exzellente Kreditbewertung bekommen. Ich selbst habe eine Million Eigenkapital eingebracht.«

Dupin hatte einen der Fotoapparate in die Hand genommen, *Nikon Z7 II* war auf dem Gehäuse zu lesen, und schaltete ihn ein. Drückte auf Wiedergabe. Nichts. Dupin schaute nach der Karte. Es schien alles intakt zu sein. Sie war nur leer. Er überprüfte die beiden anderen Kameras auf die gleiche Weise, es waren ebenfalls Nikons. Ebenfalls leer.

»Was suchst du?«, fragte Claire.

»Es ist nicht eine Aufnahme gespeichert. – Entweder hat Brian sie alle selbst gelöscht – oder jemand anderes. – Hat die Polizei sich die Kameras angesehen?«

»Hat sie. Und sie haben das Gleiche gesagt wie du. Dass keine Bilder auf den Karten sind.«

»Verstehe.«

»Hat Anne-Sophie in der Nacht vor Brians Ermordung hier geschlafen?«, fragte Claire.

»Ja. Es war Brians Geburtstag. – Vorgestern.«

»Ist an diesem Abend«, fuhr Claire fort, »irgendetwas Seltsames vorgefallen? Wir haben noch gar nicht richtig darüber gesprochen.«

Ein sehr guter Punkt, fand Dupin.

»Gar nichts Seltsames, nein. – Es war ein sehr ausgelassener Abend. Brian wirkte ein wenig müde, aber war bester Dinge. Es war ja nur eine kleine Runde.«

Eine exquisite Runde mit allen Verdächtigen, ging es Dupin durch den Kopf. Bis auf Anne-Sophie Jolys Vater.

»Und bei der Feier zu Marchands fünfzigstem Dienstjubiläum«, fuhr Claire fort, »gab es da irgendein besonderes Vorkommnis?«

Cécile warf Claire einen fragenden Blick zu.

»Was meinst du?«

»Waren alle froh und glücklich?«

»Ich habe keine Ahnung, ich war nicht dabei. Ich habe von nichts Ungewöhnlichem gehört, aber am besten fragt ihr jemanden, der dort war.«

»Und es gab wirklich keinerlei Differenzen zwischen Brian und einem der achtzehn Angestellten?« Claire ließ nicht locker. »Bis auf Dantec, meine ich.«

»Brian war sehr impulsiv. Sehr emotional. Natürlich wird er ab und zu mit jemandem einen Konflikt gehabt haben. Aber Brian wurde nie laut, nie aggressiv. Und kurze Zeit später hatte er es selbst wieder vergessen. – Ehrlich gesagt erinnere ich mich nicht, dass Brian mir je von einem Streit erzählt hätte, außer eben mit Dantec.« Cécile strich sich ein paar rote Haarsträhnen aus dem Gesicht.

»Und genau der wird jetzt ermordet. Direkt nach Brian.« Claire sah Dupin an. »Das ist doch kein Zufall, oder?«

»Hatte Brian sein Büro in dem Trakt, wo auch die anderen Büros liegen?« Dupin wandte sich an Cécile und überging Claires Bemerkung.

»Ja. Allerdings im ersten Stock. – Aber ehrlich gesagt hat er sich dort selten aufgehalten. Meistens hat er hier gearbeitet.«

Dupin konnte ihn gut verstehen.

»Und wo bewahrt er die geschäftlichen Unterlagen auf?«

»Hm.« Cécile dachte nach. »Das Allermeiste hat ja Marchand gemacht. Die Buchhaltung sowieso. Die Unterlagen der *Domaine* werden in Marchands Büro sein. Der größere Teil liegt ohnehin nur elektronisch vor, Brian hat die Abläufe konsequent digitalisiert. Auch das war so ein Ding von ihm.«

»Wie hat Brian am liebsten kommuniziert? Telefonate? E-Mails?«

Dupin betrachtete die Weinkühlschränke. Auf der Tischplatte darüber stand eine einzelne Flasche. Ein alter Wein offensichtlich, mit der typischen Staubschicht.

»E-Mails lieber als Telefonate. Zwischendurch WhatsApp. Social-Media-Plattformen mochte er nicht, da war nur die *Domaine* mit einem Firmenprofil aktiv. – Er hatte einen Freund in der Karibik. Mit dem hat er phasenweise sehr viel geschrieben. Alle zwei, drei Jahre ist er zu ihm geflogen, eigentlich wollte er es in diesem Winter wieder machen.«

»Hat er Tagebuch geführt?«

Das monotone Klingeln seines Handys unterbrach Dupin.

»Nur kurz, Monsieur le Commissaire, ich habe nicht viel Zeit.«

Nolwenn klang außer Atem.

»Es ist passiert. Der Präfekt hat sich gemeldet. Ich habe gerade mit seiner Assistentin gesprochen. – Locmariaquer will Sie persönlich sprechen. Lelouche hat sich über Sie beschwert, und sein Präfekt hat unseren angerufen.«

»Und?«

»Ich habe Locmariaquer versichert, dass das alles ein großes Missverständnis ist. Dass Sie sich mit Ihrer Frau bloß um deren beste Freundin kümmern, Brian Katells Ex-Frau, die bis zu seiner Ermordung immer noch seine engste Vertraute war. Dass Cécile Cast zudem eine regionale Prominenz ist und dass sie einen heftigen Zusammenbruch erlitten hat. Und dass Ihre Frau – und somit auch zwangsläufig Sie – Madame Cast nun eben ab und zu begleiten und unterstützen. Zumal sie ja jetzt die neue Besitzerin der *Domaine du Lac* ist. Und nun auch dort nach dem Rechten sehen muss. Und so weiter und so fort.«

»Wie hat er reagiert?«

»Ich habe mein Bestes gegeben. Leider konnte ich nicht verhindern, dass er es auch selbst bei Ihnen versuchen will. Auch wegen des Drohschreibens. Ich hatte Lelouche ja informiert.«

»Verstehe.«

Sicher war der Präfekt immer noch cholerisch genug, um Dupin mit endlosen Tiraden zu traktieren.

»Die Drohung gegen Sie und Ihre Frau hat den Präfekten

übrigens durchaus mit Sorge erfüllt, das hat ihn ein wenig milder gestimmt.«

»Großartig.«

»Viel Glück dann für das Gespräch mit ihm. – Und sagen Sie immer hübsch Ihre Unschuldssätze auf! Bloß ein Liebesdienst für Ihre Frau, die ihrer besten Freundin beistehen muss …«

Schon hatte Nolwenn aufgelegt.

Es war grotesk. Dupin schaltete das Handy stumm.

»Wo waren wir stehen geblieben? Ach ja, Tagebücher – hat Brian Tagebuch geführt?«

»Unregelmäßig, aber ja. Das weiß ich. Auf dem Computer.«

Dupin hatte nach der Weinflasche auf der Tischplatte gegriffen. Jemand hatte versucht, sie zu säubern, die feste Staubschicht auf der Flasche wegzuwischen, war aber nicht sehr erfolgreich gewesen.

»Oh mein Gott«, Claire stand direkt neben Dupin, »noch eine Flasche dieses Weins von 1953. *Cheval Blanc*.«

»Echt? Wahnsinn. Dann hat er zwei davon gekauft.« Cécile hatte sich zu ihnen gesellt. »Er spinnt. – Aber das ist nichts Neues.«

Dupin ging in die Hocke und öffnete den Weinkühlschrank. Er ließ seinen Blick über die Flaschen wandern, sechs Lagen, neun Flaschen pro Lage. Sein Auge fiel auf zwei genauso staubige Flaschen in der untersten Lage, sämtliche anderen waren eindeutig jüngere Jahrgänge. Alles Rotweine, alles Châteauneuf-du-Papes, wenn Dupin es richtig sah, viele aus 2010.

»Er hat vier gekauft. – Mindestens«, murmelte er, »hier liegen noch zwei weitere *Cheval Blanc*. Auch 53er Jahrgänge. – Zwei im Kühlschrank, eine auf dem Schreibtisch, eine hat er Marchand geschenkt. Mindestens vier.«

»Jetzt erinnere ich mich, Georges. In dem Weinmagazin,

das ich vor einiger Zeit gekauft habe, war ein langer Artikel über besonders wertvolle Weine. Mit einem Ranking.«

Claire war aufgeregt.

»Ich habe ihn dir gezeigt, weißt du noch?«

»Ja, natürlich.«

Dupin erinnerte sich nicht.

»Da war er drin. Ich erkenne das Etikett wieder.«

Dupin hatte den zweiten Weinkühlschrank geöffnet. Er war nur halb gefüllt. Zwar stammten auch hier sämtliche Flaschen aus dem Bordelais, wenn er es richtig sah, waren sie aber deutlich jünger, die allermeisten ab 2010, nur eine Lage war älter, Saint-Émilion von 2009, *Château Les Grandes Murailles*.

»In dem Artikel ging es sicher um den mythischen 1947er«, erörterte Cécile, »er ist letztes Jahr für knapp dreihunderttausend Euro bei *Christie's* versteigert worden – eine einzige Flasche. Der 53er kostet allerdings sehr viel weniger. Rund zwanzigtausend, fünfundzwanzigtausend, schätze ich.«

Cécile hatte eben gesagt, dass es im Haus keine Wertsachen gab. Zwanzigtausend-Euro-Flaschen fielen für Dupin schon unter diese Kategorie. Doch die Flaschen waren ja nicht gestohlen worden. Zumindest die drei hier.

»Wir …«

Ein Geräusch. Eindeutig. Sie verharrten regungslos.

Das Geräusch war von unten gekommen. Da – wieder! Jemand bewegte sich unten durch den Raum, eindeutig. Die Holzbohlen hatten geknarrt.

Dupin hatte instinktiv seine Waffe gezückt. Wahrscheinlich war es eine dumme Idee gewesen, herzukommen, obwohl die Polizei hier war.

Cécile und Claire sahen ihn fragend an.

Dupin legte den Finger auf die Lippen und signalisierte

Claire und Cécile, sich nicht von der Stelle zu bewegen. Dann näherte er sich lautlos der Treppe.

Die Person unten schien sich auch auf die Treppe zuzubewegen.

Mit einem Mal aber blieb sie stehen.

»Hallo? Mesdames, Monsieur?«, erklang eine verhaltene Stimme von unten.

»Wer ist da?«, rief Dupin.

Er war angespannt.

»Laurent Marchand. Ich bin Jules Marchands Sohn.«

Was tat er hier?

»Worum geht es?«, fragte Dupin.

»Ich … Mein Vater sagte, ich solle mich bei Madame und Monsieur Dupin«, ein Zögern, »kurz vorstellen.«

Dupin schüttelte den Kopf, es war absurd.

»Ich komme zu Ihnen.«

Er stieg die Treppe hinunter, die Waffe hinter dem Rücken.

Jetzt sah er den jungen Mann. Er war seinem Vater wie aus dem Gesicht geschnitten, leuchtend grüne Augen, die akzentuierte Nase, der feine Mund. Die Statur eher klein, rundlich. Dennoch ein durchaus hübscher Kerl mit dichtem, dunklem Haar. Er wirkte jünger als zweiunddreißig, fand Dupin.

Er steckte die Waffe in den Hosenbund, der junge Marchand hatte sie vermutlich nicht gesehen.

»Das ist sehr nett von Ihnen. Dass Sie sich vorstellen, meine ich. Meine Frau und ich, wir haben Cécile Cast hierherbegleitet, die beste Freundin meiner Frau. Sie hatte uns gebeten, mitzukommen, sie muss sich um ein paar Dinge hier kümmern, alleine schafft sie das nicht.«

Dupin bemühte sich um eine feste, souveräne Stimme.

»Die beiden sind oben.«

Als wäre dies das verabredete Zeichen gewesen, kamen Cécile und Claire die Treppe herunter.

»Monsieur Marchand, bonjour«, Claire lächelte ihm entgegen. »Wir haben viel Beeindruckendes über Sie gehört.«

Dupin fragte sich, ob nur er die Situation seltsam fand.

»Oh, danke. Das ist sehr freundlich. – Bonjour, Madame Dupin, bonjour, Madame Cast.«

Der junge Marchand wirkte kein bisschen verlegen.

»Woher wussten Sie, dass wir hier sind, Monsieur Marchand?«

»Von meinem Vater.«

»Und woher weiß Ihr Vater, dass wir hier sind?«

»Er hat Sie vom Fenster aus zur Hintertür reingehen sehen.«

Es stimmte, die beiden Marchands wohnten ja hier. Allerdings war es ein ziemlicher Zufall, dass der alte Marchand genau in diesem Moment aus dem Fenster geschaut hatte.

Auf jeden Fall war es das mit der geheimen Operation. Nun gab es Zeugen.

»Na, dann gehe ich mal wieder.«

Laurent Marchand wandte sich langsam ab. Dupin sah jetzt auch, wie er in Brians Wohnung gekommen war. Ganz am Ende des Raums, bei der Sofalandschaft, befand sich eine Tür. Dupin vermutete, dass sie ins Hauptgebäude führte.

»Waren Sie heute Mittag hier, als Monsieur Dantec ermordet wurde?«, fragte er.

»Ja, ich war in meinem Büro. Ich hatte eine längere Videokonferenz. Ich habe erst mitbekommen, was passiert ist, als der erste Polizeiwagen eintraf.«

»Sie waren mit Ihren Verpflichtungen in Bouaye schon fertig?«

Der junge Marchand warf Dupin einen irritierten Blick zu.

»Ihr Vater hat es heute Mittag erwähnt.«

»Ich war um ungefähr zwei Uhr wieder zurück.«

»Was genau hatten Sie dort zu tun?«

Auf dem Gesicht des jungen Mannes erschien ein Schmunzeln.

»Mein Vater hat also recht: Sie ermitteln doch.«

»Meine Frau und ich stehen Cécile Cast bei, mehr nicht.« Dupin blickte zu Cécile. »Die im Übrigen jetzt die neue Besitzerin der *Domaine du Lac* ist.«

Ein guter Punkt, fand Dupin. Hierbei ging es um Autorität. »Und damit auch Ihre neue Chefin«, fügte Dupin hinzu.

»Ich habe die beiden darum gebeten«, pflichtete Cécile bei. »Ich schaffe das allein nicht. Es ist alles zu schrecklich.«

»Natürlich«, Laurent Marchand nickte. In seinem Tonfall war keine Ironie zu erkennen.

»Kommen wir auf meine Frage zurück: Was hatten Sie in Bouaye zu erledigen?«

»Ich vertrete unsere *Domaine* im Weinbauernverband der neunzehn Gemeinden, die sich rund um den See befinden. Sie haben in den Neunzigern eine eigene Appellation gegründet: *Muscadet-Côtes de Grandlieu.* Die Gegend um den Lac de Grand-Lieu hat nämlich ein ganz außergewöhnliches Mikroklima und …«

Laurent Marchand unterbrach sich selbst. Ihm schien etwas unangenehm zu sein.

»Monsieur Katell war im Verband als Eigentümer natürlich der offizielle Vertreter der *Domaine.* Ich bin nur für ihn eingesprungen. Und das auch bloß bei den regulären Arbeitstreffen. Wenn es besondere Anlässe gab, nahm er die Termine natürlich selbst wahr.«

»Was ist das …«

Dupins Handy vibrierte. Er schaute nach der Nummer. – Der Präfekt. Ein unglücklicher Zeitpunkt.

Dupin ließ es vibrieren und richtete sich wieder an den jungen Marchand. »Was ist das für ein Verband?«

»In erster Linie sorgt er für die Sicherung der hohen Qualität der Weine unserer Region. Zudem ist er mit dem nationalen und internationalen Marketing für unsere Appellation betraut. – Unsere *Domaine* kämpft besonders engagiert für die Qualitätsstandards. Die Reben der Appellation müssen mindestens sieben Jahre alt sein, und die Parzellen dürfen eine bestimmte Größe nicht überschreiten, das sind zwei der wichtigsten Regeln. Darüber hinaus plädieren wir für eine verpflichtende Ertragsreduzierung, wie wir es auch bei uns handhaben. Etwa durch gezieltes Herausschneiden von Trauben im Frühsommer, damit die gesamte Substanz in die verbleibenden Beeren gelangt.«

Mit einem Mal zeigte sich Laurent Marchand, der zuvor so schüchtern gewirkt hatte, leidenschaftlich. Und gesprächig.

»Das stärkt die Aromen wirklich. Unglaublich, wie intensiv sie werden. – Kurz: Wir wollen keine Massen-Muscadets in unserer Appellation!«

Das war ein entschiedenes Statement.

»Das mit dem *Muscadet-Côtes de Grandlieu* ist wirklich eine riesige Erfolgsgeschichte«, bestätigte Cécile anerkennend.

»Gab es denn irgendwo Probleme mit der Weinqualität?«, fragte Dupin. »In der *Domaine?*«

Alle drei blickten Dupin überrascht an.

»Wie kommen Sie darauf?«

Laurent Marchands Züge zeigten Missmut.

»War es denn so?«

»Nicht bei uns! Noch nie!«

»Und auf dem Weingut der Jolys?«

Er zögerte.

»Schwer zu sagen.«

»Schwer zu sagen? – Was meinen Sie damit?«

»Im letzten Jahr ist eine Verunreinigung in einer Weinpresse festgestellt worden. Am Ende der Ernte. Bakterien. Solche, die während der Fermentierung nicht absterben und unter Umständen zu Magenreizungen führen können. Allerdings nur, wenn man sie in hoher Konzentration aufnimmt. Man hätte also sehr viel Wein trinken müssen. – Dennoch. Sie mussten den größten Teil der Produktion vernichten.«

»Wirklich?«, rief Cécile Cast erstaunt. »Davon habe ich überhaupt nichts gehört. Für gewöhnlich bekommt man so was doch immer mit.«

»Wir haben das bewusst nicht kommuniziert. Es hätte der gesamten Appellation geschadet. – Vor allem: Die Verunreinigung wurde festgestellt, bevor die Flaschen in den Handel kamen. Zudem haben sie die Probleme im *Château Joly* umgehend beseitigt und sofort neue Pressen angeschafft. Jetzt ist alles wieder in Ordnung«, beeilte sich der junge Marchand hinzuzufügen.

Dennoch: das war endlich etwas Handfestes.

»Das heißt, ein Skandal konnte abgewendet werden«, spitzte Dupin es absichtlich zu.

»Es gab keinen.«

Eine Pause entstand.

»So etwas würde den Ruf eines Weingutes auf Jahre schädigen. Es ist dabei fast egal, was an den Vorwürfen dran ist.« Cecile zog die Augenbraue hoch. »Für das *Château Joly* hätte es dramatische Folgen gehabt.«

Um den guten Ruf zu retten, hatte Dupin Menschen bereits jede Art von Verbrechen begehen sehen. Auch Morde.

»Das hätte die Rivalität um die Muscadet-Vorherrschaft der Häuser Katell und Joly jedenfalls entschieden«, folgerte Claire trocken.

»Sie müssen wissen, dass sich speziell Brian Katell energisch dafür ausgesprochen hat, die Sache äußerst diskret zu behandeln. – Eben damit dem *Château Joly* keinerlei Schaden entsteht.«

Der Punkt schien Laurent Marchand besonders wichtig zu sein.

»Weil es für die gesamte Appellation rund um den See von Nachteil gewesen wäre?«, fragte Dupin.

»Das war ganz sicher nicht Monsieur Katells vordringliches Motiv«, hielt Marchand entgegen.

»Eher, dass er seine Freundin Anne-Sophie Joly davor bewahren wollte? Es hätte ja vor allem sie und ihren Vater getroffen. Zumal sie das *Château* ja eines Tages übernehmen wird. Vielleicht ja schon bald.«

»Brian wollte nie etwas Schlechtes, für niemanden«, schaltete sich Cécile Cast mit Leidenschaft ein. »Er hat diese Rivalität selbst gar nicht als solche empfunden.«

»Anders als er empfinden Sie diese Rivalität sehr wohl, oder? Sie, Ihr Vater, Madame Pic, die ganze Mannschaft hier.«

Dupin blickte Laurent Marchand durchdringend an.

»Wie soll ich das ausdrücken?« Das Thema schien dem jungen Marchand unangenehm zu sein. »Ja, ein bisschen schon. Den besten Muscadet zu kreieren, das ist unser Anspruch. Zum Weinmachen gehört ein gewisser Stolz. Und Wettbewerbsgeist.«

»Wer weiß alles von dieser Verunreinigung?«

»Die Mitglieder des Verbandes. Aber die kennen sich alle untereinander. Ein solidarischer Kreis. Da will niemand dem anderen etwas Böses.«

Solche Sätze hörte Dupin bei jedem Mordfall.

»Und hätte es jemand durchsickern lassen, hätte er sich am Ende selbst geschadet. Bestimmte Auswirkungen hätten die gesamte Appellation betroffen. Aber noch einmal: Es ist ja gar nichts passiert. Die Verunreinigung wurde früh genug entdeckt – dank eines mehrfachen Sicherungs- und Prüfsystems. Keine einzige Flasche ist in den Handel gekommen.«

»Die Dokumente über diesen Vorfall, die Analysen und so weiter – wo befindet sich das alles?«

Laurent Marchand schien nachzudenken.

»Es gibt mehrere Ausfertigungen der zentralen Dokumente. Eine im *Château Joly*, eine in unserer Verbandszentrale und natürlich die in dem Labor, das die Analysen macht.«

»Haben Sie …«

Ein Wagen fuhr in den Hof ein. Die Bremsen quietschten, der Kies knirschte.

Der schwarze Defender, den sie am Nachmittag gesehen hatten, als sie von der Crêperie gekommen waren.

»Anne-Sophie«, bemerkte Cécile. »Was macht sie denn schon wieder hier?«

Es hatte ein wenig aggressiv geklungen. Cécile schien es selbst bemerkt zu haben, rasch fügte sie hinzu:

»Ich meine, sie war doch eben erst da, um ihr iPad zu holen.«

Sie sahen, wie die beiden Polizisten umgehend auf den Wagen zuliefen.

»Vielleicht hat sie etwas vergessen? Vermutlich will sie noch einmal in Brians Wohnung«, folgerte Claire.

Claire hatte recht. Sie mussten etwas tun, viel Zeit blieb ihnen nicht.

»Au revoir, Monsieur. Vielen Dank. – Wir sehen uns ja sicher bald wieder«, verabschiedete Dupin sich von dem verdutzt dreinschauenden jungen Mann.

»Au revoir«, erwiderte dieser perplex und ging zögerlich zur Tür.

Anne-Sophie Joly war mittlerweile ausgestiegen. Sie trug

ein tailliertes dunkelblaues Kleid, die schwarzen Haare zum Zopf gebunden, dazu eine Fliegersonnenbrille.

Umgehend begann ein Gespräch mit den Polizisten. Anne-Sophie Joly gestikulierte wild.

Kurz darauf liefen die beiden Polizisten mit Anne-Sophie auf die Tür zu, die vom Innenhof direkt in Katells Küche führte.

»Schnell – nach oben«, instruierte Dupin.

Es ging alles ganz schnell.

Claire, Cécile und Dupin hatten den ersten Stock erreicht, als sie hörten, wie unten die Tür aufgeschlossen wurde.

»Wir kommen mit hoch, Madame«, vernahm man einen der Polizisten.

Dupin blickte sich um und gab Claire und Cécile ein Zeichen, ihm zu folgen.

Er bewegte sich auf den großen Einbauschrank zu.

Die Schranktüren waren leichtgängig, Dupin schob sie zur Seite. Die mittlere gab Brian Katells Garderobe frei. Hemden, Jacken, Mäntel. Er wies mit dem Kopf hinein.

Die beiden Frauen verstanden sofort und verschwanden in den Schrank, er folgte ihnen und zog die Tür zu.

Gerade rechtzeitig, denn im nächsten Moment hörte man Schritte auf der Treppe und dann Stimmen.

»Ich weiß nicht, wo ich es habe liegen lassen. Madame Cast und ich waren vor allem hier oben.«

Anne-Sophie Joly schien nachzudenken.

»Zuerst standen wir eine Weile zwischen den beiden Schreibtischen, dann haben wir uns aufs Bett gesetzt.«

»Wie sieht Ihr Portemonnaie denn aus?«

Ihr Portemonnaie? Sie hatte ihr Portemonnaie liegen lassen? Darum ging es?

»Schmal, Leder, ein Bordeaux-Ton. – Ich suche auf der Schlafzimmerseite, Sie bei den langen Schreibtischen.«

Sie schien die Polizisten im Griff zu haben.

Dupin ärgerte sich, er war nicht in Form. Er hätte die Tür einen winzigen Spalt offen stehen lassen sollen, dann hätte er vielleicht sehen können, was Anne-Sophie Joly im Schilde führte – wenn sie denn etwas im Schilde führte. War das nicht ein wenig verdächtig, das Ganze hier? Oder lag es nur an dem Muscadet, den Dupin deutlich spürte? Und Anne-Sophie Joly war ihm vielleicht einfach unsympathisch?

Eine Weile blieb es still. Dupin, Claire und Cécile atmeten so leise wie möglich. Dann:

»Hier, Madame!«, rief einer der beiden Polizisten. »Ich glaube, hier ist es! Hier auf dem Schreibtisch. Schauen Sie mal.«

Eine kleine Verzögerung.

»Oh ja. – Das ist es!«

Dupin hatte eben kein Portemonnaie gesehen. Aber natürlich hatte er auch nicht danach Ausschau gehalten.

»Ich bin ja so erleichtert.«

Der Satz klang in Dupins Ohren übertrieben theatralisch.

»Wir auch«, flüsterte Claire. »Wir wollen hier raus.«

»Wir sind froh, dass wir helfen konnten, Madame.«

Anne-Sophie Joly und die beiden Polizisten waren offenbar zur Treppe zurückgegangen, man hörte sie auf den Stufen.

»*chateaurayas1880* – alles klein«, flüsterte Cécile plötzlich aufgeregt.

»Was?«

Dupin hatte keine Ahnung, was sie meinte.

»Das könnte es sein! – Brians absoluter Lieblingswein«,

sie klang nun noch aufgeregter, »*Château Rayas,* ein Châteauneuf-du-Pape *Réserve*. Ein Mythos. Das Weingut wurde 1880 gegründet. Brian war mit dem Neffen des Gründers befreundet, Emmanuel Reynaud.«

»Wovon sprichst du?«

»Von seinem Mail-Account.«

»Sie meint Brians Passwort, Georges«, erklärte Claire.

»Genau«, bestätigte Cécile.

Es wäre sensationell.

»Es könnte wirklich sein, ja. Das hat er gerne benutzt, ist mir wieder eingefallen.«

Nun hörten sie, wie im Erdgeschoss die Tür geöffnet und ein paar Augenblicke später wieder geschlossen wurde.

Dupin schob die Schranktür beiseite, trat hinaus, Cécile und Claire folgten.

Dupin hatte sein Handy herausgeholt.

»Wo hat er seinen Mail-Account?«

»Apple. – Eine iCloud-Adresse. briankatell@icloud.com.«

Dupin gab den Benutzernamen ein.

»Buchstabier das Passwort.«

»c h a t e a u r a y a s 1 8 8 0.«

Dupin wartete, es dauerte.

»Falsches Passwort. So ein Scheiß.«

Es wäre auch zu schön gewesen.

»Mist«, fluchte Cécile Cast.

Es war einen Versuch wert gewesen.

»Du wirst Anne-Sophie Joly doch nicht die Geschichte mit dem Portemonnaie abnehmen, oder?«

Claire stellte sich vor Dupin.

»Das ist doch total unglaubwürdig. Warum sollte sie ihr Portemonnaie heute Mittag überhaupt aus ihrer Handtasche herausgenommen haben? Sie hat es absichtlich liegen lassen!

Ganz sicher. Um noch einmal wiederkommen zu können. Um etwas zu holen oder verschwinden zu lassen. Deshalb hat sie die Polizisten aufgefordert, auf der anderen Seite des Raums zu schauen. – Cécile, erinnerst du dich, ob sie ihr Portemonnaie herausgenommen hat?«

»Nein. – Aber sie hat nach ihrer Sonnenbrille gesucht, als wir hier oben waren. Da hat sie in ihrer Tasche gekramt und auch ein paar Sachen herausgeholt, das stimmt.«

»Ich glaube ihr kein Wort. Keine Ahnung warum, aber so ist es.«

Dupin war zum Fenster Richtung Innenhof gegangen. Anne-Sophie Joly stieg gerade in ihren Wagen.

»Die wertvollen Rotweinflaschen sind jedenfalls noch da.« Claire stand vor den Weinkühlschränken.

»Georges, versuch es mal mit *chateaurayas1997* – das ist das Jahr, in dem sein Freund Emmanuel dieses Weingut übernommen hat. Das hat Brian auch mal benutzt, meine ich mich zu erinnern. Er hat eigentlich immer nur das Jahr gewechselt«, sagte Cécile.

»Ich versuch's.«

Dupin wiederholte die Prozedur von eben.

»Wieder falsch.«

Es war müßig, das brachte nichts.

»Dann *chateaurayas1989* – der Jahrhundertjahrgang!«

Wieder dauerte es – dann erschien die Ansicht von Katells Postfach.

»Das ist es! Wir sind drin!«

Cécile und Claire eilten zu Dupin und schauten ihm über die Schulter.

»Jetzt kommen wir an Brians Mails. An seine Dokumente, er hat sie alle in der Cloud liegen. Vielleicht finden wir sogar seine Tagebucheinträge«, Cécile war hörbar aufgeregt.

»Duckt euch!«, wies Dupin sie unversehens an.

Er hatte etwas durch das Panoramafenster gesehen. In den Reben.

Reflexhaft war er in die Hocke gegangen.

»Da ist jemand im Weinberg.«

Dupin wartete einen Moment, dann hob er vorsichtig den Kopf.

»Ich sehe ihn.«

Auch Cécile und Claire hatten vorsichtig die Köpfe gehoben.

In den üppigen Reben war ein Mann zu sehen. Der ab und zu einen Moment stehen blieb und sich umsah.

»Lelouche! So ein Mist!«, entfuhr es Dupin.

»Was macht er da?«, fragte Claire.

»Sich umschauen«, antwortete Dupin. »Ich würde das Gleiche tun.«

»Hoffentlich hat er unsere Autos nicht entdeckt.« Cécile erinnerte sie an einen heiklen Punkt.

Claire bewegte ihren Kopf hin und her.

»Ich sehe ihn nicht mehr.«

Es stimmte. Dupin sah Lelouche auch nicht mehr. Er war wie vom Erdboden verschluckt. Er musste um die Ecke des Hauptgebäudes gegangen und so aus ihrem Blickfeld verschwunden sein. Das war die einzige Erklärung.

»Vielleicht hat er die Spuren unseres Spaziergangs am Nachmittag entdeckt, Georges«, spekulierte Claire. »Und ist ihnen gefolgt. Die Abdrücke könnten im tonhaltigen Boden trotz des Regens noch zu sehen sein, an einigen Stellen zumindest.«

Es könnte hinkommen. Da, wo sie Lelouche gerade gesehen hatten, waren sie am Nachmittag entlanggelaufen.

»Dann würden die Spuren ihn bis zum Innenhof führen«, ergänzte Claire die Spekulation, »wo dein Citroën stand.«

Auch damit hatte Claire recht. Bedauerlicherweise.

»Aber nicht schlimm! Nach dem Schock haben wir einen Spaziergang gebraucht, ja und? Mehr könnte Lelouche uns nicht nachweisen.«

Dupin suchte das Weinfeld noch einmal ab. Er war langsam aufgestanden.

Nichts. Es sah so aus, als wäre die Luft rein.

Eilig wandte Dupin sich um.

»Beeilung! Wir sollten hier schleunigst verschwinden.«

Dupin war unzufrieden, weit würden sie so nicht kommen. Er fühlte sich, als müsste er mit einem wackeligen kleinen Flugzeug eine Mission zum Mond unternehmen. Aber war das nicht immer so zu Beginn eines Falls?

Marius – Lieu épicurien hieß die Brasserie, wo sie heute Abend essen würden. Sie befand sich in einem Art-déco-Gebäude auf der Hafenpromenade. Die Terrasse wurde von einer der aufwendigsten gusseisernen Dachkonstruktionen beschützt, die Dupin je gesehen hatte. Rechts und links von Palmen gesäumt, ein Flair wie in Nizza. Cécile hatte erzählt, es sei einst ein mondänes Casino gewesen – ein in den Dimensionen allerdings sehr überschaubares. Gebaut aus hellem, elegantem Stein. Im ersten Stock war ein hübscher Balkon mit ebenfalls gusseiserner Brüstung zu erkennen, bodentiefe Fenster, die Rahmen mit Ziegelsteinen verziert. Über den hohen Balkontüren prangte der Schriftzug *MARIUS*. Linker Hand ragte ein Türmchen empor. Daneben eine Dachterrasse, eine dezente Plexiglas-Brüstung, direkt dahinter schon die ersten Tische.

Dank Céciles Beziehungen hatten sie einen Tisch direkt an der Brüstung bekommen. Die Besitzer hatten ein herrliches atlantisches Blau zur Grundfarbe der Restaurantausstattung gemacht. Überall war es zu sehen, auf Tischdecken, Servietten, Tapeten.

Die Bestellungen waren bereits aufgegeben, sie hatten sich schnell entschieden.

Als Erstes war der Wein gekommen, den Cécile ausgewählt hatte. »Einer der ganz großen *Muscadets-Sèvre et Maine*«, hatte sie angekündigt. »International wahrscheinlich das berühmteste der vier Anbaugebiete des Pays nantais.«

Dupin hatte das erste Glas in schnellen Zügen getrunken, er war im Nachhinein immer unzufriedener mit dem Verlauf ihrer Ermittlungen geworden. Zwar hatten sie Interessantes gesehen, gehört und erlebt – aber eigentlich war es fatal, was passiert war. Die beiden Marchands wussten nun, dass Dupin ermittelte. Und dass er seine Ermittlungen vor Kommissar Lelouche verbarg. Dass er bereit war, riskante Aktionen durchzuführen – so wie die, in die polizeilich überwachte *Domaine* einzudringen, gar in die privaten Räume des Opfers …

»Die Marchands können uns jederzeit hochgehen lassen«, brummte Dupin, während er das leere Glas abstellte. »Dann wäre Schluss. Ein Anruf bei Lelouche würde genügen.«

»Sei nicht so pessimistisch. – Und vielleicht würde es uns sogar weiterbringen.« Claire strahlte. »Überleg doch mal. Wenn sie das tun, reden wir uns bei Lelouche schon irgendwie raus. Wenn sie es aber nicht tun – dann wissen wir, dass wir sie höchstwahrscheinlich von der Liste der Verdächtigen streichen können. Denn wäre einer der beiden der Täter – oder sie zusammen –, würden sie dich auf der Stelle bei Lelouche denunzieren. Um dich so schnell wie möglich loszuwerden.«

Claire nahm die Sache auf die leichte Schulter, fand Dupin.

»Oder sie tun es nicht, weil sie wissen, dass wir sie dann für unverdächtig halten«, hielt er entgegen.

»Meinst du?«

Claire warf Dupin einen schwer zu deutenden Blick zu.

»Wir wissen es nicht.«

Dupin goss sich ein zweites Glas ein.

»Sei's drum. Wir können nichts mehr daran ändern.« Claire gab sich weiter kämpferisch. »Wir machen weiter! Es gibt viel zu tun.«

Claire hatte Céciles Personentableau hervorgeholt.

Die Terrasse bot einen phänomenalen Blick. Der Meeresarm trennte die Innenstadt in zwei Teile. Gegenüber weiße, adrette Häuser, dahinter hob ein Hügel an. Auf ihrer Seite des Hafens sah man das alte Stadtschloss, die verschachtelte Altstadt und weit hinten, am Ende des Meeresarms, das offene Meer.

»Das Wichtigste ist sicher Brians Mail-Account. Wie gehen wir vor?«

So unzufrieden Dupin auch war, Claire hatte recht. Auch dieses Mal würde nur eines helfen: die Flucht nach vorne.

»Meint ihr, wir finden dort die Lösung des Falls?« Cécile sprach zögerlich.

»Das werden wir sehen«, erwiderte Dupin.

Er hatte mittlerweile auch das zweite Glas geleert. Sie hatten sich auf der Fahrt nach Pornic ein erstes Mal in Katells Postfach umgeschaut. Er hatte täglich Dutzende Mails bekommen, es würde dauern, allein die der letzten Zeit durchzugehen. Sie hatten ebenfalls einen Blick in die Verzeichnisse seines Cloudspeichers geworfen – von Tagebüchern war auf den ersten Blick nichts zu sehen gewesen. Aber das hieß nichts. Dupin hatte auf der Fahrt mit Nolwenn telefoniert, vor allem, um sie auf den neuesten Stand zu bringen. Er war immer noch nicht glücklich darüber, dass Riwal und Le Menn hier auftauchen würden, hatte aber keine neue Diskussion begonnen. Die beiden waren längst unterwegs und würden, so die letzte Auskunft von Riwal, um einundzwanzig Uhr ankommen. Zu dem Vorfall beim Weinwettbewerb in Nantes hatte Nolwenn nichts Interessantes mehr herausgefunden. Und alle, mit denen sie gesprochen hatte, hatten die Vorwürfe als völlig haltlos abgetan. »Joly ist einfach ein böser, alter Mann«, so der Tenor. Die Sympathien lagen durchweg bei Brian Katell.

»Ich schlage vor, wir essen rasch, machen dabei unsere Lagebesprechung und beginnen anschließend sofort, systematisch zu lesen«, sagte Claire.

Kein sehr romantischer Vorschlag – aber in der Sache leider richtig, fand Dupin.

Ein angenehmer Wind war aufgekommen und sorgte dafür, dass der Himmel wolkenlos blieb. Die Sonne begab sich deutlich Richtung Horizont, aber zeigte noch immer beeindruckende Kraft.

»Du solltest Lelouche anrufen«, wandte Dupin sich an Cécile. »Du musst ihm das Passwort geben. Sagen, dass es dir eingefallen ist.«

»Spinnst du?«

Claire war offenbar anderer Meinung.

»Sonst behindern wir aktiv und vorsätzlich seine Arbeit. – Nicht nur seine, alle polizeiliche Arbeit. Eventuell findet sich in einer Mail ja tatsächlich ein Hinweis für die Lösung des Falls. Vielleicht übersehen wir drei ihn sogar, weil uns andere Puzzleteile fehlen. Informationen, die Lelouche möglicherweise hat.«

»Aber wir sind es doch, die es herausgefunden haben. Cécile, genauer gesagt. Das sind unsere Erkenntnisse!«, insistierte Claire.

»Es geht nicht anders, Claire. Und das weißt du.«

Sie schien mit sich zu ringen.

»Gut.«

Sie klang nur halb überzeugt.

»Georges hat recht, Claire. Das geht zu weit. – Ich ruf ihn an.«

Cécile erhob sich. »Ich suche mir nur einen ruhigeren Ort.«

Hier oben auf der Dachterrasse war jeder einzelne Tisch besetzt.

Claire wartete einen Moment, dann sagte sie zu Dupin: »Du kannst Cécile doch nicht immer noch für verdächtig halten, Georges! Das ist absurd! Sie arbeitet intensiv mit uns zusammen an der Aufklärung. – Warum sollte sie all das tun, wenn sie die Täterin wäre? Warum würde sie dich um Hilfe bitten?«

»Weil sie auf diese Art verhindert, dass wir uns mit ihr beschäftigen. – Weil sie so stets erfährt, was wir wissen und denken. – Und wenn sie die Täterin wäre, würde sie genau das bewirken wollen, was du sagst: dass wir nämlich denken …«

»… dass sie dich dann niemals um Hilfe bitten würde.«

»Exakt.«

»Trotzdem ist es völliger Blödsinn, Georges, sie …«

Dupins Handy war nicht mehr stumm geschaltet und gab seinen nervenden Piepton von sich.

»Der Präfekt.« Dupin schob es zurück in die Hosentasche.

»Du lässt es klingeln?«

»Ich lasse es klingeln.«

Claire wartete, bis das Handy Ruhe gab.

»Also, ich wollte …«

Das penetrante Piepen – noch einmal.

Inspektor Kadeg war dieses Mal auf dem Display zu sehen.

Dupin hatte den Inspektor zwischenzeitlich ganz vergessen. Und nicht nur ihn, auch das verdammte Specht-Drama. Claire offensichtlich ebenfalls.

»Ja?«

»Monsieur le Commis…?«

»Was gibt es, Kadeg?«

Der Inspektor war nicht leicht zu verstehen, im Hintergrund war dumpfes Rauschen zu hören.

Dupin stellte auf Lautsprecher, noch bevor Claire ein Zeichen gegeben hatte.

»Ich habe mir eben mein Zelt von zu Hause geholt. Gerade noch rechtzeitig. Hier geht gerade ein übler Schauer runter.«

»Wie bitte?«

»Na, in Concarneau. An der Corniche. – Ich campiere in Ihrem Garten.«

»Sie tun was?«

»Ich habe mein Zelt in Ihrem Garten aufgebaut.«

»Warum?«

»Ich kümmere mich um die Biester. Das ist der einzige Weg. Stete Präsenz. Entschlossene Wehrhaftigkeit. – Wenn Sie es nicht wollen, müssen Sie es mir nur sagen«, fügte er demonstrativ beleidigt hinzu. »Das würde jedoch das Ende Ihres Hauses bedeuten.«

Claire gestikulierte wild. Hob heftig den Daumen hoch.

»Nein, nein. Selbstverständlich können Sie das tun. – Das ist äußerst freundlich von Ihnen.«

Es war in der Tat eine sehr hilfsbereite Aktion von Kadeg. Bei der ganzen Sache handelte es sich schließlich um eine rein private Angelegenheit. Er tat es also völlig freiwillig.

»Nolwenn hat mich angewiesen, es zu tun.«

Dupin hätte es sich denken können.

»Dennoch, sehr freundlich, Kadeg.«

»Ich habe auch eine bessere Schleuder mitgebracht. Die neue *WASP Devil,* ein extrem handlicher HDPE-Frame, unglaublich kompakt, damit …«

»Klingt alles sehr gut, Kadeg. – Wie gesagt, wir sind Ihnen ungeheuer dankbar. Und werden uns erkenntlich zeigen.«

Dupin dachte an eine Kiste guten Muscadet.

»Davon gehe ich mal aus, ich …«

»Bis dann, Kadeg.«

Dupin legte auf. Auch seine Belastbarkeit war mitunter begrenzt.

»Wahrscheinlich ist das wirklich der einzige Weg. Dass jemand zur Stelle ist, bis der Schreiner kommt«, seufzte Claire.

»Das ist doch grotesk.«

Kadeg konnte doch nicht tagelang in ihrem Garten leben, dachte Dupin und nahm einen Schluck Wein.

»Et voilà.«

Die Kellnerin, wie alle Angestellten des Restaurants in weißem Hemd, mit Fliege und in schwarzer Hose, erschien mit den Entrées.

»Wir nehmen noch eine Flasche von dem erstaunlichen Wein«, begrüßte Dupin sie.

Claire griff zur Gabel, noch bevor der Teller vor ihr stand.

»Ich muss was essen, sonst falle ich gleich vom Stuhl.«

Es sah fantastisch aus. Rochen auf einer Tartelette aus Sandteig, dazu Püree aus Artischocken mit Limonenstückchen.

Dupin ging es wie Claire. Er hatte sich für ein Rindercarpaccio entschieden, serviert mit frischen Gartenkräutern und einer, so die Karte, »jodigen Austerncreme«. – Dupin mochte alle kulinarischen Kombinationen von Land und Meer. Das Attribut »epikureisch« hatte das *Marius* definitiv verdient.

Sie genossen schweigend, als Cécile zurück an den Tisch kam.

»Lelouche war ziemlich sauer. – Warum mir das nicht schon gestern eingefallen ist, wollte er wissen …«

Sie hatte es offenbar eilig, sich zu setzen. Auch sie begann sofort zu essen: Sie hatte rohen Adlerfisch mit Kapern, Ricotta und kandierten Tomaten.

»Ist das nicht alles köstlich hier?«

Céciles Laune hatte sich schlagartig gebessert. Claire und Dupin hatten ihre Vorspeisen bereits aufgegessen.

»Der Wein …«

Die Kellnerin stellte die zweite Flasche in den Kühler am Tisch.

»Perfektes Timing. Dann also zum Wichtigsten, dem Grund, warum ihr eigentlich hier in die Gegend gekommen seid: dem Wein.«

Cécile hob das Glas.

»*Terre de Pierre* heißt dieser Melon de Bourgogne. Gute Freunde von mir produzieren ihn, sie betreiben die *Domaine Luneau-Papin*. Eine Flasche von 2012, ein gutes Jahr für den Muscadet.«

Claire und Dupin hoben ihre Gläser.

»Auf die Liebe! Auf euch!«

Ein kurzer, dafür vollendeter Toast.

»Und: Ich bin euch unendlich dankbar, dass ihr mir beisteht.«

Sie stießen an.

»Unglaublich«, kommentierte Claire, die die vier Etappen der Weinverkostung beispielhaft durchexerziert hatte. »Wieder anders als Brians *Le Grand*. – Ich schmecke etwas stark Mineralisches.« Sie nahm umgehend einen weiteren Schluck. »Weich und ölig.«

Cécile nickte zustimmend. Sie hatte ihre Vorspeise beendet.

»Die Weine der beiden reflektieren die Vielschichtigkeit des hiesigen Bodens. Granit, Glimmerschiefer, Serpentinit, Gneis, Quarz – hier gab es in den frühen Erdaltern enorme geologische Verwerfungen, ein richtiges Chaos. Und in diesem Wein schmeckst du jeden dieser Böden, mich macht das immer ganz verrückt. – So ist das mit guten Winzern, sie schicken die Wurzeln der Reben zwanzig, dreißig Meter tief in die Böden, um dort ihre besonderen mineralischen Eigenheiten für uns einzufangen. Die Beeren geben dann die Fruchtaromen hinzu, aber die Erde ist die Basis.«

Mit diesem Bild im Kopf, fand Dupin, schmeckte der Wein noch einmal besser, und ja, Mineralien schienen den Unterschied zu machen.

Die Bedienung räumte die leeren Teller ab.

Dupin hatte sein Notizheft herausgeholt. Er resümierte:

- Konflikt Katell–Dantec
- Affäre Pic–Dantec
- Manipulationsvorwürfe Weinwettbewerb, Joly–Katell
- »Romeo und Julia«, Brian K. und A.-S. Joly
- Weinbar, gemeinsames Projekt Katell und Chevrier, Investitionen
- Verunreinigungen *Château Joly*
- Besuche von A.-S. Joly in der *Domaine,* iPad, Portemonnaie
- anonyme Drohung

Dabei ließ sich die jeweilige Relevanz der einzelnen Punkte noch gar nicht richtig beurteilen.

»Wichtig ist, dass wir bald mit Anne-Sophie Joly sprechen.

Und auch mit ihrem Vater.« Dupin blickte Cécile an. »Anne-Sophie Joly sehen wir morgen früh – aber wie könnten wir unauffällig an Jérôme Joly herankommen?«

»Ich lass mir etwas einfallen.«

»Gut.«

»Wir sollten …«, begann Claire und wurde von Dupins Handy unterbrochen.

Eine Nummer, die er nicht kannte.

Dupin stand auf, suchte eine ruhige Ecke der Dachterrasse.

»Ja?«

»Lelouche hier.«

»Bonjour, Commissaire.« Dupin bemühte sich um einen freundlichen Tonfall. »Was kann ich …«

»Zwei Dinge, Dupin: Halten Sie sich aus dem Fall heraus. – Und nehmen Sie die Drohung ernst. Ich werde nicht Ihr Kindermädchen spielen.«

»Sie wissen ja, Cécile Cast ist die beste Freundin meiner Frau«, begann Dupin, »und wir …«

Lelouche hatte bereits aufgelegt.

Und wenn er ehrlich war, verstand Dupin ihn vollkommen. Er selbst hätte sich solche Rechtfertigungen ebenso wenig angehört.

Er ging zurück zu Claire und Cécile.

»Und? Wer war es?«

Dupin berichtete mit knappen Worten.

»Wusste er etwas von unserem Besuch in Brians Wohnung?«, wollte Cécile wissen. »Haben die Marchands uns verraten?«

»Ich denke nicht, nein.«

Aber sicher war Dupin nicht.

»Et voilà, da bin ich wieder«, die Kellnerin erschien mit den Hauptgängen. Dieses Mal in Begleitung eines jungen Kellners, sie mit zwei und er mit einem Teller.

»Die *parrillada* für die beiden Damen.«

Die Bedienung stellte zwei längliche gusseiserne Töpfe vor Claire und Cécile ab, in denen alles zubereitet war.

»Heute mit Dorade, Sardine, Lachs, rosa Crevetten, Miesmuscheln und«, eine nachdrückliche Betonung, »natürlich Tintenfisch. Auch wir beteiligen uns am Kampf gegen die Invasion. – Dazu bretonische Grenaille-Kartoffeln und Petersilienbutter.«

Augenblicklich hüllte der himmlische Duft den Tisch ein.

»Und für Monsieur die gegrillten Sardinen aus Saint-Gilles-Croix-de-Vie mit hausgemachtem Kräuterpesto. Auch für Sie die Kartöffelchen.«

Schon stand der Teller mit Sardinen vor Dupin. Einst – wie die Makrele oder der Kabeljau – als ordinärer Massenfisch verkannt, wurde die Sardine längst wieder als Delikatesse geschätzt. Dennoch stand sie nur selten auf der Karte der Restaurants, und wann immer es der Fall war, griff Dupin zu.

»Ich habe mitbekommen, dass Sie über die Morde sprechen.« Die Kellnerin warf Cécile, Claire und Dupin einen verschwörerischen Blick zu. »Es heißt jetzt, dass es sich unter Umständen um ein Täter-Duo handelt. Wahrscheinlich sogar um ein Pärchen. Es wurden Spuren entdeckt, Fußabdrücke eines Mannes und einer Frau, mitten in den Reben. Näheres weiß man aber wohl nicht.«

Claire und Dupin sahen einander an. Claire schien es schwerzufallen, nicht loszulachen.

»Interessant. – Wir nehmen noch eine Flasche Muscadet, bitte«, sagte Dupin schnell.

»Sehr gerne. Kommt sofort.«

Die Kellnerin schien ein wenig enttäuscht darüber zu sein, dass ihr Hinweis nicht mehr Beachtung fand.

»Das sind doch eure Spuren, oder?« Auch Cécile schien Schwierigkeiten zu haben, an sich zu halten. »Euer Spaziergang während des Gewitters.«

Claire nickte.

»Absurd.«

»*Bon appétit.* Wir sollten uns ranhalten. – Wir haben noch einiges zu tun!«

Sie saßen im Garten der *Fontaine aux Bretons,* dort, wo sie schon vorgestern gesessen hatten, als ihre Reise noch eine fröhliche, friedliche Hochzeitsreise gewesen war. Der Duft der Kräuter war heute Abend so intensiv, dass er einen geradezu trunken machte. Auch der Weinkonsum des heutigen Tages trug zu diesem Gefühl bei.

Aber statt sich der rosaroten Stimmung des Sonnenuntergangs und dem beschwingten Melon-de-Bourgogne-Rausch hinzugeben, starrten Claire und Dupin angestrengt auf die Bildschirme ihrer Handys. Es ging, so Dupins Vorschlag, erst einmal um die Mails der letzten drei Monate.

Cécile hatte sich kurz entschuldigt, um etwas zu holen.

»Unendlich viele Mails von anderen Winzern«, Claire wirkte ein wenig frustriert. »Brian scheint in Dutzenden Vereinigungen Mitglied gewesen zu sein. Hast du gesehen, dass er auch selbst eine gegründet hat? Im Frühjahr erst. *Les Amis du Petit Grain.* Wenn ich es richtig verstehe, geht es da um alte, brachliegende Weinfelder, die in der Vergangenheit nicht hinreichend ertragreich waren, unwirtschaftlich. Mit schwierigen Böden.«

Dupin hatte die Mails dazu noch nicht gesehen.

»Und täglich drei, vier, fünf Mails von Alain Chevrier«, fuhr Claire fort, »er …«

»Pst!«

Dupin hatte eine Stimme gehört. Eine Männerstimme. Am Eingang der *Fontaine*. Dupin kannte sie.

Vorsichtig erhob er sich.

Er hatte sich nicht geirrt – es war Riwal.

Der Inspektor stand tatsächlich am Haupteingang, Le Menn, beinahe einen Kopf größer als der Inspektor, neben ihm. Die Blicke der beiden schweiften Richtung Meer. Im nächsten Moment sah Riwal in ihre Richtung. Dupin wollte sich ducken – aber es war zu spät. Der Inspektor hatte sie gesehen, ihre Blicke hatten sich gekreuzt. Aber anstatt ein Zeichen zu geben oder auch nur einen längeren Moment innezuhalten, zeigte Riwal keine Reaktion. Er hatte sich vollkommen unter Kontrolle.

»Unsere Bodyguards sind da.« Claire lugte über die dichten Kräuterbüsche.

»Es geht los, kommt.«

Cécile stand plötzlich vor ihnen, mit einer Umhängetasche über der Schulter, und lief los.

»Wohin gehen wir?«, fragte Claire neugierig.

»Warte ab!«

Cécile schlug sich durch die Sträucher in Richtung Meer. Claire und Dupin hatten Mühe zu folgen.

Cécile stürmte voran durch das offene Tor, durch die Weinberge, dann auf den Fußweg zum Meer. Dann nahm sie den Küstenweg, den Claire und Dupin auch schon entlanggelaufen waren. Aber nur für ein paar Meter. Abrupt verließen sie den Weg und folgten einem versteckten Pfad.

Bald blieb Cécile stehen, ein schmales Holztor verhinderte ein Weiterkommen, augenblicklich hatte sie einen Schlüssel zur Hand und schloss auf. Die nächsten Meter führte der Pfad durch mächtige Lorbeerbüsche hindurch, es musste direkt aufs Meer zugehen, auch wenn man nichts davon sah.

»Hier müsst ihr aufpassen«, erfolgte eine strenge Anweisung.

Einen Augenblick später sahen Claire und Dupin, warum: Es ging steil hinunter. Ein Abgrund, sicher fünfzehn Meter tief. Cécile lief ungerührt weiter. Es sah aus, als würde sie fliegen. Man musste schon genau hinsehen, um den schmalen Holzsteg unter ihren Füßen zu entdecken. Gerade breit genug für eine einzelne Person, hob er hier, am Ende des schroffen Felsvorsprungs, ab und führte ungefähr zehn Meter frei über den Abgrund, bis er auf eine der Fischerhütten traf. Ein etwas breiterer Schwebebalken, auf der rechten Seite mit einem fragil wirkenden Holzgeländer, mehr nicht.

»Et voilà. Die *pêcherie* der *Fontaine aux Bretons*«, sagte Cécile stolz. »Hier kommt alles her, was wir unseren Gästen aus dem Meer zubereiten – beziehungsweise was die Tintenfische übrig lassen. Los, kommt. Ich habe ein Eckchen der *pêcherie* zu meinem Platz gemacht. Ich nenne es *mon petit bonheur,* mein kleines Glück.«

Auch Claire und Dupin hatten die hölzerne Plattform erreicht, auf der die kleine Holzhütte stand, davor der geräumige Balkon. Die Fischerhütte schien auf ganz besonders hohen Stelzen zu stehen – oder es war wie beim Zehnmeterbrett im Schwimmbad: Stand man selbst oben, kam es einem doppelt so hoch vor.

Im nächsten Moment sahen sie, was Cécile gemeint hatte. Rechts vor dem Holzverschlag, direkt am Geländer, stand ein verwitterter Holztisch. Vier Klappstühle waren um ihn gruppiert. Das Meer war alles, was man sah. Die weite Baie de Bourgneuf.

»Ein himmlischer Ort.«

Claire war hin und weg. Und Dupin verstand sie gut.

Hinzu kam das extravagante Spektakel, das der Himmel heute Abend darbot. Zwar war die Sonne bereits untergegangen, aber über dem Horizont, dort, wo sie verschwunden war, loderte grellweißes Licht, das heller schien, als die Sonne selbst gewesen war. Ein gleißendes Nichts, das alles auslöschte. Ein weißes Loch, um das ein blasses Orange anhob, das mit zunehmendem Abstand immer intensiver wurde. Bis hin zu einem flammenden Orangerot. Wie quellende Lava. Die paar zarten Eiskristallwolken, die am Himmel schwebten, leuchteten dagegen in einem dramatischen Pink. Abgesehen von diesem irren Farbspektakel gab sich der gesamte restliche Himmel völlig unauffällig, kristallin bläulich. Das Ganze sah aus wie ein stümperhaft manipuliertes Foto, als hätte jemand einen Streifen dramatischen Sonnenuntergang in einen harmlosen Abendhimmel montiert, ganz ohne Übergang. Nichts passte zusammen, es wirkte surreal.

»Also los!«

Cécile holte Claire und Dupin in die Wirklichkeit zurück.

Sie stellte ihre Tasche ab, platzierte drei Stühle nebeneinander und rückte den Tisch davor. Dann holte sie zwei Flaschen Wein und drei Gläser aus der Tasche.

»Et voilà! Unseren Chenin habt ihr noch gar nicht richtig genießen können.«

Umstandslos öffnete sie eine Flasche, goss die Gläser voll und setzte sich. Claire und Dupin taten es ihr gleich und sahen hinaus aufs Meer.

»Na, dann an die Mails!«

Schon hatte Cécile ihr Handy in der Hand.

»Habt ihr schon etwas Interessantes gefunden?«

»Nein. Es gibt endlos viele Mails im Zusammenhang mit irgendwelchen Winzervereinen.«

»Wir konzentrieren uns erst einmal auf die letzten drei Monate«, sagte Dupin. »Also die Mails ab dem 15. Juni.«

Jetzt hatten auch Claire und Dupin ihre Handys in der Hand und wählten sich in den Account ein.

»Die Experten der Polizei können doch bestimmt feststellen, dass sich noch jemand in den Account einloggt, oder?«

Claire hatte den Satz in einem sachlichen Ton gesagt.

»Bei der Zugriffsstatistik kann man es ganz sicher sehen. Allerdings müssten sie es aktiv kontrollieren.« Dupin hatte daran auch schon gedacht. Es wäre äußerst misslich.

»Schaut mal. Ich bin jetzt nach Personen vorgegangen«, erklärte Cécile. »Am 30. Juli. Da ist eine komische Mail. Brian und Dantec.«

»Eine eingehende?« Dupin suchte.

»Nein, ausgehend.« Cécile fuhr aufgeregt fort. »Da steht unter anderem: *Ich werde die Sache einem Anwalt übergeben und Anzeige erstatten, wenn Sie den Vorgang nicht umgehend aufklären. Mein Vertrauen in Sie ist zerstört, was Sie getan haben, ist kriminell.*«

Dupin hatte die Mail nun auch gefunden.

»Aber worum geht es?«, fragte Claire. »Ich finde keine vorherige Mail, auf die sich diese bezieht.«

Die Mail bestand eigentlich nur aus diesen beiden Sätzen, vorab ein formelles »Sehr geehrter Monsieur Dantec« und ein grußloses »Brian Katell« am Ende.

Ein dreimaliges Piepen war zu hören, eine SMS.

Dupin warf einen Blick auf sein Handy. Riwal. *Wir sind ganz in Ihrer Nähe, haben Position bezogen, seien Sie ganz unbesorgt.*

Riwal war in seinem Element.

»Hier – hier ist noch was.«

Jetzt war es Claire, die etwas gefunden hatte.

»Am 5. August. Da hat Brian Damien Dantec einen Link geschickt mit den Worten: *Und das hier????* Vier Fragezeichen. Der Link führt«, eine kurze Pause, »zu einer Weinwebsite aus Großbritannien. *Finest Wines.* – Da wird Brians *Le Grand* angeboten, sein Top-Muscadet. Der, den wir gestern getrunken haben. In Kisten, sechs Flaschen für dreihundert Pfund.«

»Der Preis ist korrekt«, kommentierte Cécile, »schon hier kostet eine Flasche vierzig Euro.«

»Und was bedeutet das?«

Dupin öffnete die Mail vom 5. August. Es war schwierig, der Konversation zu folgen, der größte Teil hatte offenbar woanders stattgefunden, mündlich vermutlich, sie hatten sich ja täglich gesehen. Hier, im Mail-Postfach, hatten sie es offenbar nur mit Fragmenten zu tun.

»Das erfährst du«, Claire sprach, während sie las, »in der Mail am Tag darauf von Dantec: *Ich bin bloß noch nicht dazu gekommen, die Rechnungen zu stellen. Nächste Woche, wenn ich von den Kunden zurück bin, kümmere ich mich drum. – Aber ich werde mich gegen diese ungeheuren Unterstellungen zur Wehr setzen.*«

»Dantec hat Wein auf eigene Rechnung verkauft«, schlussfolgerte Cécile. »So liest sich das zumindest.«

»Es würde zur Mail vom 9. August passen.« Claire las vor: »*Ich habe mit dem Händler telefoniert. Sie haben in diesem Jahr bereits sechsunddreißig Flaschen verkauft, schon am 26. Januar eine ganze Kiste. Aber der Händler ist in unserem System nicht mal eingetragen.* Unglaublich. Hört mal: *Ich schalte meinen Anwalt ein und möchte Sie nächsten Montag zu einem formellen Gespräch sehen.*«

»Er hatte gar keinen Anwalt, das hat Brian erfunden.« Cécile runzelte die Stirn. »Brian hatte keine Ahnung, wie man sich mit einem Menschen auseinandersetzt, der einem Böses will. Er konnte so was einfach nicht.«

»Fünfzig Pfund die Flasche, sagst du? Mal sechsunddreißig, das macht eintausendachthundert Pfund«, rechnete Claire hoch. »Sicher zweitausend Euro. Und vielleicht hat Dantec es ja nicht nur bei diesem Händler so gemacht.«

»Sicher nicht in großen Mengen«, erklärte Cécile, »das wäre schnell aufgefallen. Aber vielleicht ja hier und da mal ein paar Kisten. So verdient man sich etwas hinzu. Wenn man geschickt ist, kann man das über Jahre machen. Als Vertriebsleiter konnte er ja über sämtliche Kontingente bestimmen.«

»Dann ist Dantec offenbar nicht geschickt genug gewesen – irgendwas hat Brian mitbekommen und er wurde argwöhnisch.«

Sie suchten weiter.

»Hier! – Die nächste Mail ist vom 28. August. Das ist erst zwei Wochen her: *Hiermit sende ich Ihnen die Kündigung respektive unsere Einigung. Mit freundlichen Grüßen.*«

»Hängt das Dokument an?«

»Eigentlich schon. – Aber ich kann es nicht öffnen.«

»Ich probiere es mal.«

Dupin versuchte es, ebenfalls ohne Erfolg.

»Mist.«

»Hier ist Dantecs Antwort, vom selben Tag.« Claire war schon weiter. »Ich …«, sie hielt inne, »ich bin rausgeflogen, merkwürdig«, sie tippte rasant auf dem kleinen Display, »aus dem Account, meine ich.«

»Ich auch«, sagte Cécile.

Bei Dupin dasselbe.

»Ich melde mich noch mal neu an. Was? Falsches Passwort?«, rief Claire.

Sie versuchte es ein weiteres Mal.

»Das darf doch nicht wahr sein. Es geht nicht mehr.«

»Das System hat vermutlich eine Sicherheitswarnung veranlasst, die Experten der Polizei, die sich den Account anschauen, haben es bemerkt und ein neues Passwort festgelegt.« Dupin entfuhr ein resignierter Seufzer, genau, was er befürchtet hatte. »Für uns ist hier Schluss.«

»Oh nein, wir sind aufgeflogen?«, fragte Claire entsetzt.

»Ja, wir sind aufgeflogen.«

»Man bekommt den Hinweis, dass sich ein neues Gerät eingewählt hat, aber man erfährt nur den Typus: Computer, Handy, Tablet und das Betriebssystem, Apple, Android, Windows. Keine IP-Adresse.«

Cécile kannte sich gut aus.

»Rausgeflogen sind wir trotzdem«, ärgerte sich Claire.

»Aber nicht, ohne etwas Wichtiges erfahren zu haben.« Cécile wirkte aufgekratzt. »Dantec hat Brian dreist beklaut. Brian hat es herausgefunden und Dantec gefeuert. Weil er nett war, hat er sich auf irgendetwas mit ihm geeinigt und auf eine Anzeige verzichtet.«

Dupin war aufgestanden. Ihn trennten nur wenige Zentimeter vom Abgrund.

Die Geschichte, die sich hier andeutete – und sie kannten vermutlich nur einen Teil –, könnte durchaus eskaliert sein. Sie könnte sogar zu dem Mord an Brian Katell geführt haben. Aber was war dann mit Dantec geschehen?

»Wenn Dantec den ersten Mord begangen hat, wer hat dann Dantec getötet? Es ist sicher nicht Brians Geist gewesen, der sich an seinem Mörder gerächt hat.«

Céciles Bemerkung brachte es auf den Punkt.

»Vielleicht gibt es auch zwei Mörder, zwei Motive, zwei Fälle.«

»Stimmt«, überlegte Claire. »Oder es gibt zwei Mörder, zwei Motive und dennoch eine gemeinsame, wenn auch noch undurchsichtige Kausalität. Ich meine«, erklärte sie, »dass es doch *eine* Geschichte ist, der Zusammenhang aber einfach noch im Dunkeln liegt.« Claire blickte Dupin durchdringend an. »Nur als Beispiel: Wenn dich jemand umbringen würde, würde ich denjenigen auch umbringen. Zumindest würde ich es versuchen.«

Eine nicht unheikle Liebeserklärung.

»Du meinst, Anne-Sophie Joly hat Damien Dantec umgebracht, nachdem sie herausgefunden hatte, dass er ihren Lebensgefährten getötet hat?«

Cécile spekulierte mit.

»Auf jeden Fall war Anne-Sophie Joly zur Tatzeit in der *Domaine*. Der Mord selbst hat vermutlich nur wenige Minuten in Anspruch genommen. Hast du gesehen, wann genau sie gekommen und wieder weggefahren ist?«

Claire schloss kurz die Augen.

»Nein.« Céciles Stimme klang fest.

»Also, wenn sie wusste, dass Dantec im Weinlager war, hätte sie die ganze Aktion in drei, vier Minuten erledigen können.«

»Und woher soll sie das gewusst haben?«, fragte Cécile.

»Sie ruft Dantec an und sagt ihm, dass sie ihn dringend sprechen muss. Sofort. Ungestört, vertraulich. So kann sie den genauen Zeitpunkt bestimmen. – Er hat Angst, dass sie etwas weiß, und geht darauf ein. Vielleicht einfach um herauszufinden, was sie weiß. Im Keller erwartet sie ihn mit der Flasche hinter dem Rücken und schlägt sofort zu. Er stürzt und stirbt. – Ganz einfach.«

Claire schien sich alles genau ausgemalt zu haben. Dupin musste zugeben, dass sie ihm in diesem Moment ein wenig unheimlich war.

»Oder sie hat Dantec gesagt, dass sie etwas ahnt oder gar weiß, und er hat sie gebeten, in den Keller zu kommen. Um sie umzubringen – aber dann war sie schneller.«

Die mörderischen Möglichkeiten sprudelten nur so aus Claire hervor. Es waren zudem nicht unplausible Szenarien, es ließ sich nichts dagegen einwenden.

»Was meinst du dazu, Georges?«, wollte Cécile wissen.

»Ich weiß es nicht.«

Sein Blick fixierte das glimmende Orangerot am Himmel. Wobei er sich nicht mehr sicher war, wie viel davon der Wein in ihm entzündet hatte.

Es war ein langer, ein verrückter Tag gewesen.

»Ich muss unbedingt ins Bett.«

Claire klang wie am Ende ihrer Klinikarbeitstage. Wenn dieser Satz fiel, war es eigentlich schon zu spät. Dann war Eile geboten. Dupin hatte schon erlebt, dass sie im nächsten Moment einfach einschlief, egal, wo sie war.

»Was machen wir jetzt mit dieser Information über die Diebstähle von Dantec?«, wollte Cécile noch wissen.

»Lelouche weiß ja ebenfalls davon. Er wird das untersuchen. Tun, was zu tun ist. Wenn da überhaupt etwas zu tun ist.« Dupin war auch müde.

Claire hatte sich erhoben.

»Woher hat Brian Katell diese alten Weine? War er Sammler? Hat er einen Weinkeller mit solchen seltenen Flaschen?

Weißt du irgendwas?« Dupin hatte Cécile diese Frage schon eben stellen wollen.

»Er war kein echter Sammler, er hat sie einzeln gekauft, ganz gezielt. Das allerdings immer schon, seit ich ihn kenne. Außergewöhnliche Weine, die ihn interessierten. Das hatte bei ihm nie mit Angeberei zu tun, sondern nur mit seiner unendlichen Neugier und seiner Leidenschaft für den Wein. Er wollte wissen, wie diese legendären Weine schmecken. Es war für ihn ein regelrechtes Experiment – ein wissenschaftliches, sinnliches, ästhetisches Experiment. – Er hat die Flaschen dann zusammen mit seinen engsten Freunden getrunken. Nie allein. – Mit mir, mit Alain«, ein kurzes Zögern, »ich vermute, auch mit Anne-Sophie.«

»Wo kauft man solche Weine?«

Dupin war nun ebenfalls aufgestanden. Er spürte einen deutlichen Schwindel.

»Am liebsten hat er sie auf Auktionen gekauft. Da sind sie immer günstiger als bei Händlern. Wenn man Glück hat, sogar sehr viel günstiger. – Wobei er ab und an auch bei einem Händler eine kostbare Flasche gekauft hat. Wenn er einen bestimmten Wein haben wollte und es ihn im Moment nur dort gab. – Sein Großvater hatte wohl einen beachtlichen Keller mit den kostbarsten Weinen. So etwas hatte Brian nicht. Das war immer meine Angst, muss ich zugeben, dass er ernsthaft mit dem Weinsammeln beginnt.« Auf Céciles Gesicht zeigte sich ein warmes Lächeln. »Es wäre sein Ruin gewesen. Wie immer hätte er keine Grenzen gekannt, seiner Unvernunft wären Tür und Tor geöffnet gewesen.«

Claire war bereits schweigend auf den Holzsteg zugelaufen. Er wirkte wie das Portal zurück in die gewöhnliche Welt.

»Halt dich gut am Geländer fest«, rief Cécile ihr zu.

In Windeseile war Dupin bei ihr. Zusammen überquerten sie den Abgrund.

Auf der anderen Seite angekommen, drehte Dupin sich zu Cécile um.

Sie räumte noch zusammen.

Das sphärische Blau wurde immer dunkler, die einsetzende Nacht schluckte den Kontrast von Meer und Himmel.

DER VIERTE TAG

Ein Donner hatte Dupin geweckt, das Unwetter war zurück.

Auch Claire war wach geworden.

»Das ging aber durch Mark und Bein, wie gestern. Ganz nah.«

Sie drehten sich zum Fenster und sahen einen blendend weißen, fast runden Mond. Ein helles Sternenflimmern rundherum. Keine Wolken, nichts. Der Himmel war frei.

»Das ist kein Gewitter.«

Instinktiv griff Dupin nach der Waffe auf dem Nachttisch.

Er war augenblicklich ganz wach.

Noch einmal der Krach. Der sich als heftiges Klopfen entpuppte.

Sofort war Dupin an der Tür. Die Pistole in der rechten Hand.

»Wer ist da?«

»Ich bin's, Chef.«

Riwal.

Dupin öffnete die Tür.

»Chef, da war jemand im Garten. Unterwegs zu Ihrem Zimmer, ich bin mir sicher.« Der Inspektor sprach mit gedämpfter Stimme.

Ihr Zimmer lag im Parterre, mit einer eigenen Terrasse. Die Tür hatte Dupin selbst verschlossen.

»Sie fantasieren, Riwal. Wissen Sie, wie spät es ist?« Dupin warf selbst einen Blick auf die Uhr. 4 Uhr 15.

»Nein, ich fantasiere nicht. Die Person ist geflüchtet, als sie mich gesehen hat, Chef. Le Menn hat jetzt vor Ihrer Terrasse im Garten Posten bezogen – Sie sind in Sicherheit.«

»Es war vielleicht einer der Gärtner. Hier sind ja bestimmt einige beschäftigt.«

»Um diese Uhrzeit? Unwahrscheinlich.«

Riwal hatte recht.

»Und Sie sind sich sicher, dass da jemand war?«

»Absolut.«

»Dann sollten wir …«

»Georges! Claire!«

Sie wurden von drängenden Rufen unterbrochen.

Cécile kam auf sie zugestürzt, in kurzer Hose und Top, sie schien in heller Aufregung.

»Wir haben alles unter Kontrolle, Cécile!«

»Das *Château Joly,* Georges! Es gibt ein Feuer. Zwei der Gebäude stehen in Flammen.«

»Was? Das Weingut der Jolys?«

Dupin hatte sehr wohl verstanden, er konnte es bloß nicht fassen.

»Lelouche hat mich gerade von dort angerufen.« Cécile holte tief Luft. »Er geht von einem Brandanschlag aus, es gibt klare Hinweise darauf.«

»Das ist ja Wahnsinn«, entfuhr es Riwal. »Hier geht es ja richtig zur Sache.«

Die Bemerkung traf den Kern.

Dupin fuhr sich durch die Haare. Die Sache spitzte sich noch weiter zu.

»Lelouche will mich sprechen. Ich soll umgehend zum Schloss kommen.«

»Wir fahren dich, Cécile.« Dupin reagierte prompt. »Wir treffen uns in zwei Minuten am Parkplatz.«

Cécile nickte und machte auf der Stelle kehrt.

Anschließend instruierte Dupin den Inspektor: »Schauen Sie mit Le Menn nach, ob Sie im Garten irgendwelche Spuren finden. Aber verhalten Sie sich weiterhin unauffällig, Riwal.«

»Klar, Chef. Werden Sie Cécile Cast nur zum *Château Joly* fahren und auf sie warten? Oder haben Sie dort noch etwas anderes vor?«

Riwal kannte den Kommissar gut.

»Ich könnte Sie begleiten. Unauffällig, mit meinem Wagen.«

»Nicht nötig, Riwal. Wir fahren Cécile nur zum *Château*, warten kurz, und dann kommen wir alle zusammen wieder zurück.«

»Sie wollen sich nicht selbst ein Bild machen?«

»Ich sollte mich dort besser nicht sehen lassen.«

Riwal nickte, schien aber alles andere als überzeugt.

»Ich melde mich, Riwal.«

»Tun Sie das, sobald Sie angekommen sind.«

Als Dupin zurück ins Zimmer kam, stand Claire fertig angezogen vor ihm.

»Dann los.«

Natürlich hatte sie jedes Wort gehört.

»Sofort.«

Dupin streifte sich seine Jeans über, das T-Shirt ließ er an, und schon schlüpfte er in seine Schuhe.

»Warum jetzt ein Anschlag auf das *Château Joly?* Was bedeutet das?«

Cécile saß auf der Rückbank. Sie hatte sich ein weites schwarzes Kleid übergeworfen.

»Was hat das mit den Morden zu tun?«

»Ich habe keine Ahnung.«

Es stimmte, Dupin hatte nicht die geringste Idee.

»Wo liegt das *Château* genau?«

»Am Westufer des Sees. Du fährst erst einmal so, als würdest du zur *Domaine du Lac* fahren«, erklärte Cécile, »bleibst dann aber auf der D751 und biegst noch nicht nach Bouaye ab, sondern erst ein paar Kilometer später. Ich sage dir Bescheid.«

»Wen vom *Château Joly* kennst du persönlich? Von der Familie, meine ich, außer Anne-Sophie.«

»Ihren Vater. Jérôme Joly. Wie gesagt, ein fürchterlicher Patriarch. Seine Frau hat er wie eine Bedienstete behandelt. Wirklich ein schrecklicher Typ, finde ich. Hält sich für den Größten. Letztes Jahr war ich mal mit anderen Winzern zu einem Vereinstreffen im *Château* eingeladen. Das hättet ihr erleben sollen. – Als ich noch mit Brian verheiratet war, bin ich natürlich nie eingeladen worden.«

»Dieser Verein – ist das der von der Appellation *Muscadet-Côtes de Grandlieu?*«

Sie hatten die D751 erreicht, Dupin trat das Gas durch.

»Nein. Ein anderer. Bei dem Treffen ging es um die ganze Weinregion um Nantes herum. Région Ouest.«

Dupin hatte in Claires großem Weinbuch eine Karte von der Mündung der Loire gesehen – es gab Dutzende Gebiete mit Dutzenden Bezeichnungen, eine verwirrende Unübersichtlichkeit.

»Du hast gesagt, Brian habe gegenüber dem *Château Joly* keine Konkurrenz oder Rivalität empfunden. – War das wirklich so?«

»Ja. Brian hat die Weine des *Château Joly* sehr geschätzt, und das auch öffentlich zum Ausdruck gebracht. Er wollte diese alte Fehde beenden, die ohnehin nur noch ein Phantom war. Anne-Sophie ebenfalls! – Ich meine, die beiden waren ein Paar. Und ich glaube«, sie zögerte, nur den Bruchteil einer Sekunde, aber Dupin bemerkte es, »dass sie ziemlich glücklich zusammen waren. – Was den alten Joly natürlich fuchsig gemacht hat. Er schimpft auf die *Domaine du Lac,* wo er nur kann.«

Die Straße verlief schnurgerade. Und kein Mensch war unterwegs. Dupin fuhr entsprechend viel zu schnell.

»Kennst du irgendwelche Mitarbeiter des *Château Joly?*«

»Eine Nachwuchswinzerin. Von der Vereinigung für Winzerinnen. Da bin ich auch dabei. Wir streiten für die Frauen in unserem Beruf. – Sie ist ein richtig großes Talent, wie Emily Pic, allerdings nicht derart vom Ehrgeiz zerfressen.«

»Weißt du eigentlich, ob Emily Pic eigene Pläne hat? Ein Weingut zu führen vielleicht?« Dupin hatte auch das schon die ganze Zeit fragen wollen.

Abermals ein kurzes Zögern.

»Nein.«

Es hatte bestimmt geklungen.

»Hat diese Winzerin Kontakt zu jemandem in Brians *Domaine,* ist dir das bekannt? Gibt es da persönliche Verbindungen?«

»Ich weiß nur von Emily Pic. – Pic ist auch bei uns im Verein.«

»Sind die beiden befreundet?«

»Keine Ahnung.«

»Wie gut kennst du Anne-Sophie Joly?«

»Wir haben uns nie zu zweit gesehen, nie privat verabredet oder so was, wenn du das meinst.«

Cécile setzte kurz ab.

»Wir haben uns in Gesellschaft gesehen. Und ab und zu

auf Brians Weingut, wenn ich ihn besucht habe. – Aber wann immer wir uns gesehen haben, haben wir uns gut verstanden. Auch schon bevor Brian und sie ein Paar geworden sind. Sie ist manchmal ein wenig«, sie schien das richtige Wort zu suchen, »arrogant. Aber kein Wunder, der alte Joly hat sie von Kind an auf die große Rolle vorbereitet, das Familienvermächtnis zu übernehmen. Er hat immer gesagt, dass nur sie das Zeug dazu hat.«

»Magst du sie?« Claire drehte sich zu Cécile um. »Sag ehrlich!«

»Ehrlich? – Nein. Sie hält sich für die Schönste, die Klügste, die Beste. Das hat sie von ihrem Vater. Aber«, Cécile schien sich nicht wohlzufühlen mit ihrem kleinen Ausbruch, »aber sie ist dennoch irgendwie nett. – Das ist sie wirklich.«

Dupin war nicht im Geringsten überrascht. Natürlich hatten sich hinter der von Cécile stets betonten Wertschätzung für die neue Freundin ihres Ex-Mannes auch ganz andere Gefühle verborgen. Ambivalenzen zumindest. Es ging gar nicht anders. Vor allem auch deswegen, weil Cécile offenbar noch Gefühle für Brian hatte – es war in den letzten zwei Tagen offensichtlich gewesen.

»War Anne-Sophie Joly richtig verliebt in Brian?«, fragte Claire.

»Ja. – Das denke ich schon. Bestimmt. Ich meine, warum hätte sie sonst mit ihm zusammen sein sollen? Brian hatte nicht vor, wieder zu heiraten, das hat er ihr sicherlich auch gesagt. Und sie wird ja ohnehin ein großes Weingut erben. Es geht von ihrem Vater direkt an sie.« Cécile schien nachzudenken. »Anne-Sophie liebt teure Kleidung, teuren Schmuck, teure Taschen und so etwas. Aber das kann sie sich selbst kaufen. Brian war überhaupt nicht der Mann, der einem so was schenkt. Was nicht heißt, dass er nicht großzügig war. Er war sogar verschwenderisch großzügig. – An einem Geburtstag von mir sind wir einfach mittags nach Barcelona geflogen, weil er uns abends einen Tisch am Meer dort gebucht hatte. Solche Dinge hat er gemacht. Er war einfach ein Verrückter – aber auch verrückt attraktiv.«

»Hat dich Lelouche eben eigentlich geweckt?« Dupin hielt den Blick auf die Straße fokussiert. Die von den Scheinwerfern grell beleuchteten Bäume rechts und links flogen nur so an ihnen vorbei.

»Hat er. Ich habe geschlafen wie ein Stein.«

Cécile schien nicht irritiert über den jähen Themenwechsel, Claire dagegen schon, sie bedachte Dupin mit einem missbilligenden Blick.

»Wir haben gestern Abend ein bisschen übertrieben mit dem Wein«, Cécile lächelte, »aber meine Nerven haben das gebraucht. Das waren extreme Tage – ich meine, das *sind* extreme Tage.«

Sie verstummte. Dann sprach sie langsam, stockend weiter.

»Ich kann das alles gar nicht glauben. Brians Tod hat mich im Innersten getroffen.«

»Das ist nur zu verständlich.« Claire griff nach ihrer Hand.

»Ich denke … Brian war mir immer noch viel wichtiger, als ich es mir eingestanden habe.«

»Wo liegt eigentlich deine Wohnung in der *Fontaine aux Bretons?*«

Abermals kassierte Dupin einen strafenden Blick von Claire.

»Das kleine weiße Haus hinten am Rande der Wiesen.«

Dort grasten die Esel, die Dupin so mochte. Er erinnerte sich an das Häuschen. Sehr hübsch, ganz aus Holz und tatsächlich nicht sehr groß.

»Und wo parkst du deinen Wagen?«

»Vorm Haus ist ein Parkplatz. Man gelangt von dort über einen Privatweg direkt auf die Straße Richtung Pornic.«

»Wie lange fährt man von dir aus zum *Château Joly?*«

»Georges! Jetzt reicht es!«, intervenierte Claire.

»Ich habe überhaupt kein Problem mit diesen Fragen, Claire, wirklich nicht. – Ich verstehe Georges. Er muss das fragen, es geht gar nicht anders. Und Commissaire Lelouche wird mir dieselben Fragen stellen, ist doch klar.«

So war es.

»Vielleicht fünf Minuten länger als zu Brians *Domaine*«, antwortete Cécile schließlich.

Das wären schätzungsweise fünfunddreißig Minuten.

»Wir sollten uns auf die Frage konzentrieren, warum jetzt jemand einen Brandanschlag auf das Weingut der Jolys verübt. Wie könnte das mit den Morden zusammenhängen?« Claire wirkte ungeduldig.

»Vielleicht«, Dupins Tonfall hatte etwas Unbestimmtes, »geht es doch um diese verunreinigten Tanks. Den Vorfall bei den Jolys im letzten Jahr. Und die Sache ist viel größer, als wir denken.«

»Inwiefern? Was meinst du?«, wollte Claire wissen.

»Das ist ein ganzes Jahr her«, entgegnete Cécile, »und es ist ja gar nichts passiert, weder ist verunreinigter Wein verkauft worden, noch hat überhaupt jemand außerhalb des Verbandes davon erfahren. Ich bin das beste Beispiel: Ich habe nie etwas davon gehört, auch Brian hat mir nichts erzählt. Alle Mitglieder im Verband haben ein eigenes Interesse, es nicht an die große Glocke zu hängen, eine Rufschädigung der Appellation würde auch ihnen selbst schaden. Die Appellation *Muscadet-Côtes de Grandlieu* stand, einmal abgesehen von Brians *Domaine* und dem *Château* der Jolys, immer etwas im Schatten der Appellation *Muscadet-Sèvre et Maine,* aber in den letzten Jahren haben sie es geschafft, gleichzuziehen. Was auch heißt, dass sie die Preise erhöhen konnten. Niemand von ihnen würde einen Skandal riskieren.«

»Vielleicht geht es um Erpressung«, versuchte es Claire. »Oder es sind doch verunreinigte Flaschen verkauft worden, anders als vom *Château* behauptet wird. Vielleicht haben sie den verunreinigten Wein gar nicht beseitigt, sondern doch abgefüllt. Und jemand hat es herausbekommen.«

Claires Szenario klang plausibel, fand Dupin.

»Ganz offensichtlich geht es hier doch um etwas, womit beide Weingüter zu tun haben. – Georges, was denkst du?«

Beide Frauen blickten ihn erwartungsvoll an. Als besäße Dupin die Fähigkeit, Geheimnisvolles entschlüsseln zu können.

»Man darf nie zu früh nach der Geschichte fragen, man muss ermitteln. Weiter, einfach immer weiter ermitteln. Bis sie sich zeigt.« Rasch fügte er hinzu: »Vielleicht.«

Dupin hasste weise Sätze wie diese, vor allem, wenn er sie selbst sagte.

»Du meinst, wir sollten …«

Dupins Handy klingelte. Eine SMS. Er hatte das Handy in die Ablage zwischen den Sitzen gelegt.

Riwal. Dupin las: *Alles okay, Chef? – Bitte melden Sie sich, wenn Sie am Château angekommen sind.*

»Ich wollte sagen«, begann Claire von Neuem, nur um diesmal vom Autotelefon unterbrochen zu werden.

Nolwenn.

»Ja?«, nahm Dupin an.

»Monsieur le Commissaire«, Nolwenns Stimme war laut im ganzen Wagen zu hören, »wir sind im Bilde. Ein versuchter, aber gescheiterter Anschlag auf Sie, dafür ein erfolgreicher auf das *Château Joly*.«

»Nolwenn, es ist völlig unklar, ob das wirklich ein versuchter …«

»Ich habe ein paar Anrufe getätigt, Monsieur le Commissaire. – Zwei Gebäude brennen, die Produktionshalle und der Wohntrakt der Jolys. Es gibt zwei Verletzte, beide haben wohl eine schwere Rauchvergiftung erlitten. Einer der Verletzten ist Jérôme Joly. Sie haben ihn ins Krankenhaus nach Nantes gebracht.«

»Anne-Sophies Vater?«, entfuhr es Claire.

»Genau.«

»Das darf nicht wahr sein.«

»Die Tochter ist unverletzt«, fuhr Nolwenn fort, »sie wohnt in einem anderen Gebäude. Sie war es, die den Brand entdeckt hat. – Im Moment ist sie bei ihrem Vater in der Klinik. Lelouche hat einen Großeinsatz veranlasst, er hat sämtliche verfügbaren Einheiten angefordert. Sie durchsuchen das Château«, sie unterbrach sich kurz, »die Teile, die nicht in Flammen stehen. Glücklicherweise ist Nantes nicht weit, über ein halbes Dutzend Wagen sind im Einsatz.«

»Und es handelt sich ganz sicher um einen Anschlag?«, wollte Dupin wissen.

»Die Brandspezialisten haben anscheinend bereits Beweise gesichert. Es sollen mit Benzin gefüllte Flaschen gewesen sein, mindestens zwei davon. Molotow-Cocktails quasi, einfacher geht es nicht. – Wenn ich noch mehr herausbekomme, melde ich mich wieder, Monsieur le Commissaire.«

»Machen Sie das.«

»Passen Sie gut auf sich auf, Monsieur le Commissaire. Vor allem auf Claire! Bis später.«

Schon hatte sie aufgelegt.

»Der arme alte Joly. Das ist ja fürchterlich.« Claire wirkte bestürzt. »Auch wenn er ein Tyrann ist – das wünscht man niemandem.«

»Alles passiert um den See herum, ist euch das aufgefallen?« Céciles Stimme hatte sich seltsam verändert. »Wenn ihr wüsstet, was man sich alles vom See erzählt, wie viele Geschichten sich um ihn ranken. Die allerfinstersten.«

»Was denn für Geschichten?«

Claire schien neugierig.

»Zum Beispiel die eines dunklen Barons. Die Ruine seines Schlosses kann man heute noch besuchen, nicht weit von Pornic. Von schlimmer Gier getrieben verschrieb er sich der schwarzen Magie. Sein Bart färbte sich, nahm ein mysteriös schimmerndes Blau an, fortan nannten die Menschen ihn nur noch Blaubart. Bald war er von dem Wunsch besessen, selbst Gold herstellen zu können. Der Teufel sollte ihn darin unterrichten. Derselbe rief ihn zum See, wo sich einer der Eingänge zur Hölle verbirgt. Hier am Lac de Grand-Lieu.«

Cécile verstummte für einen Moment, sie schaute durch die Seitenscheibe in die Nacht, als ob sie etwas suchte.

»In einer Vollmondnacht schlug der Teufel Blaubart einen Pakt vor: Wenn Blaubart ihm Menschenblut brächte, werde er ihm das Geheimnis des Goldmachens offenbaren. Und so geschah es. Blaubart begann das Morden. Das Gold häufte sich und Blaubart wurde der reichste Mann der Welt. Bis man ihm auf die Schliche kam, hatten zahllose Menschen ihr Leben verloren.«

»Eine scheußliche Geschichte.«

Claire fröstelte.

Auch wenn das Château noch ein Stück entfernt war, sah man mächtige Flammen in den Nachthimmel hineinlodern. Das Feuer musste enorm sein.

»Gleich musst du links fahren, eine kleine Straße, die bis zum See führt, sie ist für die Fischer reserviert. Von diesem Sträßchen kommst du zu einem Mitarbeiterparkplatz. Am besten stellen wir das Auto dort ab. Da sieht euch niemand«, sagte Cécile.

»Sehr gut.«

Sie hatten das Sträßchen erreicht, Dupin bog ab. Sie wären ohnehin nicht mehr viel weiter gekommen, ein paar Hundert Meter entfernt stand ein Polizeiwagen mit Blaulicht quer auf der Straße.

»Es ist ein richtiges Schloss. Kein übermäßig großes, aber sehr hübsch. Die Jolys betreiben ebenfalls ein Gästehaus. Allerdings richtig nobel. Dreihundert Euro die Nacht. Mit einem riesigen Pool. Die Anlage ist, wie Brians *Domaine*, u-förmig angelegt, aber in anderen Dimensionen. Im Herzen befindet sich das Schloss, von der Architektur her typisch für die Loire.«

»Wo liegt Anne-Sophies Haus?«

Claire war neugierig.

»Genau auf der anderen Seite, in einem Wäldchen. – Das Grundstück der Jolys zieht sich fast bis zum See, bis zu den Feuchtwiesen. Im Winter liegen die ersten Rebstöcke keine hundert Meter vom See entfernt. Im Norden reichen sie fast bis nach Passay.«

»Welches Gebäude ist das?« Dupin zeigte auf eines der beiden Häuser, die in Flammen standen. Davor standen zwei große Feuerwehrwagen.

»Das ist der südliche Trakt der Anlage. Da wird der Wein gemacht. Der alte Joly hat die Produktionsstätten vor fünfzehn Jahren komplett umbauen lassen, alles ist jetzt ganz modern.«

Sie fuhren auf den Parkplatz, der wie die ganze Umgebung auf gespenstische Weise vom Feuer ausgeleuchtet wurde. Ansonsten war es stockdunkel. Allein die Myriaden Sterne brachten das Firmament noch zum Funkeln, wobei die Rauchschwaden den größten Teil des Himmels bedeckten.

»Im Schloss selbst befinden sich auf der einen Seite die Büroräume und auf der anderen die Gästezimmer. Den nördlichen Trakt bewohnen die Jolys, seit Generationen. – Da, wo das zweite Feuer gelegt wurde«, ergänzte Cécile. Dupin parkte auf einem der freien Plätze.

»Wo triffst du Lelouche?«

»Im Frühstücksraum des Gästehauses, hat er gesagt.«

Auf dem Parkplatz standen einige Autos. Dupin musterte sie aufmerksam.

Cécile hatte Dupins Blicke gesehen.

»Ein paar der Mitarbeiter wohnen hier.«

Sie stiegen aus.

Ein beißender Gestank empfing sie.

»Ich begleite dich, Cécile«, kündigte Claire an.

»Das ist wahrscheinlich keine gute Idee.«

Dupin empfand es genauso.

»Ich lass dich jetzt auf keinen Fall allein.«

Dupin kannte diesen Tonfall. Es wäre sinnlos, etwas zu sagen. Was ihn nicht davon abgehalten hätte, es zu tun. Der Grund, warum er nicht protestierte, war ein anderer.

»Lelouche wird nicht damit einverstanden sein, dass du bei dem Gespräch dabei bist, meine ich«, hielt Cécile noch einmal dagegen.

Cécile kannte Claires Tonfall offenbar noch nicht.

»Das werden wir ja sehen.«

Sie waren neben dem Wagen stehen geblieben.

Glücklicherweise ging auch in dieser Nacht nur ein ganz

leichter Wind. Das vereinfachte die Arbeit der Feuerwehr ein wenig. Aber in alten Gebäuden konnten sich Feuer dennoch schnell ausbreiten. Und ab einem bestimmten Punkt – der hier, Dupin hatte keinen Zweifel, längst überschritten war – hatte die Feuerwehr keine Chance mehr. Das Feuer hatte übernommen, es ließ sich nicht mehr stoppen, von niemandem. Alles, was man versuchen konnte, war, eine weitere Ausbreitung zu verhindern. Und selbst das war schwierig genug.

Dupin wandte sich an Cécile: »Das Weingut von Brian ist fünf Minuten von hier entfernt, hast du gesagt?«

»Ungefähr, ja. Warum?«

»Hast du die Schlüssel zu Brians Wohnung dabei?«

»Hab ich. – Willst du noch mal zurück?«

»Kannst du sie mir geben?«

Wenn es stimmte, dass Lelouche alle verfügbaren Männer hier am Schloss versammelt hatte, dann waren vermutlich nur noch wenige an der *Domaine*. Und Dupin hätte die Chance, sich ein paar Büros und den Keller genau anzusehen. Eine Sache hatte er gestern vergessen zu kontrollieren – auch das wollte er nachholen.

Cécile hatte einen imposanten Schlüsselbund aus ihrer Handtasche gekramt. Sie löste einen einzelnen Schlüssel.

»Hier.«

»Aber lass uns hier …« Der laute Signalton von Dupins Handy unterbrach Claire.

Erneut eine SMS von Riwal.

Sicher am Schloss angekommen, Chef?

Dupin stieß einen lauten Seufzer aus. Es wäre besser, so schnell wie möglich zu antworten, Riwal würde sich ansonsten bald in Bewegung setzen.

Ja. Alles in bester Ordnung.

»Aber lass uns hier nicht warten, Georges.« Dieses Mal

führte Claire den Satz zu Ende. »Lelouche wird wahrscheinlich nicht allzu viel Zeit für Cécile haben.«

»Klar.«

»Andererseits«, Claire dachte nach, »ist das vielleicht eine einmalige Gelegenheit. Ich meine, falls du wirklich in den Keller kommen solltest.«

Sie wusste, was er im Schilde führte.

»Claire hat recht, Georges. – Nimm dir die Zeit, die du brauchst. Wenn wir früher fertig sein sollten als du, werden wir schon irgendwie nach Hause kommen. Uns wird schon etwas einfallen.«

»Wir verständigen uns über SMS«, Dupin stellte sein Handy auf lautlos.

»Gut«, bestätigte Claire. »Und nimm dich vor dem alten Marchand in Acht.«

Dupin hatte ihn ganz vergessen.

Schon sprang Dupin zurück ins Auto und ließ den Motor an.

Claire winkte, dann setzten Cécile und sie sich in Bewegung.

Dupin hatte kurz vor Bouaye angehalten und sich die Karte der Gegend um Katells Weingut auf seinem Handy angesehen. Er hatte seinen Citroën auf keinen Fall dort abstellen wollen, wo sie gestern gestanden hatten. Es wäre viel zu riskant gewesen. Also hatte er einen Feldweg in der entgegengesetzten Richtung gewählt.

Vorsichtig war er durch die Weinberge bis zum hinteren Eingang von Brians Wohnhaus geschlichen. Alles war still.

Dupin sperrte die Tür auf und trat ein. Durch eines der Fenster warf er einen Blick in den Innenhof der *Domaine*. Zwei Polizisten, genau wie gestern. Sie saßen mit Taschenlampen auf den Treppen vor dem Haupteingang. Gegenüber, im Bürotrakt, war kein Licht zu sehen. Dort schien niemand mehr zu sein. Vielleicht hatte Lelouche die Präsenz vor Ort auf die beiden Männer reduziert.

Dupin nahm die Treppe in den ersten Stock. Er wollte nach den drei teuren Weinflaschen schauen. Alle standen beziehungsweise lagen exakt so wie am Vortag. Dupins Gedächtnis funktionierte bei so etwas glücklicherweise wie ein Fotoapparat. Rasch kam er ins Erdgeschoss zurück. Hier standen nämlich zwei weitere, noch größere Weinkühlschränke. Er hatte sie sich gestern noch mit Cécile und Claire ansehen wollen, aber da waren sie gestört worden.

Vorsichtig öffnete er die Türen. Was er sah, waren Rotweine. Bordeaux, aber neuere Jahrgänge, ab 2003. Médoc, Pomerol, Saint-Émilion. Er wollte den ersten Kühlschrank gerade wieder schließen, als ihm eine staubige Flasche ganz unten auffiel. Der gleiche etwas klebrige Staub wie bei den *Château-Cheval-Blanc*-Flaschen.

Dupin bückte sich und holte sie hervor. Auch wenn er kein Experte war, kannte er diesen Wein: *Château Margaux – premier cru classé*. Rotwein. Eine Flasche von 1959.

Ohne Zweifel hielt er hier ebenfalls einen fünfstelligen Betrag in der Hand. Dupin machte ein Foto und legte die Flasche zurück. Er schaute noch einmal genau hin: Es war die einzige alte Flasche. Und auch im zweiten Kühlschrank lag kein weiteres Sammlerstück, nur mehr von dem köstlichen Bordeaux.

Dupin musste rasch weiter, er hatte nicht viel Zeit. Er lief zur Tür am Ende der Sofalandschaft. Die Tür, die ins Haupthaus führte, wo die Marchands wohnten und die Gästezimmer lagen.

Behutsam drehte Dupin den Schlüssel und öffnete die Tür. Ein langer Gang tat sich auf, mit einem Boden aus alten Holzdielen. Dupin zog die Schuhe aus und nahm sie in die linke Hand.

Ohne Komplikationen erreichte er die Eingangshalle, in die man auch durch den Haupteingang kam, links führte die alte Holztreppe in den ersten Stock. Hier hatte sie Monsieur Marchand gestern Mittag empfangen.

An dieser Stelle musste Dupin besonders vorsichtig sein, die beiden Polizisten waren nur ein paar Meter entfernt postiert. Sie würden es sich nicht träumen lassen, dass hinter ihnen ein Kommissar aus Concarneau illegal durch das Gebäude schlich.

Auch die beiden Marchands befanden sich nur ein paar Meter entfernt, hoffentlich in ihren Betten, tief und fest schlafend.

Bald stand Dupin vor der Tür zum Bürotrakt. Er kletterte zwischen den Absperrbändern hindurch und öffnete die Tür in Zeitlupe. Erleichterung stellte sich ein. Keine Spur von Wachen in diesem Teil der *Domaine*.

Bald hatte er Dantecs Büro erreicht. Sicherheitshalber warf er rasch einen Blick aus dem Fenster. Auf die Baustelle, wo die Weinbar entstehen würde. Auch hier war von Polizisten nichts zu sehen.

Dupin öffnete das Sideboard, das er sich schon gestern hatte ansehen wollen.

Es war leer.

Entweder hatte die Polizei alles mitgenommen – oder Damien Dantec hatte nach der Kündigung selbst alles ausgeräumt.

Er verließ das Zimmer.

Emily Pics Büro befand sich direkt daneben.

Es war sogar etwas größer. Vor allem aber war es persönlicher eingerichtet. Dupin hatte die Handytaschenlampe eingeschaltet. Auf dem Schreibtisch standen vier Fotos. Emily Pic beim Après-Ski auf einer Hütte, braun gebrannt. Emily Pic an einem hübschen Strand auf einem farbenfrohen Handtuch, einen Longdrink in der Hand. Und zweimal Emily Pic in der Welt des Weines, einmal offenbar bei ihrem Abschluss von der Weinschule, das Zertifikat in der Hand, und einmal mit einem Pokal in Form einer Weinflasche. Dupin las die Inschrift *Nachwuchswinzer des Jahres.* Das war erst im vergangenen Jahr gewesen.

Mitten auf dem Schreibtisch lag eine Broschüre: »Rodallecs genialer *Le Diabolo*«, mit einer handschriftlichen Bemerkung auf dem Titelblatt: »Schau mal, das wäre was für uns. Gruß, Damien«. Eine Empfehlung von einem Toten. Dupin warf einen Blick in die Broschüre. Eine Art motorisierte Sackkarre, die einem das Schieben oder Ziehen vereinfachte.

Dupins Handy vibrierte.

Eine SMS. Diesmal von Claire: *Warten auf Lelouche, spricht noch mit Angestellten. Kann dauern.*

Gut. Dupin war erleichtert. Er wollte Claire und Cécile unbedingt selbst abholen.

Rasch machte er weiter. Ein Stapel Unterlagen auf der rechten Ecke des Schreibtischs.

Dupin sah sich die obersten Dokumente an. Chemische Analysen von einem Labor. Eine Überschrift lautete: »Fassproben Domaine du Lac«. Dupin sagten die Kürzel und Werte nichts, die hier gelistet waren. Er machte ein Foto, Cécile würde damit etwas anzufangen wissen.

Dann ging er die anderen Papiere durch. Die Kopie eines

mehrseitigen Artikels. Eine riesige Schlagzeile: »Wie Musik den Weingeschmack beeinflusst. Die Wissenschaft klärt auf.« Das wäre etwas für Claire, dachte Dupin. »Französische Forscher haben in einer Studie gezeigt, in welcher Weise der Geschmack eines Weines durch die Musik bestimmt wird, die wir beim Trinken hören.« Es musste eine äußerst fröhliche Studie gewesen sein. »Die Wissenschaftler gehen von einer Intensivierung der Aromen um bis zu zwanzig Prozent aus.« Dass schöne Musik alles noch schöner machte, war klar, aber dass man es so genau ausrechnen konnte, schien Dupin abstrus. »Natürlich muss der Charakter der Musik zum Charakter des Weins passen. Hören Sie einen heiteren Chopin zu einem leichten Rosé aus der Provence, einen melancholischen Fado zu einem tiefroten portugiesischen Douro, einen traumversponnenen Debussy zu einem himmlischen Châteauneuf-du-Pape, eine opulente Beethoven-Sinfonie zu einem komplexen Bordeaux …«

Auch davon machte Dupin ein Foto.

Die meisten Papiere im Stapel waren administrativer Natur. Einige Rechnungen, unter anderem über eine Fortbildung in Bordeaux.

Zuunterst lag eine Ausgabe der Weinzeitschrift *Vin de France* mit einem doppelt und dreifach markierten Artikel: »Tertiäraromen: Viel mehr als die Kür!« Dupin erinnerte sich, Claire hatte es ihm vor der Reise erklärt: Primäraromen waren das, was die reifen Beeren selbst an Aromen mitbrachten. Die Sekundäraromen entstanden im Weinkeller, im Verarbeitungsprozess, hier entfalteten die Winzer ihre große Kunst. Hauptsächlich, indem sie die Gärung steuerten. Die Tertiäraromen entwickelten sich während der Lagerung und Reifung, dem sogenannten Ausbau. Es machte einen gewaltigen Unterschied, ob der Wein in Holzfässern – da wiederum kam es auf die Holzsorte an – oder in Stahltanks ausgebaut wurde. Es war ein reiner Fachartikel, Fachjargon, Dupin verstand kein Wort. Mehrere Sätze waren unterstrichen, wieder machte Dupin Fotos.

Auch in Pics Büro stand ein Sideboard. Es war verschlossen.

Dupin schaute sich noch einmal um.

An den Wänden hingen vergrößerte Karten der Parzellen der *Domaine*. Hier und dort hatte Emily Pic etwas notiert. Meist Kürzel, die Dupin nicht verstand. Eine Anmerkung konnte er lesen: »Zu feucht!«

Auf einer Karte war der Gebäudekomplex des Weinguts zu sehen – auch der Flügel, in dem er sich gerade befand.

Nirgendwo war etwas Auffälliges zu erkennen.

Dupin verließ das Büro.

Genau hier hatte Dantecs Leiche gelegen. Und davor hatte Emily Pic gekniet.

Man sah das getrocknete Blut. Auf dem Steinboden war die Stelle markiert, wo die zerbrochene Flasche gelegen hatte.

Dupin erinnerte sich nicht, in seinem bisherigen Leben schon einmal so viel Zeit in Kellern verbracht zu haben. Aber es ließ sich nicht ändern. Er schaute sich um. Die aus Ziegelsteinen gemauerten Weinregale bedeckten sämtliche Wände des schlauchartigen Raums, vom Boden bis zur Decke.

Dupin ging das rechte Regal ab, langsam, sein Blick arbeitete sich von unten nach oben. Er hatte zwar das Licht eingeschaltet, aber der Raum blieb schummrig. Seine Handytaschenlampe half nur wenig. Er bemerkte nichts, aber auch gar nichts Auffälliges. Die Lagerung hatte ein System, sah Dupin, rollierend, sozusagen. Die Jahrgänge folgten aufeinander. Er war beim ältesten angekommen. Zweiundzwanzig Jahre alt, es gab davon fünf Flaschen, mehr nicht. Je jünger der Jahrgang, desto mehr Flaschen waren vorhanden. Wenn die fünf letzten weg wären, würde der neue Jahrgang ihren Platz einnehmen, und so weiter.

Dupin erreichte die Stirnwand und folgte ihr bis zur linken Seite. Hier befanden sich die beiden Holzregale, die wie die Ziegelsteinregale vom Boden bis zu Decke reichten. Daneben die neu konstruierten Ziegelsteinregale, die frischen Verfugungen zwischen den Ziegeln waren gut sichtbar, ein heller Naturmörtel. Man erahnte, wie aufwendig und kostspielig derartige Keller-Restaurierungen sein mussten. Zum Lagern von Weinflaschen brauchte es konstant perfekte Bedingungen. Dupin schätzte die Temperatur auf zwölf, dreizehn Grad, die Luftfeuchtigkeit war mäßig, weder trocken noch feucht. Keine Gerüche, kein typischer Kellermuff, nichts. Das war die Leistung der porösen Ziegel. Auf den Flaschen war nur ganz wenig Staub erkennbar.

Dupin ging noch einmal zu der Stelle, wo Dantec gelegen hatte. Die Weine im Regalabschnitt daneben stammten von 2015, der Bestand lag vielleicht bei zwanzig Flaschen. Aber hatte das Etikett der Flasche, mit der Dantec erschlagen worden war, nicht ein anderes Jahr gezeigt? Dupin war sich eigentlich sicher. Es war 2007 gewesen.

Ein paar Regale weiter fand Dupin den Jahrgang. Es gab noch sechs Flaschen *Le Grand,* zudem zehn Flaschen anderer Weine der *Domaine*. Der Täter oder die Täterin musste sich hier bedient haben. Dupin inspizierte die umliegenden Regale ein zweites Mal. Nichts.

»So ein Mist.«

Dupin war unzufrieden. Er hatte in diesem Fall immer

noch keinen Boden unter den Füßen. Er stocherte blind umher. Er hatte noch kein Wort mit Anne-Sophie Joly gewechselt, ebenfalls nicht mit ihrem Vater. Und der lag jetzt auch noch im Krankehaus. So ging das alles nicht. Vor allem natürlich: Ohne Kaffee ging das alles nicht. Sie waren nach der Nachricht vom Brandanschlag Hals über Kopf aufgebrochen, er hatte nicht einmal an Kaffee gedacht. Was sich nun schwer rächte. Claire hatte ihm erst letztens einen Artikel aus einem berühmten naturwissenschaftlichen Magazin mitgebracht, in dem Wissenschaftler erläuterten, welch immense und ganz konkret nachweisbare »neuronale Booster-Effekte« Koffein bewirke. Dupin hatte sich den Begriff gemerkt, auch um ein neues Argument parat zu haben, wenn ihm sein Hausarzt wieder riet, den Kaffeekonsum endlich zu reduzieren.

Schlecht gelaunt verließ er den Raum und begab sich in das zentrale Gewölbe mit dem langen Holztisch für die Degustationen, wo sie von Lelouche verhört worden waren. Gleich fünf Gänge zweigten von hier ab. Der eine führte zu dem Ausgang und der Steintreppe mit der Plexiglasüberdachung. Der zweite zum Weinlager, wo Dantec ermordet worden war. Auch den dritten Gang kannte Dupin, er führte zu der Wendeltreppe. Die beiden Gänge daneben kannte Dupin noch nicht.

Er nahm den ersten der beiden.

Es ging geradeaus, dann links und noch einmal links. Theoretisch, wenn Dupin richtiglag, müsste er sich jetzt unter den Produktionshallen befinden. Mit einem Mal tat sich ein langer, schlauchartiger Raum auf, der mit Ziegeln verkleidet war, auch der Boden. Nicht sehr hoch, zwischen Dupins Kopf und der Decke waren bloß ein paar Zentimeter. Auf der einen Seite große Holzfässer, die Dupin bis zur Brust gingen. Auf der anderen Seite Edelstahltanks auf vier Füßen. Der Lagerraum, vermutete Dupin, hier entfaltete der Wein seine Aromen.

Am Ende des Raums befand sich ein Lastenaufzug, daneben eine Wendeltreppe aus Stahl. Dupin nahm die Stufen, und bald sah er, dass er sich nicht vertan hatte: Die Treppe führte geradewegs in die Produktionshallen. Was auch hieß, dass es noch einen weiteren Zugang zum Keller gab.

Dupin stieg wieder hinunter.

Er würde rasch noch einen Blick in den fünften und letzten Gang werfen und sich dann auf den Rückweg zum *Château Joly* machen.

Der Gang knickte zweimal ab, einmal rechts, einmal links, dann ging es ein ganzes Stück geradeaus. Er musste unter dem Haupthaus entlangführen. Rechts waren Türen zu sehen. Dupin öffnete die erste, leuchtete hinein. Der Boden war erdig, aber auch dieser Raum roch erstaunlicherweise kein bisschen muffig. An den Wänden standen Stahlregale, die mit Lebensmitteln gefüllt waren. Es schien ein Vorratsraum zu sein. Holzkisten mit Kartoffeln, Äpfeln und Zwiebeln. Ölflaschen, Konserven.

Dupin schloss die Tür.

Im nächsten Raum war eine Handvoll alter Fässer gelagert, die nicht mehr in Gebrauch waren. Dann ein Raum, der offenbar als Abstellkammer diente. Ein ausrangierter, professionell aussehender großer Kühlschrank, ein ebenso professionell wirkender Gasherd, zwei Bettgestelle, mehrere Stehlampen, ein orangefarbener Tisch, mehrere Sätze Autoreifen. Der letzte Kellerraum war leer.

Eilig machte sich Dupin auf den Rückweg.

Seine Laune hatte sich noch weiter verschlechtert. Zwei Menschen waren brutal ermordet worden, das *Château Joly* brannte lichterloh, zwei Personen lagen mit Rauchvergiftung im Krankenhaus – und er irrte planlos durch Weinkeller und hatte keinen blassen Schimmer, was da vor sich ging.

Abermals hatte Dupin sich wie ein Dieb an der Polizei vorbeigeschlichen. Er musste zugeben, dass es ihm fast ein bisschen Spaß gemacht hatte. Anschließend war er durch die Weinreben gelaufen, über ein Feld und bis zu seinem Wagen.

Er startete den Motor, drückte die Wahlwiederholungstaste des Autotelefons und gab geschmeidig Gas.

»Ah – Monsieur le Commissaire, der Verschollene.« Nolwenn gab sich gar keine Mühe, ihren sarkastischen Tonfall zu mäßigen. »Riwal hat vergeblich versucht, Sie zu erreichen. Wir waren kurz davor, die Kavallerie zu schicken. Und wenn Sie meinen, ich scherze, dann vertun Sie sich gründlich.«

»Ich habe mich in der *Domaine du Lac* umgesehen.«

»Das wissen wir. Riwal hat mit Claire gesprochen.«

»Was wollte er?«

»Nur wissen, ob alles in Ordnung ist. – Ich soll Ihnen auch sagen, dass Cécile mittlerweile mit dem Kommissar gesprochen hat. Sie warten am Parkplatz, da, wo Sie sie abgesetzt haben.«

Warum hatte Claire ihm keine SMS geschrieben?

Dupin musste sich beherrschen, auf der kleinen Straße nicht zu sehr aufs Gas zu treten.

»Riwal nimmt seinen Job ein wenig zu ernst, Nolwenn. – Aber etwas anderes: Brian Katell hat in der letzten Zeit vier Flaschen eines alten, sehr seltenen und teuren Rotweins gekauft, *Château Cheval Blanc,* von 1953. Cécile Cast schätzt den Wert auf rund zwanzigtausend Euro pro Flasche. Außerdem hab ich eine Flasche *Château Margaux – premier cru classé* von 1959 gefunden. Ich würde gerne wissen, wo und wann er sie erworben hat. Meistens hat er wohl auf Auktionen gekauft, aber manchmal auch bei Händlern. Das müssen sehr spezialisierte Händler sein.«

»Das kriegen wir schon raus.«

Dupin hatte eine größere Straße erreicht, jetzt trat er ordentlich aufs Gas, der alte Wagen tat einen erstaunlichen Satz.

»Dann noch etwas: Schauen Sie einmal, ob Sie irgendwo irgendwas über Weinverunreinigungen im Gebiet der Appellation *Muscadet-Côtes de Grandlieu* finden. Überhaupt über irgendwelche Unregelmäßigkeiten in diesem Gebiet, Vorkommnisse aller Art, was auch immer. Insbesondere im Hinblick auf das *Château Joly*.«

»Ich habe eine Idee, wo ich es versuchen kann.«

Nolwenn klang zuversichtlich.

»Und ich würde gerne mehr über Anne-Sophie Joly wissen. Alles, was Sie in Erfahrung bringen können.«

»Ich gebe mein Bestes. – Der arme alte Joly. Es heißt zwar, er sei ein Ekel, aber das wünscht man ihm dann doch nicht.«

»Haben Sie etwas über seinen Zustand gehört?«

»Nein. – Aber wäre er gestorben, hätten wir es erfahren.«

»Als Letztes: Ich würde gerne wissen, wie es um Cécile Casts finanzielle Verhältnisse bestellt ist.«

Stille.

»Das wird Claire nicht gefallen.«

Nolwenn war noch nicht fertig.

»Aber Sie haben natürlich recht. Ich schau mal, was ich machen kann. Das wird nicht leicht. – Und Lelouche wird es ja auch schon gecheckt haben. Wenn es etwas Auffälliges gäbe, würde er dem bereits nachgehen.«

»Versuchen Sie es.«

»Unmögliches ist meine Spezialität, wie Sie wissen. – Bis später. Bringen Sie Claire und Cécile sicher nach Hause.«

»Mache ich.«

Schon hatte Nolwenn aufgelegt.

Im nächsten Moment ertönten drei laute SMS-Signaltöne

direkt hintereinander. Offensichtlich hatte es im Keller ein Funkloch gegeben und das Handy hatte sich jetzt erst wieder in sämtliche Dienste eingewählt.

Zweimal Riwal, einmal Claire.

Noch einmal gab er Gas, in zwei Minuten wäre er da.

Dupin hatte mit laufendem Motor angehalten, Cécile und Claire waren ins Auto gesprungen. Schon auf der langen Geraden Richtung Schloss war es Dupin so vorgekommen, als hätte die Feuerwehr den Brand ein wenig unter Kontrolle bekommen.

»Wie war es?«, begrüßte er die beiden.

Wie auf der Hinfahrt saß Claire vorne und Cécile auf der Rückbank.

Dupin war neugierig zu erfahren, wie Lelouche sich verhalten hatte, was er Cécile gefragt hatte.

»Und – hast du die Lösung?«, fragte Claire im Gegenzug.

»Die Lösung?«

»Na, die Antwort auf die Frage, worum es bei alldem geht? Wer der Täter ist? – Die Lösung des Falls!«

Sie verließen den Parkplatz. Auch Cécile schaute fragend zu Dupin nach vorne, sah er im Rückspiegel.

Dupin seufzte.

»Ich habe mich ein wenig in den Büros von Dantec und Pic umgesehen«, murmelte er hörbar unwillig, »und vor allem im Keller. Ich habe allerdings nichts Verdächtiges gefunden.«

Dann entsperrte Dupin das Handy und reichte es nach hinten: »Cécile, schau dir mal die letzten Fotos an, das sind irgendwelche Analysen, die auf Emily Pics Schreibtisch lagen. Sagen sie dir was?«

Cécile sah sich die Bilder eine Weile an. Dann antwortete sie enttäuscht: »Das sind reguläre Analysen am Ende des Gärungsprozesses. Vom letzten Jahrgang. So sieht der Winzer die wichtigsten Parameter. Und hier ist alles ganz normal. – Keiner der Werte ist irgendwie auffällig.«

Also gab es auch hier keinen Anhaltspunkt.

»Schau mal das Foto danach.«

»Oh! Ein *Château Margaux!* Einer von Brians absoluten Lieblingsweinen. Und dazu ein extraordinärer Jahrgang«, aus Cécile sprach echte Begeisterung, »1959. *Mon Dieu.*«

»Wie teuer ist so eine Flasche?«

»Ich denke, gut und gerne vierzigtausend.«

»Wirklich?«

Das überstieg Dupins Erwartung deutlich.

»Unglaublich!«, entfuhr es Claire.

Zusammen mit den drei anderen Flaschen sprachen sie über einhunderttausend Euro und mehr.

»Was wollte Lelouche von dir wissen? Worum genau ging es?«, fragte Dupin nun Cécile.

»Er hat gefragt, wo ich heute Morgen zwischen drei und vier Uhr war. Und ob ich Zeugen dafür habe. – Sehr witzig. Ich soll morgen früh um acht aufs Kommissariat kommen für weitere Fragen. Und Pornic bis auf Weiteres nicht verlassen.«

»Die Feuerwehr«, ergänzte Claire, »geht davon aus, dass der Brand gegen 3 Uhr 15 gelegt wurde. Übrigens an drei Stellen, nicht an zwei. Mit Benzin gefüllte Flaschen – Weinflaschen, äußerst passend. Anne-Sophie hat den Brand um 3 Uhr 45 entdeckt. Er hat sich sehr schnell ausgebreitet, die Grundkonstruktionen und das Dach sind aus Holz.«

»Warst du bei dem Gespräch dabei, Claire?«

»Nein. Ich habe vor dem Gästehaus gewartet, am Pool. Lelouche hat mich gar nicht gesehen. Da war so viel los. Aber ich habe ein paar Worte mit einem netten Feuerwehrhauptmann gewechselt. Außer einem Mitarbeiter und Jérôme Joly ist tatsächlich niemand verletzt worden, obwohl noch mehr Menschen im Château geschlafen haben. Angestellte und zwei Gäste, Freunde vom alten Joly, Weinbauern aus dem Bordelais.«

Sie hatten Bouaye hinter sich gelassen und fuhren auf die D751 auf.

»Was hat dich Lelouche noch gefragt?«

»Eigentlich gar nichts. Im Prinzip war es eine Unverschämtheit, mich da hinzuzitieren. Ich denke, er wollte mir nur klarmachen, dass ich jetzt noch verdächtiger bin. Im Moment sei ich die einzige Person, die erkennbar von dem Anschlag auf das *Château* profitiere, sagt er.«

»Dieser Idiot!« Claire regte sich auf.

»Der schärfste Konkurrent der *Domaine du Lac* sei dadurch auf Jahre geschwächt. Was deren neuer Besitzerin zugutekomme. – Er glaubt allen Ernstes, ich hätte Brian und Dantec umgebracht und nun auch noch das Schloss angezündet.«

»Der spinnt komplett«, schimpfte Claire.

»Und ich würde es damit auch gleich noch der Lebensgefährtin meines Ex-Mannes heimzahlen, weil sie jünger und hübscher sei. Eine kaltblütige Rache, zwei Fliegen mit einer Klappe.«

»Und aus welchem Grund sollst du Dantec umgebracht haben?«, wollte Claire wissen.

»Lelouche vermutet wohl, dass Dantec etwas mitbekommen hat, das mich belasten könnte. Und dass ich ihn deswegen aus dem Weg räumen musste.«

»Das sind infame Beschuldigungen.«

Dupin wünschte sich, dass er das genauso entschieden feststellen könnte wie Claire.

»Äußere dich doch auch mal dazu, Georges. Das geht doch nicht. Als Nächstes nimmt er Cécile noch vorläufig fest!«

»Wir haben auf Lelouches Ermittlung keinen Einfluss, Claire«, bezog Cécile selbst Stellung.

»Kriegen wir auf dem Weg irgendwo einen Kaffee, Cécile?«

Das war im Augenblick Dupins vorrangiges Interesse. Er hatte vergeblich nach einer Tankstelle Ausschau gehalten, seit sie auf die D751 aufgefahren waren.

»Nicht auf der Strecke, aber beim Ortseingang nach Pornic. Noch in der Oberstadt. Die machen schon ganz früh auf.«

»Sehr gut.«

Dupins Gehirn befand sich immer noch im Halbschlaf. »Hat Lelouche gesagt, was er für dein Motiv hält?«

»Nein, nicht genau. – Aber ich würde sagen, er vermutet eine Mischung aus Gier, verletzten Gefühlen und krankhaftem Ehrgeiz.«

In der Tat machten genau diese drei Motive den überwältigenden Großteil aller Beweggründe bei Verbrechen aus, auch bei Morden.

»Hat er dich zu deinen finanziellen Verhältnissen befragt?«

»Das hat er ja gestern schon. – Aber er hat mich auf die Verunreinigung der Weinpresse im *Château Joly* letztes Jahr angesprochen. Was ich darüber gewusst hätte. – Ich habe ihm die Wahrheit gesagt, dass ich gar nichts davon wusste. Dass ich nicht das Leiseste gehört habe. Das wollte er mir nicht glauben. – Was Brian davon gewusst habe, wollte er auch wissen. Und alle anderen. Dantec, Pic, Marchand. Eine groteske Frage: Wenn ich das wüsste, hätte ich ja auch von der Sache selbst gewusst.«

»Er hat ausdrücklich gesagt, dass er dir nicht glaubt?«, echauffierte sich Claire erneut.

»Hat er.«

Plötzlich schien Cécile noch etwas einzufallen.

»Das habe ich fast vergessen, obwohl das sehr seltsam war: Lelouche hat einmal auch von verunreinigten Flaschen gesprochen. Solchen, die entsorgt worden seien. Aber Marchands Sohn hat doch gesagt, der Wein sei nie abgefüllt worden. Er sagte doch, die Verunreinigungen seien schon früher aufgefallen! Im Fass, beim Reifen.«

Das war in der Tat eine Neuigkeit. Aber richtig überrascht war Dupin nicht. Er hatte die ganze Zeit das diffuse Gefühl gehabt, dass sich hier vielleicht mehr verbarg. Eine größere Sache, die unter den Teppich gekehrt worden war.

»Hast du nachgefragt?«, wollte Dupin wissen.

»Nein. – Vielleicht hat er sich auch einfach vertan. Lelouche hat wirklich keine Ahnung von der Weinproduktion.«

Was tatsächlich eine Erklärung sein könnte. Oder auch nicht.

»Außerdem dachte ich, es wäre vielleicht verdächtig, wenn ich nachfrage.«

»Worüber habt ihr noch gesprochen?«

Sie flogen nur so durch die Nacht, die Aussicht auf Kaffee motivierte Dupin gewaltig.

»Er wollte wissen, welche Verbindungen es zwischen der *Domaine du Lac* und dem *Château Joly* gibt. Abgesehen von der alten Rivalität. Welche Mitarbeiter sich untereinander kennen. Er hat übrigens auch Emily Pic ins *Château* kommen lassen. Sie ist schon vor mir da gewesen.«

»Hat er etwas über das Gespräch mit ihr gesagt?«

Das war eine blöde Frage, das wusste er selbst.

»Nein. – Am Ende wollte Lelouche wissen, was denn meine Theorie sei, worum es hier geht.«

»Und?«

»Ich habe wahrheitsgemäß gesagt, dass ich keine Ahnung habe.«

»Hat er etwas über Claire und mich gesagt?«

»Kein Wort.«

»Keine Anspielung, nichts?«

»Gar nichts.«

»Und er hat Claire nicht gesehen?«

»Nein. Ganz sicher nicht.«

Es war so weit – sie verließen die D751.

Der Kaffee war ganz nah.

Schwerfällig und mit infernalischem Quietschen fuhren die Metallrollläden des *Café Margouya* hoch, der Lärm musste die ganze Stadt aufwecken.

Es war 6 Uhr 39. Cécile und Claire saßen todmüde an einem der Tische, die auf dem kleinen Platz vor dem Café standen.

Dupin hatte sich, als sie vor einer Viertelstunde angekommen waren, zu ihnen gesetzt, war allerdings sofort wieder aufgestanden und lief seitdem nervös auf und ab. Er war in die Straße, die zur Kirche führte, hineingelaufen, wo er ein weiteres wunderbar aussehendes Café gefunden hatte: *Folle Saison,* Verrückte Jahreszeit. Hier in der Oberstadt hatte man kurioserweise den Eindruck, sich in einem französischen Bergdorf zu befinden, vom Hafen aus stieg es steil an, schmale Gassen wanden sich den Hang entlang, endlos scheinende Treppen. Durch Bäume und Häuser konnte man einen Blick auf den Hafen erhaschen, auf das Meer, auf den Horizont. Dupin fühlte sich an Dörfer auf Korsika erinnert oder am mediterranen Rande der Pyrenäen. Ganz oben in dem alten Gassengewirr thronte die Kirche. Gleich nebenan die *Mairie,* das Bürgermeisteramt.

Das Geräusch der Rollläden war die Erlösung. Unmittelbar hinter der Glastür stand eine Frau, Mitte fünfzig, schätzte Dupin, schwarze mittellange Haare, die kurz zusammenschreckte, als sie ihn dort stehen sah. Dupin versuchte ein freundliches Lächeln. Sie blickte ihn skeptisch an. Was sicher auch an Dupins Erscheinung lag: Wilder hatten seine Haare vielleicht noch nie abgestanden, tiefer konnten Augenringe nicht sein. Erst nachdem sie auch Claire und Cécile entdeckt hatte, die betont freundlich grüßten, traute sie sich, die Tür zu öffnen.

»Es tut mir leid, Madame, ich wollte Sie nicht erschrecken, sondern nur *café* bestellen. – Für uns drei«, Dupin deutete auf Claire und Cécile.

Erst nach einem weiteren Blick zu Claire und Cécile sagte sie schließlich: »Na gut. Alle einen Kaffee?«

»Für mich direkt zwei.«

»Für mich einen«, riefen Claire und Cécile gleichzeitig.

»Haben Sie schon Croissants da?«, fragte Claire.

Die Frau rang sich zu einem Nicken durch, dann drehte sie sich auf dem Absatz um.

»*Pains au chocolat?*«, rief Dupin hoffnungsvoll hinterher.

Sie nickte erneut, ohne sich umzudrehen, und ging zum mächtigen Tresen.

Der Innenraum des Cafés war in einem hellen Grau gehalten. Die Stühle waren die gleichen wie draußen. Auf einer Anrichte hinter dem Tresen stand eine gut und gerne zwei Meter breite Kaffeemaschine. Höchst imposant. Und vor allem: bereits aktiv. Sie brummte, pumpte, zischte fröhlich vor sich hin. Es hörte sich vielversprechend an, hier waren sie goldrichtig.

»Dann bitte noch einen zusätzlichen *grand crème* für mich.« Zum Tunken der *pains au chocolat*, es gab nichts Besseres.

Mittlerweile stand sie hinter dem Tresen. Dupin entdeckte jetzt auch den Korb voller Croissants.

»Wir nehmen für jeden je ein Croissant und ein *pain au chocolat.*«

Die Bedienung nickte und machte sich an der Maschine zu schaffen.

Dupins Blick war auf den Durchgang rechts vom Tresen gefallen. Das Café war auch ein Tabac-Presse-Laden. Ganz klassisch, so wie Dupin es liebte. Ein Raum voller Zeitungen, Magazine – jede denkbare Passion hatte ihre eigenen Zeitschriften –, Schreibwaren, Bücher und natürlich sehr viel Tabak. Die perfekte Kombination: Morgens las man die Zeitung bei einem *café,* abends bei einem Pastis, Bier oder Wein. In den obligatorisch grell beleuchteten Displays auf dem Verkaufstresen wurden die verschiedenen Lotterien angepriesen, an denen man teilnehmen konnte.

Dupin betrat den kleinen Raum und sah sich um.

Zielsicher griff er nach *Ouest-France* und *Télégramme*. Daneben lag eine weitere Regionalzeitung, *Le Courrier du Pays de Retz*. Auch davon nahm er ein Exemplar. Wie die beiden anderen zeigte es ein idyllisches Foto von Brians *Domaine du Lac,* hier mit der Überschrift: »Das Morden in der *Domaine du Lac* geht weiter«. Darunter in etwas kleineren Buchstaben: »Nach dem Star-Winzer und Eigentümer wurde nun dessen Vertriebschef grausam ermordet.« Die Regionalausgabe von *Le Télégramme* dichtete: »Ein zweiter Mord: Tödliches Drama in der Weinwelt spinnt sich fort«. Und *Ouest-France:* »Noch ein Opfer: Polizei kann das Morden in den Weinbergen nicht stoppen«. Hier hatte man ein Bild von Dantec eingefügt, es sah aus wie ein Fahndungsfoto.

Dupin ging mit den drei Zeitungen unterm Arm ins Café zurück. Die Bestellung stand fertig auf einem großen Tablett.

»Zahlen Sie alles zusammen?«

Für gewöhnlich zahlte man, wenn man ging. Aber Dupin war der Dame offenbar immer noch nicht geheuer.

Dupin nickte.

»Einschließlich der drei Zeitungen?«

Sie hatte es betont, als hätte er vorgehabt, die Zeitungen – die immer noch gut sichtbar unter seinem Arm klemmten – zu stehlen.

»Einschließlich der drei Zeitungen.«

»Siebzehn Euro fünfzig«, sagte sie und tippte etwas in die Kasse.

Dupin legte einen Zwanzig-Euro-Schein auf den Tresen.

Sie schaute ihn an. Etwas in ihrem Blick veränderte sich.

»Sind Sie der Kommissar auf Hochzeitsreise?«

Die Dame griff nach einem Exemplar von *Ouest-France*, das auf dem Tresen lag, und entfaltete es.

»Hier, im Regionalteil.«

Sie zeigte auf einen größeren Artikel, auf ein Foto. Es zeigte Dupin, Claire und Cécile auf dem Dach des *Marius*, der Ort war eindeutig zu erkennen. Sie drei leider auch.

»Der quirlige Commissaire Dupin – wirklich nur auf Hochzeitsreise?«, lautete die kokette Schlagzeile. Weiter lautete es: »Der frisch vermählte Commissaire aus Concarneau logiert mit seiner Frau, Docteur Claire Lannoy, Kardiologin aus Quimper, in der *Fontaine aux Bretons* der Winzerin Cécile Cast (oben links im Bild, hier auf der Dachterrasse des Restaurants *Marius*). Deren Ex-Mann wurde am Dienstag nahe seinem Weingut *Domaine du Lac* ermordet, gestern ereilte den Vertriebsleiter das gleiche schreckliche Schicksal. Offiziell leitet Commissaire Lelouche aus Nantes die Untersuchungen. Dennoch stellt sich die Frage: Wildert der für seine ermittlerischen Exkursionen berüchtigte Commissaire Dupin wirklich nicht in Lelouches Revier? Im Kommissariat von Nantes wurde dies auf unsere Anfrage hin heftig dementiert. Ebenso vom Präfekten des Finistère. Die Hochzeitsreise von Commissaire Dupin sei seit Langem geplant, einschließlich des Aufenthaltes in der *Fontaine aux Bretons* von Cécile Cast, die eine Freundin seiner Frau sei. Können wir den Beteuerungen glauben?«

Dupin hörte auf zu lesen. Alles absurd. Und woher hatten sie das Foto?

Die Bedienung nahm kommentarlos das Tablett und brachte es hinaus.

Dupin folgte ihr.

Er setzte sich zu Claire und Cécile an den Tisch.

Zufrieden schaute Dupin auf das Arrangement an seinem Platz: zwei *petits cafés,* eine große Tasse *grand crème,* ein Croissant und ein *pain au chocolat.*

Er trank den ersten *café.* Das Koffein entfaltete sofort seine Wirkung. Die Maschine hielt, was ihr imposantes Aussehen versprach: Der Kaffee war köstlich.

Sie waren alle drei erschöpft. Ein neuerlicher Schock – der Brandanschlag – kombiniert mit sehr wenig Schlaf und sehr viel Wein.

Dupin breitete den Artikel mit dem Foto von ihnen auf dem Tisch aus.

Die Terrasse des *Café Margouya* war aus grauem Granit, etwas erhöht, sie bildete so etwas wie eine kleine Insel inmitten von liebevoll bepflanzten Blumenkästen. An einer Ecke ragte eine knubbelige Palme aus einer Holzkiste, die prächtig gedieh. Knallgelbe quadratische Sonnenschirme, noch waren sie zugeklappt. Noch gab es keine Sonne – bloß ein allererstes Dämmern, das von keinem einzigen Wölkchen gestört wurde.

»Ach du meine Güte.« Céciles Miene zeigte beides: Entsetzen und Belustigung.

»Frechheit«, schimpfte Claire, nachdem sie die Zeitungen studiert hatte. »Das war eine ganz und gar private Situation.«

In der sie nur ein einziges Thema gehabt hatten: die Ergebnisse ihrer illegalen Ermittlungen.

Dupin verkniff sich den Kommentar. Stattdessen trank er seinen zweiten *café*.

Selten hatte Kaffee so gutgetan. Er griff nach einem *pain au chocolat* – wie beim Baguette mochte er es am liebsten, wenn sie nicht zu dunkel gebacken waren – und tunkte es andachtsvoll in den *grand crème*.

»Eine Unverschämtheit, dieser Artikel.«

Claire kriegte sich nicht ein.

Dupins Handy klingelte.

Nolwenn.

Er stand auf und lief ein paar Schritte.

»Ja?«

»Wir haben nach Weinauktionen geschaut, in solchen Preislagen kommen die Weine nicht bei Wald-und-Wiesen-Auktionären unter den Hammer. – Also, in diesem Jahr sind bei den einschlägigen Auktionshäusern noch keine 1953er Flaschen *Château Cheval Blanc* auktioniert worden. – Händler habe ich um diese Uhrzeit natürlich noch nicht erreicht, aber bereits fünf, sechs identifiziert, die infrage kommen.«

»Sehr gut. – Übrigens geht es noch um eine weitere Flasche. Einen *Château Margaux – premier cru classé.* 1959.«

»Eine echte Legende!«

Nolwenn schien zutiefst beeindruckt.

»Nevou hat übrigens doch einiges über Anne-Sophie Joly herausgefunden. Es gibt Interviews, Porträts und Homestorys. Sie gilt in ganz Frankreich als eine der vielversprechendsten jungen Winzerinnen, nicht nur an der Loire. Diese Emily Pic übrigens auch, ihr sagt man ebenfalls eine große Zukunft voraus.«

»Habe ich gehört.«

»Nevou schickt Ihnen, was sie hat. – In ein paar Artikeln wird auch erwähnt, dass sie mit Brian zusammen war. Die Romeo-und-Julia-Geschichte. Etwas Negatives oder auch nur Kritisches haben wir allerdings nirgends gefunden. Auch keine Skandale oder so etwas.«

»Verstehe.«

»Weiter«, Nolwenn machte Tempo. »Aus Nantes habe ich eben erfahren, dass sich Jérôme Joly in einem stabilen Zustand befindet. Seine Tochter ist schon wieder zum Schloss zurückgefahren. Eine gute Nachricht.«

»Und der Mitarbeiter des *Château Joly*, der auch in der Klinik ist?«

»Das war glücklicherweise harmlos, er konnte schnell wieder entlassen werden.«

»Sehr gut.«

Keine weiteren Toten. Immerhin.

»Also, wir melden uns, wenn wir noch etwas haben. – Und Sie melden sich regelmäßig bei Riwal, ja?«

»Mache ich.«

Schon hatte Nolwenn aufgelegt.

Dupin ging zum Tisch zurück.

Cécile warf Dupin einen mitleidigen Blick zu. »In dem Artikel steht zwar, dass sie nur spekulieren, aber ich habe trotzdem ein schlechtes Gewissen, Georges. Kriegst du jetzt Ärger?«

Dupin hatte den Artikel nicht zu Ende gelesen – aber wenn es nicht über Spekulationen hinausging, konnte ihm das eigentlich nicht viel anhaben.

»Anscheinend haben die Marchands bisher geschwiegen.« Claire kam auf den nicht unwichtigen Punkt von gestern zurück. »Zumindest haben sie weder jemandem von der Presse noch von der Polizei von unseren Ermittlungen erzählt. Was sie als Täter unwahrscheinlich macht.«

»Oder es soll sie kalkuliert unschuldig wirken lassen«, hielt Cécile entgegen.

»Eine Sache noch.« Die Frage hatte Dupin schon gestern beschäftigt. »Wenn man eine Flasche Wein für zwanzigtausend oder vierzigtausend Euro kauft, ganz gleich ob über einen Händler oder eine Auktion – sind die immer so staubig wie die von Brian?«

»Gute Frage. Ich habe noch nie so eine alte Flasche gekauft. Ich weiß es nicht, aber ich denke, dass man sie zumindest ein wenig säubert. Wobei man unglaublich aufpassen muss, die alten Etiketten nicht zu beschädigen, die sehr empfindlich sind und einen Teil der Aura solcher Flaschen ausmachen. Aber das Glas wird bestimmt zumindest vom gröbsten Schmutz und Staub befreit. Ich …« Sie brach ab. »Komisch, du hast recht. Die drei Flaschen waren extrem staubig.«

Céciles Handy klingelte.

Sie warf einen Blick auf das Display.

»Brians Notar. Der mir das mit der Erbschaft eröffnet hat.« Sie wirkte unsicher.

»Um kurz nach sieben Uhr morgens?«

Sie stand auf.

»Ich gehe besser ran.«

Sie ging in das Sträßchen Richtung Kirche.

»Was ist eigentlich mit deinem berühmten Gefühl,

Georges?«, fragte Claire. »Dein siebter Sinn? Er sagt dir wirklich noch gar nichts?«

»Nein.«

Es war eine ehrliche Antwort. Auch wenn er zuweilen ein nervöses Kribbeln verspürt hatte. Eine Art Vorstufe des Gefühls, von dem Claire sprach.

»Na ja, vielleicht erleben wir es ja noch. Auf jeden Fall müssen wir unsere Anstrengungen verstärken.«

Je komplizierter es wurde, desto offensiver wurde Claire.

Sie griff wieder nach den Zeitungen.

Dupin hatte sein rotes Clairefontaine herausgeholt. Viel hatte er nicht notiert.

Er erstellte eine knappe chronologische Abfolge:

- Di: Mord Brian Katell, See, Joggen – Schrotflinte
- Mi: Mord Dantec, Weinlager Keller – Flasche
- Mi: anonyme Droh-Mail
- Do: Brandanschlag *Château Joly*, Produktion und Wohnhaus, J. Joly verletzt – Absicht?
- Do: Person im Garten der *Fontaine?*

So, wie es nun dastand, wirkte es banal.

Dann ergänzte Dupin die möglichen Hintergründe und unterstrich einzelne Punkte:

- Konflikt Katell–Dantec; <u>Diebstahl, Kündigung, Entlassung</u>
- <u>Affäre Pic–Dantec!</u>
- Manipulationsvorwürfe Weinwettbewerb, Joly–Katell
- »Romeo und Julia«, Brian Katell und A.-S. Joly. <u>Andere Motive bei A.-S. Joly?</u>

- Weinbar, gemeinsames Projekt Katell und Chevrier, Investitionen – Chevrier mit eigenem Geld beteiligt?
- Verunreinigungen *Château Joly* – doch brisanter? Flaschen im Handel?
- wertvolle Bordeauxweine; drei *Cheval* à 20 000 Euro, ein *Margaux* à 40 000. Staub
- Besuch A.-S. Joly in der *Domaine du Lac* – Portemonnaie, hat sie etwas verschwinden lassen?
- Erbschaft/Cécile neue Besitzerin der *Domaine.* Finanzielle Verhältnisse Cécile
- Rivalität *Domaine–Château Joly?* Vereinigung der jungen Winzerinnen
- anonyme Droh-Mail, Person im Garten der *Fontaine?*

Dupin lehnte sich zurück – in der einen Hand den *grand crème,* in der anderen den Rest des *pain au chocolat.* Wie sich der Teig vollsog, die Schokolade im heißen Milchkaffee schmolz und sich mit dem Kaffeegeschmack vermischte – himmlisch. Schon als Kind hatte Dupin das geliebt. Ein festes Ritual beim Frühstück.

»Das glaubt ihr nicht!«

Cécile. Sie lief ihnen über das unebene Pflaster eilig entgegen.

»Alain und Brian hatten eine Auseinandersetzung.«

Sie erreichte den Tisch.

»Also«, begann sie, »es ist kompliziert – und sehr seltsam.

Alain Chevrier war gestern am frühen Abend lange bei dem Notar und hat ihm die Sache geschildert. Das Vorhaben mit den Weinbars.«

Sie blieb neben dem Tisch stehen, sprach mit gedämpfter Stimme.

»Es sollte ursprünglich eine echte gemeinschaftliche Unternehmung werden, sagt Alain. Beide wollten wohl mit je fünfhunderttausend Euro Eigenkapital einsteigen, der Rest sollte mit Krediten finanziert werden, insgesamt hatten sie die Höhe der Kosten für die fünf Weinbars mit allem Drum und Dran auf rund dreieinhalb Millionen beziffert.«

Cécile legte den Kopf schief.

»Viel Geld, viel mehr, als ich gedacht habe. Aber Brian war Ästhet und Perfektionist, eine kostspielige Kombination. Ihr kennt ja den Entwurf für die Weinbar der *Domaine*. Das Beeindruckende war«, ein Leuchten trat in ihre Augen, »dass seine Verrücktheiten am Ende meistens aufgingen. Nicht immer – aber meistens. – Jedenfalls hat Brian mit dem Notar einen Vertragsentwurf aufgesetzt, der die Eigentumsverhältnisse der gemeinsamen Gesellschaft regelt. Hälfte, Hälfte. Brian war wie immer großzügig, er hätte den Grund und Boden für die Bar auf der *Domaine* genau wie ein Grundstück in Sainte-Marie, das er vor zwei Jahren gekauft hat, der Gesellschaft quasi umsonst zur Verfügung gestellt.«

Erst jetzt setzte Cécile sich.

»Der Vertrag ist von einer spezialisierten Anwaltskanzlei in Nantes geprüft worden und lag seit Anfang August unterschriftsreif vor. Alain hat Mitte August unterschrieben. Und dann – dann hat Brian vor drei Wochen Alain und anschließend dem Notar erklärt, dass er das Projekt doch lieber allein finanzieren möchte. Alain solle nur Architekt und Bauleiter sein, dafür eine sehr großzügige Honorierung erhalten und ein paar Prozent der Gewinne – aber er wolle der alleinige Eigentümer sein.«

»Warum? Was ist passiert?«

Claire war schneller als Dupin.

»Brian hat gesagt, dass es nicht anders ginge. Dass alles in einer Hand bleiben müsse. Dass es als Erbe und Eigentümer der *Domaine* sein Mandat sei. Die Weinbars seien bloß Außen- beziehungsweise Verkaufsstellen der *Domaine*. Flagship-Stores. Alles sei untrennbar mit seinem Weingut verbunden.«

»Das ist ihm ganz schön spät eingefallen«, kommentierte Claire.

»Manchmal müssen die Dinge erst konkret werden, bevor man ihre Bedeutung in allen Einzelheiten versteht.«

Claire schien nachzudenken.

»Das stimmt. – Manchmal ist es im Leben so.«

»Und diese halbe Million, die er als Eigenkapital einbringen wollte – die hatte Brian, einfach so?«, wollte Dupin wissen. »Eine stattliche Summe.«

»Das wundert mich auch ein bisschen. Ich hätte seine Ersparnisse auf vielleicht hundertfünfzigtausend, zweihunderttausend geschätzt. – Zumal er ja gerade für die Arbeiten im Keller erhebliche Investitionen getätigt und bestimmt schon Kredite zu bedienen hatte. Ich hatte noch keinen Termin bei seiner Bank, das steht jetzt als Nächstes an.«

Stille trat ein. Dann erhob sich Dupin plötzlich und begann auf der Terrasse hin und her zu laufen.

»Dieses Projekt und der Konflikt mit Alain Chevrier, das alles ist ab jetzt deine Angelegenheit, oder?«

Er fixierte Cécile.

»Ja! Ich erbe alles, auch das. Alain will das Projekt offenbar unbedingt weiterführen. Und zwar als Mitbesitzer, wie ursprünglich geplant. Er hat mir schon gestern Nachmittag eine SMS geschrieben, dass er sich mit mir treffen wolle. Da wusste ich allerdings noch nicht, wie die Situation ist. Der Notar hat gesagt, dass Alain sich bereits einen Anwalt genommen hat.«

»Davon hast du gestern gar nichts gesagt«, bemerkte Claire. »Dass der Architekt dich sehen will.«

»Es war so viel los, Claire.«

Dupin trat an den Tisch.

»Ich will noch mal in die *Domaine*.«

»Was?« Claire blickte ihn erstaunt an. »Warum?«

»Ich will noch mal in den Keller.«

»Und aus welchem Grund?« Claire ließ nicht locker.

»Ich weiß es noch nicht genau.«

Es stimmte nur halb.

»Aber wir kommen mit«, forderte Claire.

»Ausgeschlossen.«

»Überleg doch mal: Cécile kennt den Keller – du nicht.«

Eventuell könnte es wirklich von Vorteil sein. In mehrfacher Hinsicht.

»In Ordnung.«

Schon lief er los. Der Citroën stand keine hundert Meter entfernt.

Wenn sie Glück hatten, waren die Wachposten an der *Domaine* noch nicht wieder verstärkt worden.

Cécile und Claire eilten hinterher.

Das zweite Mal innerhalb weniger Stunden steuerte Dupin den Feldweg unweit der *Domaine* an.

Im Handumdrehen befanden sie sich in Katells Wohnhaus.

Durch die Fenster waren zwei Polizisten zu sehen – Dupin kannte sie noch nicht. Die Außenbeleuchtung über dem Haupteingang war eingeschaltet, der hübsche Innenhof wurde in ein warmes Licht getaucht.

Claire, Cécile und Dupin erreichten die Verbindungstür zum Haupthaus. Dupin zog die Schuhe aus, Claire und Cécile taten es ihm gleich. Dann ging es durch den langen Flur Richtung Haupteingang und schließlich die Treppe nach oben. Auf einmal vernahmen sie ein Knarzen. Wie vom Blitz getroffen blieben sie stehen, verharrten.

Es war eindeutig: Im Flur wurde eine Tür geöffnet.

So schnell sie konnten, liefen sie zurück in Brians Wohnung, vorsichtshalber hatte Dupin – wie schon in der Nacht – die Tür offen stehen lassen, für genau solche Fälle.

Im nächsten Moment hörten sie Jules Marchands Stimme, dann die seines Sohnes, ohne verstehen zu können, was die beiden sagten. Anscheinend gingen sie zum Ausgang.

Dupin schlich vorsichtig zum Fenster Richtung Hof, um das Geschehen beobachten zu können. Marchand und sein Sohn verließen das Gebäude und grüßten die Polizisten. Sie unterhielten sich kurz. Dann gingen Vater und Sohn in Richtung eines alten Volvo-Geländewagens. Augenblicke später fuhr der Wagen durch den knirschenden Kies aus dem Hof.

»Okay, wir versuchen es noch mal«, gab Dupin vor.

Cécile und Claire hatten an der Tür gewartet.

Dieses Mal lief alles glatt.

Bald hatten sie den Keller erreicht. Von weiteren Polizisten keine Spur.

Sie erreichten das große Gewölbe mit dem langen Holztisch. Alle drei hatten die Handy-Taschenlampen aktiviert.

»Wohin?«, fragte Cécile.

»Wird noch irgendwo sonst Wein gelagert als in dem Raum, wo Dantec gefunden wurde?«, wollte Dupin von Cécile wissen.

»Nach der Produktion kommen die Weine zum Reifen in Fässer und Stahltanks, die stehen in einem Keller unter den Hallen«, sie zeigte auf den Gang, den Dupin in der Nacht erkundet hatte. »Die fertigen Flaschen werden dann in der hinteren Halle oben gelagert, bis sie zum Versand abgeholt werden. Die Kontingente, die die *Domaine* behält, kommen in das Weinlager, das ihr kennt. Wo Dantec ermordet wurde. Es gibt keinen anderen Ort, nein. Nur den. – Man braucht sehr gute Bedingungen, eine konstante Temperatur von ungefähr dreizehn Grad, eine Luftfeuchtigkeit von etwa sechzig Prozent.«

»Dann müssen wir noch einmal in das Lager.« Dupin ging voran.

Sie erreichten den schlauchartigen Raum.

Zielstrebig steuerte Dupin den Teil des Weinlagers an, wo die Ziegelsteinregale erneuert worden waren. Claire und Cécile folgten schweigend.

Dupin trat nah an die Regale heran und begann die Ziegelsteinkonstruktion mit der Taschenlampe zu betrachten.

»Cécile, weißt du, was hier das Problem war, an dieser Wand? Feuchtigkeit?«

Cécile und Claire standen unmittelbar hinter ihm.

»Genau. An der Wand hinter den Weinregalen war es immer etwas feucht, schon seit Langem. Nicht richtig schlimm, aber das darf natürlich nicht sein. Irgendwann geht die Feuchtigkeit dann in die Ziegel über. Deswegen hatte man bereits zwei der ursprünglichen Ziegelsteinregale entfernen und durch Holzregale ersetzen müssen, aber das ist schon Jahrzehnte her«, sie deutete auf die Holzkonstruktionen, »und natürlich keine Lösung. Um das Problem richtig zu beheben, hat Brian nun die Ziegelsteinregale abtragen und die Wand gründlich trocknen lassen. Anschließend hat er ein modernes Belüftungssystem mit Abluft integriert – Isolation reicht da nicht. Irre aufwendig. Glücklicherweise war in diesem Raum nur die Stirnwand betroffen.«

Cécile kannte sich immer noch bestens aus in Brians Keller.

»Und die Wand besteht nur aus Erdreich?«

»Reine Erde«, bestätigte Cécile, »ziemlich tonhaltig, von großen Granitbrocken durchsetzt.«

»Gibt es Hohlräume?«

»Was meinst du damit?«

Dupin antwortete nicht. Er zog eine der Flaschen aus dem Ziegelsteinregal vor sich heraus und steckte die andere Hand ins Regal – bis er die Wand dahinter berührte. Dann begann er zu klopfen, so gut es in dieser Position ging.

»Was machst du da?«

Cécile schien verwirrt.

»Pst.«

Das Klopfen war fast nicht zu hören, das Geräusch auf der erdigen Wand stumpf und dumpf, ohne Resonanz.

Er legte die Flasche zurück.

Dann wiederholte er die Prozedur weiter rechts. Das gleiche Geräusch.

»Ich glaube, Georges will wissen, ob es an einer Stelle hohl klingt«, kommentierte Claire Dupins Aktion, »er sucht nach einem verborgenen Raum.« Sie versuchte erst gar nicht, ihre Aufregung zu verbergen.

»Was?«

»Ein geheimer Raum. Hinter der Wand.«

Jetzt versuchte Dupin es links von der Stelle, wo er begonnen hatte.

»Warum sollte da ein versteckter Raum liegen?« Céciles Verwirrung ließ nicht nach.

Dupin versuchte es noch einmal, dieses Mal ganz links. Auch hier ohne Ergebnis.

Dann wandte er sich den beiden Holzregalen an der Längsseite zu. Auch hier holte er eine der Flaschen heraus, dann leuchtete er in die Lücke hinein. Dupin klopfte auf die Rückwand. Das Geräusch war ein wenig lauter, aber die Resonanz, man konnte es gut hören, wurde vom Erdreich unmittelbar dahinter weitgehend gedämpft.

Er unternahm einen Versuch weiter unten – derselbe Effekt.

»Wie kommst du überhaupt auf die Idee, dass …«

»Pst!«, unterbrach Dupin Cécile.

Dupin unternahm den Versuch gerade bei dem zweiten der beiden Holzregale – dieses Mal allerdings mit einer völlig anderen Wirkung. Das Holz schwang laut, ein tiefer, langer Ton.

Er klopfte noch einmal – das gleiche Geräusch.

»Eindeutig hohl«, kommentierte Claire.

Dupin zog ein paar Regalbretter tiefer eine zweite Flasche heraus. Beim Klopfen klang es auch hier hohl. Und noch weiter unten ebenfalls.

»Schnell, helft mir, das Regal leer zu räumen.«

Viel Zeit hatten sie nicht, die Gefahr, dass in der *Domaine* wieder mehr Polizei auftauchte, vielleicht sogar Lelouche, wurde immer größer.

»Alle Flaschen?«

Cécile wirkte irritiert.

»Alle.«

Schon reihten sich die Muscadets entlang der Nachbarregale auf dem Steinboden, dann war das Regal leer.

Dupin inspizierte die Rückwand im Schein der Handytaschenlampe, so gut es ging. Er konnte nichts Ungewöhnliches entdecken. Eine glatte Holzfläche, massive Eiche.

»Was machst du da?«, fragte Cécile.

»Schaut einmal mit euren Taschenlampen, ob euch etwas Ungewöhnliches an dem Regal auffällt«, wies er Cécile und Claire an.

Als Nächstes ging Dupin in die Hocke, um einen Blick unter die Regalbretter werfen zu können. Solide, dicke Bretter, drei Zentimeter, schätzte Dupin. Sie hielten Hunderte Jahre. Auch hier war nichts Besonderes festzustellen.

»Mist!«

Dupin verharrte in der Hocke.

»Was vermutest du denn? Sag doch!« Cécile gab keine Ruhe.

»Einen Moment!«

Dupin konnte Céciles erstauntes Gesicht sehen, als er sich vor dem Regal seitlich auf den Boden legte.

Anschließend leuchtete er die letzten Bretter von unten ab.

»Da – da ist etwas«, entfuhr es ihm.

Im untersten Brett. Ganz links, eine Vertiefung, vielleicht fünf Zentimeter lang, einen Zentimeter tief.

Er fasste an die Stelle, schob sich mit den Füßen noch ein wenig näher an das Regal heran.

»Was ist da? Was hast du gefunden?«

»Eine Vertiefung im Holz. Aber kein Mecha...«

Dupin brach ab und erhob sich schlagartig.

Man brauchte gar keinen Mechanismus! Das war es!

Er hatte genau so etwas einmal mit seinem Vater gebaut, als Junge. Im Haus seiner Großeltern im Jura. Eine Geheimtür. Da hatten sie es auch so gemacht, auf eine ganz simple, aber effektive Art, es war ihm gerade wieder eingefallen.

Das musste es sein!

»Zurücktreten«, sagte er.

Er bückte sich, fasste nach der Vertiefung und fand sie sofort.

Dann zog er an dem Regal.

Nichts.

Er zog noch einmal, dieses Mal fester.

Mit einem Mal war ein lautes Ächzen zu hören. Das Regal bewegte sich, zwar nur ein wenig, aber eindeutig. Und zwar an der linken Seite, da, wo die Vertiefung war.

»Verrückt!« Claires Stimme überschlug sich.

Dupin zog weiter. Das Ächzen schmerzte fast in den Ohren. Plötzlich setzte sich das Regal richtig in Bewegung. Es öffnete sich wie eine Tür. Auf der anderen Seite war es vermutlich mit einem verborgenen, massiven Scharnier befestigt. Und unten, hinter der Holzverkleidung, waren bestimmt Rollen montiert.

Claire und Cécile wichen zurück.

Dupin öffnete die Regaltür bis zu einem rechten Winkel, dann ging es nicht mehr weiter.

Ein dunkles Loch tat sich auf. Zu sehen war nichts als tiefe Schwärze.

Dupin leuchtete mit seinem Handy in die Finsternis.

Jetzt erst sahen sie, wie klein der Raum war. Ein winziges Gewölbe. Darin stand nur ein einziges leeres Regal, auf der rechten Seite, ebenfalls aus Ziegelsteinen, das aber deutlich älter aussah als die im Weinlager nebenan.

»Was ist das für ein Raum?«, fragte Claire unruhig.

Dupin tat ein paar Schritte in das schmale Gewölbe. Keine Lampe, nicht einmal eine nackte Glühbirne. Nur das Regal.

Es war leer.

»Noch ein Weinkeller. Er scheint ziemlich alt zu sein«, hörte man Cécile. »Der wird schon sehr lange nicht mehr benutzt, vermute ich. Zumindest sieht es so aus. – Tote Nischen, so etwas gibt es in solchen Kellerlabyrinthen alter Weingüter.«

»Und warum diese Geheimtür?« Claire schaute sich um. »Dafür muss es doch einen Grund geben. Man hätte die Nische doch auch einfach offen lassen können. Oder zumauern. Oder eine normale Tür einbauen.«

Genauso war es. Dupin leuchtete in das Regal, fuhr mit seiner Hand über die Ziegel, betrachtete die Finger im Licht des Handys.

»Staub! – Und«, Dupin zögerte, fühlte noch einmal, »er ist ein ganz klein wenig klebrig.«

Er leuchtete wieder in das Regal. Man sah seine Fingerspuren, lange Schlieren.

»Genau wie auf den *Château-Cheval-Blanc*-Flaschen oben in Brians Wohnung.« Claires Stimme bebte. »Der gleiche klebrige Staub.«

»Exakt«, bestätigte Dupin. »Ich denke – dass sie genau hier gelegen haben.«

»Auf keinen Fall«, protestierte Cécile heftig, »das ist unmöglich. Brian hatte hier keine Flaschen gelagert, das wüsste ich doch. Ich …«

Sie brach jäh ab.

»Es sei denn …« Sie wirkte aufgelöst. »Ich meine … Aber das kann gar nicht sein. Es könnte …«

Sie brach abermals ab.

»Es könnte der Keller von Brians Großvater sein«, übernahm Dupin. »Ich denke, dass er es ist. Du hast uns davon erzählt, Cécile. Dass Brians Großvater alte Weine gesammelt hat, dass er einen Keller mit wertvollen Weinen hatte.«

Cécile schwieg eine Weile, dann:

»Das stimmt, er hatte eine große Sammlung.« Cécile sprach

tonlos. »Und Brian hat gesagt, dass er nicht wusste, was damit geschehen ist. Auch sein Vater nicht. Der hat angenommen, dass sein Vater die Weinsammlung verkauft hatte, um das Geld in das Weingut zu investieren. Als Brians Vater ein Kind war, gab es den Keller wohl noch, das muss Anfang der Sechziger gewesen sein. Brians Großvater ist später eines plötzlichen Todes gestorben, ein Herzinfarkt. Und seine Frau kurz nach ihm.«

Cécile machte noch eine Pause.

»Niemand hat danach wieder etwas von seiner Sammlung gesehen oder gehört.«

Claire starrte auf das Regal. »Du denkst ernsthaft, dass dies hier die Weinschatzkammer von Brians Großvater ist?«

»Die bei den Umbauten im Weinkeller wiederentdeckt worden ist«, ergänzte Dupin. »Ja.«

»Dann haben die vier *Château-Cheval-Blanc*-Flaschen und der *Château Margaux* hier gelegen«, folgerte Claire.

»Vielleicht nicht nur die«, sagte Dupin.

Er leuchtete noch einmal in das Regal. Auf Augenhöhe.

Da war es, was er gesucht hatte. Er fixierte die Stelle. Es war eindeutig: Auf einem längeren Streifen des Regalbodens fehlte der Staub. Knapp zehn Zentimeter weiter rechts und links dasselbe. Und nicht nur das: Es zeigte sich, wenn man genau hinsah, ein einheitliches Muster auf dem ganzen Regalboden.

Unversehens stürmte Dupin aus dem Raum und kam einen Moment später mit drei Weinflaschen aus dem Keller nebenan wieder.

»Was machst du?«, wollte Claire wissen.

Dupin antwortete nicht. Vorsichtig legte er die Flaschen in das Regal vor sich.

»Exakt das Muster!«

Dann nahm er die Flaschen eine nach der anderen wieder heraus. Nahm sie in Augenschein. Keine Spur von dem klebrigen Staub.

Dupin warf rasch einen Blick auf die Regalböden weiter unten.

»Wie ich es mir gedacht habe. – Hier im Regal haben bis vor Kurzem viele Flaschen gelegen«, stellte Dupin ruhig fest, »und zwar über einen sehr langen Zeitraum.«

»Dann … Das wäre«, Cécile stockte, »das wäre ein Motiv für alles. Ich meine, stellt euch das einmal vor! Wenn das wirklich der legendäre Weinkeller von Brians Großvater gewesen ist! Voller fantastischer Raritäten. Wir reden über immense Werte. Über viele Millionen.«

Dupin war dabei, die Maße des Regals zu überschlagen.

Claire bemerkte es und rechnete: »Rund zwei Meter Länge – mal neun Böden, in die pro Meter vielleicht je zehn Flaschen passen, also zwanzig in der ganzen Länge … Das macht einhundertachtzig Flaschen.«

»Wahnsinn«, rief Cécile aus. »Hundertachtzig mal zwanzigtausend Euro – wenn man den Wert der *Château-Cheval-Blanc*-Flaschen als Durchschnitt nimmt. Dann kommt man auf 3,6 Millionen. Manche wären vielleicht sogar viel mehr wert, andere weniger. Manche wären wahrscheinlich nicht mehr trinkbar. Wir könnten anhand der Abdrücke nachschauen, ob das Regal ganz gefüllt war, so …«

»Für den Augenblick reicht das«, intervenierte Dupin. Sie brauchten keine Details. »Wir sollten jetzt zügig verschwinden.«

Je länger sie blieben, desto höher war das Risiko, entdeckt zu werden.

»Die Wahrscheinlichkeit, dass der Mord an Dantec nur zufällig genau hier im Lagerkeller passiert ist, nur ein paar Meter von dem geheimen Raum entfernt, ist äußerst gering.«

Claire traf den Nagel auf den Kopf.

»Wir müssen hier weg.«

Dupin verließ den Raum mit den drei Flaschen, Cécile und Claire folgten. Sie verschlossen die Geheimtür so, wie sie sie vorgefunden hatten.

»Weißt du«, wandte sich Dupin an Cécile, »wer hier die Restaurierungsarbeiten gemacht hat? Kennst du die Firma?«

Sie durchquerten das Weinlager, nachdem Dupin alle Flaschen zurückgelegt hatte.

»Klar, Brian hatte die Empfehlung von mir. Eine Firma aus Nantes, auf Weingüter spezialisiert, sie arbeiten im gesamten Loire-Tal. *Caves Restauration*. Jean-Yves heißt der Chef. Ich kenne ihn ganz gut. Ich …«

»Kannst du ihn anrufen? Und ihn fragen, ob die Arbeiter, die die Wand im Weinlager restauriert haben, von dem versteckten Raum wussten?«

»Jetzt?«

»Wenn wir oben sind.«

»Klar, ich versuch's.«

Sie waren an der Wendeltreppe angelangt. Sie zogen die Schuhe aus, nahmen sie in die Hand.

Behutsam erreichten sie die oberste Stufe, Dupin lief voraus. Ein Blick nach links, einer nach rechts. Niemand zu sehen. Bald hatten sie die heikelste Passage erreicht: den Eingang des Hauptgebäudes. Wieder waren die Polizisten nur ein paar Meter von ihnen entfernt. Einer nach dem anderen huschten sie an der schweren Eingangstür vorbei in den Flur, der zu Brians Wohnung führte.

Als sie das Wohnzimmer erreicht hatten und vorsichtig die Tür hinter sich schlossen, seufzte Dupin erleichtert. Das war eine höchst riskante Mission gewesen – höchst riskant und höchst erfolgreich.

»Versuch mal, ob du diesen Jean-Yves von der Baufirma erreichst.«

Dupin war ungeduldig.

Cécile griff nach ihrem Handy.

»Was genau soll ich fragen?«

Dupin überlegte. Am liebsten würde er selbst mit dem Mann sprechen.

»Finde erst einmal heraus, ob die Arbeiter überhaupt von dem Raum wissen.«

Cécile wählte. Es ging schnell:

»Bonjour, Jean-Yves – hier ist Cécile. Guten Morgen … Ja, schrecklich, einfach nur schrecklich, ein Schock … Nur eine Sache: Es geht um eure Arbeiten bei Brian im Weinkeller, dem schlauchartigen Lagerraum … Ist euch dort irgendetwas Besonderes aufgefallen?«

Es war keine einfache Konversation, das war Dupin klar. Und egal, wie unauffällig Cécile ihre Sache machte, der Chef der Baufirma würde sich wundern. Aber das war zu diesem Zeitpunkt egal.

Sie standen vor der Hintertür, die in die Weinberge führte.

»Ich verstehe. Nichts Besonderes. Die Arbeiten waren aufwendig, verliefen aber ganz regulär … Ja, gern. Schick mir einfach die Namen und die Nummern. Wenn möglich sofort … Vielen Dank, Jean-Yves. Au revoir.«

Sie legte auf.

»Er schickt mir die Nummern der beiden Mitarbeiter, die die Wände erneuert haben.«

Dupins Handy vibrierte mehrmals kurz hintereinander. Jetzt, wo sie wieder Empfang hatten, trafen alle SMS gleichzeitig ein. Dupin warf einen Blick auf die Absender – dreimal Kadeg, dreimal Riwal – und öffnete dann vorsichtig die Tür.

»Die Luft ist rein.«

Zügig liefen sie durch die Reben und erreichten nach einer Weile ein Wäldchen.

Erst jetzt trauten sie sich wieder zu reden.

»Ich fasse es nicht.« Cécile wirkte immer noch konsterniert. »Dass es um alte Weine gehen könnte, unglaublich.«

»Es würde endlich alles erklären«, analysierte Claire, »ganz unmittelbar, ohne komplizierte Hypothesen – bis auf den Brandanschlag auf das *Château Joly*, der Zusammenhang erschließt sich mir noch nicht. – Vielleicht gibt es nun ein Gerangel um den Wein.«

Sie liefen durch das Unterholz des bretonischen Urwäldchens, die Bäume waren ineinander verwachsen, voller Misteln, Efeu, Flechten, Moos.

»Wie meinst du das?«, fragte Cécile.

»Ganz einfach. Es könnten mittlerweile mehrere Personen von dem Wein wissen. Und alle wollen ihn für sich haben. Vielleicht wurde Brian von jemandem überrascht, als er den Wein aus dem Geheimraum schaffen wollte – was er wahrscheinlich getan hat, denn die Flaschen sind ja nicht mehr da. – Von Dantec vielleicht. Und der wurde dann selbst Opfer, weil noch ein Dritter davon wusste.«

»Warum hätte Brian die Flaschen überhaupt aus dem Raum schaffen wollen? Da lagen sie doch perfekt«, fragte Cécile.

Sie verließen das Wäldchen, gleich würden sie den Feldweg und Dupins Wagen erreichen.

»Weil das Versteck während der Restaurierungsarbeiten zufällig entdeckt wurde – so hat dann alles begonnen.«

Claires Szenario klang absolut plausibel.

»Allerdings«, sie schien sich selbst bremsen zu wollen, »sind das bisher Hypothesen ohne Evidenz, zumal es noch ziemlich viele unbekannte Variablen gibt. – Übrigens hätte auch jemand anderes die Flaschen aus dem Keller holen können, es …«

»Mein Auto!«

Dupin war für einen Moment wie gelähmt, er wurde bleich.

Er starrte auf seinen Wagen. Die Windschutzscheibe – in Scherben. Die Vorderlichter – eingeschlagen. Die Reifen – platt. Die Motorhaube – brutal verbeult, die Fahrertür hatte das gleiche Schicksal erlitten.

»Runter«, schrie er im nächsten Augenblick, »auf den Boden!«

Augenblicklich hatte er seine Waffe in der Hand.

Cécile und Claire reagierten umgehend.

Dupin drehte sich, die Pistole im Anschlag, einmal um die eigene Achse. Dann noch einmal, dieses Mal langsam, jeden Fleck in der Umgebung scannend.

Cécile und Claire lagen stumm auf dem Boden.

Es war unübersichtlich. Hinter ihnen das Wäldchen, vor ihnen linker Hand wilde Wiesen mit hohen Farnen und Gräsern, rechter Hand ein abgemähtes Feld, durch das sich eine hüfthohe alte Steinmauer zog. Einzelne große Eichen und auf beiden Seiten des beginnenden Feldwegs dichtes Gestrüpp. Was hieß: Es gab viele mögliche Verstecke. Denn natürlich war es denkbar, dass die Person, die das Auto derart übel zugerichtet hatte, noch zugegen war und ihnen auflauerte, sie gerade jetzt im Visier hatte. Der Täter besaß eine Schrotflinte – das wussten sie.

Dupin musste etwas tun. Sie waren schutzlos.

Er machte einen Satz zum Wagen und öffnete die hintere Tür auf der Fahrerseite.

»Los! Legt euch hinter die Frontsitze«, rief er. »Und bleibt unten!«

Wieder reagierten Claire und Cécile sofort.

Dupin warf die Wagentür zu.

Wenn nicht aus zu großer Nähe geschossen wurde, wären die beiden gegen Schrotmunition einigermaßen geschützt.

Plötzlich war ein Geräusch zu hören. Ein heftiges Rascheln. In seinem Rücken.

Dupin schnellte herum.

Verharrte. Die Waffe in der Richtung, aus der das Geräusch gekommen war. Die Muskeln seines Körpers waren aufs Äußerste angespannt.

»Hier Commissaire Dupin von der Police Nationale. – Kommen Sie raus! Ich bin bewaffnet und werde nicht zögern zu schießen!«

Abermals ein heftiges Rascheln.

Dupin lief entschiedenen Schrittes darauf zu. Beide Hände mit durchgestreckten Armen an der Waffe, den Zeigefinger der rechten Hand am Abzug. Nur eine minimale Bewegung wäre nötig, Dupin verfügte über exzellente Reflexe.

Er erreichte das Gestrüpp.

»Das ist meine letzte Warnung – ich werde schießen. Kommen Sie …«

Ein schrecklicher Laut unterbrach ihn, lang gezogen, unheimlich. Im selben Moment stob etwas hektisch aus dem Unterholz hervor.

Dupins Zeigefinger zuckte, im allerletzten Moment erst hatte er ihn wieder unter Kontrolle.

Ein Tier.

Schwarzer Kopf. Rote Flecken neben dem weißen Schnabel. Ein weißer Hals, rotbrauner Körper, ungefähr fünfzig Zentimeter groß.

Ein Fasan. Der mit hysterischem Krähen floh.

Dupin blieb einen Augenblick bewegungslos stehen. Er hörte seinen Herzschlag in den Ohren dröhnen.

»Alles okay! Nur ein Fasan!«, rief er laut, ohne den Kopf zu bewegen.

Claire und Cécile würden – hielten sie sich an seine Anweisung – nichts von dem sehen, was hier draußen vor sich ging.

»Sei vorsichtig, Georges«, hörte er Claire rufen.

Dupin fasste sich, lief mit der Waffe im Anschlag ein paar Meter in das Wäldchen hinein und hielt sich scharf links. Der Fasan war weg – aber derjenige, der den Wagen demoliert hatte, konnte noch überall lauern.

Alles, was Dupin jetzt vernahm, waren seine eigenen Schritte im Unterholz. Knackende, brechende Äste. Sonst herrschte absolute Stille.

»Was tust du, Georges?«

Claire klang nicht ängstlich.

»Bleibt im Wagen! Ich schaue nach, ob noch jemand hier ist.«

Er bezweifelte es mittlerweile. Dennoch.

»Sollen wir die Polizei rufen?«

Dieses Mal war es Céciles Stimme.

»Nein.«

Dupin war aus dem Wäldchen herausgetreten. Jetzt lief er auf die alte Steinmauer zu. Anschließend ein Stück über die Wiese und zu den nahe stehenden Eichen. Zuletzt kontrollierte er das Gestrüpp rechts und links des Feldweges.

»Alles okay«, rief er laut.

Die Person, die den Wagen demoliert hatte, schien das Weite gesucht zu haben.

»Ihr könnt rauskommen.«

Dupin öffnete die hintere Tür an der Fahrerseite.

Cécile und Claire kletterten aus dem Wagen.

»Woher wusste der Angreifer, dass wir hier sind?« Claire

richtete sich auf und streckte sich. Dupin war beeindruckt, wie ungerührt sie wirkte. Cécile dagegen war kreidebleich.

Dupin spürte, wie heißer Zorn in ihm aufkam.

Sein alter Citroën. Er liebte diesen Wagen. Der Schaden war immens.

»Keine Ahnung.« Dupin klang finster. »Entweder ist der Täter uns gefolgt oder er hat den Wagen entdeckt, weil er hier ebenfalls herumschnüffelt. Vielleicht ist er auf der Suche nach den Weinen.«

»Du meinst, sie könnten noch in der *Domaine* sein?«

Claire machte eine vage Kopfbewegung in die Richtung des Weingutes.

»Denkbar.«

»Wer hat sie aus dem verborgenen Keller weggeschafft, denkst du?«

»Entweder hat Brian es noch selbst erledigt – oder sein Mörder. – Nach der Tat dann.«

Aber Dupin wusste es nicht.

»Solche alten Weine müssen perfekt gelagert werden.« Cécile schien sich zu sammeln. »Sie sind höchst empfindlich. Nur ein paar Tage mit zu hohen Temperaturen, und sie kippen. Die Toleranz ist äußerst gering.«

Dupin war einmal um seinen Wagen herumgelaufen. Er sah aus, als wäre er mit einem Baseballschläger bearbeitet worden.

»Wie lange braucht man zu Fuß nach Bouaye?«, wandte sich Dupin an Cécile.

Sie sollten hier so schnell wie möglich verschwinden. Außerdem gab es viel zu tun.

»Wenn wir einfach geradeaus durch die Felder, die Weinberge und das Wäldchen laufen und uns beeilen, sind es etwa zwanzig Minuten.«

»Gut.«

Dupin hatte sein Handy herausgeholt. Drückte Riwals Nummer.

»Na endlich, Chef! Wo sind Sie?«

Riwal klang vorwurfsvoll.

»Alles in Ordnung, Riwal. Brechen Sie sofort auf, wir treffen uns in Bouaye. Le Menn soll in der *Fontaine* bleiben und alles im Blick behalten. – Jemand hat meinen Wagen zerstört. Er ist nicht mehr fahrtüchtig.«

»Ihren Wagen? Was ist pas…«, Riwal brach ab. »Wo sind Sie, Chef?«

»Auf einem Feldweg knapp einen Kilometer von der *Domaine* entfernt. – Ich denke, wir wissen jetzt, worum es in diesem Fall geht.«

»Wirklich? Nämlich? Und was machen Sie auf dem Feldweg?«

Riwals Verwirrung steigerte sich – verständlicherweise – immer weiter.

»Kommen Sie, so schnell Sie können, Riwal.«

»Wo genau treffen wir uns in Bouaye? Und soll ich Sie nicht lieber da abholen, wo Sie sind?«

»Sie brauchen mit dem Wagen von Pornic länger bis hierhin als wir zu Fuß nach Bouaye. Warten Sie kurz.«

Dupin wandte sich an Cécile.

»Wo holt uns Riwal am besten ab?«

»Am Bahnhof. Wir kommen ja von Süden.«

»Haben Sie verstanden, Riwal? Am Bahnhof. Wir stehen …« Dupin brach ab. »Wo bekommen wir einen Kaffee, Cécile?«

»Einen Kaffee?«

»In Bouaye. – Wir müssen uns irgendwo hinsetzen und reden.«

Cécile dachte nach.

»Sylvie hat im Sommer morgens ab neun auf … Im *À Deux Pas du Lac.*«

»Ist das nicht die Crêperie?«

»Ja, aber auch ein Café, es hat den ganzen Tag geöffnet.«

»Sehr gut.«

Dupin war zufrieden. Der Kaffee dort war tadellos gewesen.

»Haben Sie gehört, Riwal?«, nahm Dupin das Gespräch mit seinem Inspektor wieder auf. »Vergessen Sie den Bahnhof. Wir sehen uns im *À Deux Pas du Lac.*«

»Ich bin schon unterwegs, Chef. Und ich sage Nolwenn wegen Ihres Wagens Bescheid. Er sollte so schnell wie möglich von dort weggebracht werden.«

»Sehr gut.«

»Und worum geht es jetzt bei alldem, Chef? Ich …«

»Um den Weinkeller von Brian Katells Großvater, um eine Menge sehr wertvoller Weinflaschen.«

Das musste für den Moment reichen.

»Den Rest erzähle ich Ihnen gleich, Riwal.«

»Es geht um einen Weinkeller? Dafür zwei Morde und ein Brandanschlag?«

»Gleich, Riwal, gleich.«

Dupin legte auf.

Riwal hatte eher aufgeregt als entsetzt geklungen – es wäre ein Fall ganz nach seinem Geschmack: ein legendärer Weinschatz …

»Also los«, drängte Dupin, »auf nach Bouaye!«

Alles roch nach tiefster Campagne. Campagne im Sommer. Sie liefen durch ein großes Sonnenblumenfeld. Tausende

Sonnenblumenköpfe schauten nach Süden und hingen bereits ein wenig schlapp herunter. Was nur zu verständlich war: Jede von ihnen hatte am Ende des Sommers Hunderte reife Kerne zu tragen.

»Cécile – hast du mittlerweile die Nummern der Mitarbeiter von dieser Baufirma? Schickst du sie an mich weiter?«

»Ist es klug, dass du da anrufst? Sollte ich es nicht tun?«

Cécile lief vor, Claire und Dupin gleichauf hinter ihr.

»Ich sage, du hättest mich beauftragt.«

Was auch den Vorteil böte, dass Dupin sich bei Rückfragen dumm stellen konnte.

»Verstehe.«

Cécile tippte im Gehen auf ihrem Handy herum.

»Ich hab sie dir weitergeleitet.«

»Könntest du dich mit Alain Chevrier verabreden, Cécile?« Seit der Entdeckung des geheimen Weinkellers ratterte es in Dupins Kopf. »Ihm sagen, dass du ihn wegen des Weinbarprojekts sprechen möchtest. Dass der Notar sich bei dir gemeldet hat.«

»Klar. Das muss ich ja ohnehin dringend tun. Für wann soll ich mich verabreden?«

»So schnell wie möglich, ich würde sagen, er steht ganz oben auf der Liste der Verdächtigen«, stellte Claire trocken fest.

Sie hatte recht.

Dupin warf einen Blick auf die Uhr. »Bitte ihn, um 10 Uhr 30 in die Crêperie zu kommen, wo wir jetzt hingehen.«

»In die Crêperie?«

»Ja.«

Dupin spürte immer noch die heftige Wut in sich. Jemand hatte seinen Citroën demoliert. Er fuhr ihn seit über zwei Jahrzehnten. Dupin war alles andere als ein Autonarr, aber zu diesem Wagen hatte er eine intensive emotionale Bindung aufgebaut.

»Na gut.«

Cécile holte ihr Handy hervor.

»Danach sollten wir mit Emily Pic sprechen. – Sagen wir um 11 Uhr 30. Derselbe Ort.«

»Na, Sylvie wird sich freuen …«

Cécile begann, die erste Nummer zu wählen.

»Einen Moment, Cécile.«

Dupin hatte noch ein paar Fragen, bevor sie ihre Telefonate führten.

»Wo wohnt Chevrier?«

»Saint-Philbert-de-Grand-Lieu. Nicht weit von hier. Zehn Minuten mit dem Auto. In der Nähe der karolingischen Abtei aus dem neunten Jahrhundert. Er hat sich dort einen alten Bauernhof umgebaut. Die Scheune ist jetzt sein Büro. – Alain hat auch einen kleinen Weinkeller. Keine teuren Weine, aber eine exzellente Auswahl.«

»Wir müssen wissen, wer sich im Moment wo aufhält. Die Person, die das Auto beschädigt hat, war zwischen 7 Uhr 50 und 8 Uhr 50 hier. – Also versuch irgendwie herauszufinden, wo sich Alain Chevrier gerade befindet.«

Wäre es offiziell seine Ermittlung, würden sie das im Nu herausfinden.

»Als Drittes rufst du Anne-Sophie Joly an«, komplettierte Dupin die nächsten Schritte, »und verabredest dich mit ihr. Direkt nach dem Treffen mit Emily Pic. Sagen wir um 12 Uhr 30.«

Sie hatten das Sonnenblumenfeld verlassen, sie mussten über ein Mäuerchen klettern und kamen abermals in ein Wäldchen, kurz darauf mussten sie einen Bach durchqueren.

»Was soll ich ihr sagen? Sie hat gerade andere Sorgen. Ihr Vater – das Schloss.«

Cécile zog sich die Schuhe aus und watete durch den Bach, Claire und Dupin folgten.

»Sag ihr, dass …«

Dupins Handy. Er hatte es noch in der Hand.

Kadeg.

»Ja, ich bin es, Kadeg«, nahm Dupin an. »Was gibt es?«

»Gute Nachrichten! Mit der *WASP Devil* habe ich tatsächlich den Schwanz von einem der Biester getroffen. Glaube ich zumindest. Von dem Schwarzen. – Das dürfte einen bleibenden Eindruck hinterlassen, Sie werden schon sehen.«

Es ging um die Spechte. Das fehlte gerade noch.

»Im Moment haben wir andere Probleme, Kadeg.«

»Aber nur dank meines Einsatzes. Seit ich bei Ihnen im Garten campiere, ist nicht ein Loch dazugekommen, ich …«

»Ausgezeichnet, Kadeg!« Er sollte versuchen, seinen Inspektor bei Laune zu halten. Aber es war wirklich nicht der Moment für längere Specht-Konversationen. »Ganz ausgezeichnet. Machen Sie weiter so. Leider höre ich Sie gerade nur sehr schlecht, die Verbindung ist miserabel.«

»Ich höre Sie sehr gut, das muss …«

Dupin hatte aufgelegt.

»Die Spechte?«, fragte Claire.

»Ja. Aber mach dir keine Sorgen. Keine neuen Attacken seit gestern. Kadeg hält die Stellung.«

»Ich mache mir keine Sorgen.«

Jetzt machte Dupin sich ein bisschen Sorgen.

»Was meinst du?«, fragte er irritiert.

»Ich habe doch gesagt: Ich kümmere mich um die Spechte.«

Dupin fragte nicht weiter nach. Im Moment hatten sie ernstere Probleme als die Spechtattacken. Viel ernstere. Sie wurden selbst attackiert. Der Angriff auf den Wagen war ein Angriff auf sie gewesen. Auf Claire und ihn. Auch wenn Dupin es verdrängte. Eigentlich müssten sie aufhören und abreisen. Aber das war ausgeschlossen.

Sie erreichten einen größeren Weinberg, auch hier hingen die Trauben prall, reif und rund an den Reben.

Cécile kam auf die Planung zurück: »Mir wäre es lieber, ich würde Anne-Sophie vorschlagen, dass ich am Mittag bei ihr vorbeikomme. Und ihr begleitet mich. – Ich denke nicht, dass sie das Schloss heute verlassen will. Wenn sie überhaupt Zeit für ein Treffen findet. Ich könnte es gut verstehen, wenn sie es ganz ablehnen würde.«

Dupin konnte nicht widersprechen.

»Dann machen wir es so, Cécile. Du sagst Anne-Sophie Joly, dass du sie heute Mittag kurz besuchst. – Vielleicht fällt dir ja noch ein Vorwand ein.«

»Ich würde ihr wirklich gerne helfen – wenn ich irgendwie kann, werde ich das auch tun! Ich meine, das ist doch schrecklich: Vorgestern hat sie ihren Lebensgefährten verloren, heute Nacht wurde ihr Schloss angezündet, beinahe wäre ihr Vater dabei umgekommen, und die Weinproduktion wird eine Zeit lang unmöglich sein, was einen erheblichen ökonomischen Schaden mit sich bringt. Was für ein Schock!«

»Besitzt Brian eigentlich noch weitere Häuser? Grundstücke?«, wechselte Dupin das Thema. »Und gibt es in den Weinbergen Schuppen oder Verschläge – wo er die Weine versteckt haben könnte?«

So sicher Dupin mittlerweile war, dass es tatsächlich um den Wein ging, so brauchte er dennoch die Flaschen als Beweis. Nur so könnten sie auch den Täter überführen – also ging es jetzt vor allem darum, den Wein zu finden.

»Keine weiteren Immobilien, nein. Nur die *Domaine*. Und eben das Stück Land in Sainte-Marie. Aber da steht kein

Schuppen drauf. Ebenso wenig in den Weinbergen. Außerdem wäre ein Schuppen ein denkbar ungeeigneter Ort für die Lagerung oder auch nur die Zwischenlagerung von wertvollen Weinflaschen. Zu warm, zu feucht, zu viele Temperaturschwankungen. Du brauchst wirklich perfekte Bedingungen für solche Weine, sonst sind sie sofort hinüber.«

»Was braucht es noch?«

»Wie gesagt: eine konstante Temperatur um die dreizehn Grad, wenig oder kein Licht, keine Sonne, eine Luftfeuchtigkeit um sechzig, siebzig Prozent, saubere Umgebungsluft, vor allem keine olfaktorischen Belästigungen – es darf nicht riechen, auch wenn die Luftdurchlässigkeit der Korken äußerst gering ist. – Übrigens sind das alles Trauben von Brian, an denen wir hier vorbeigehen.« Cécile wirkte plötzlich traurig. »Das sind Weinberge der *Domaine*.«

»Vielleicht hat der Täter die Flaschen bereits an einen ganz anderen Ort gebracht«, warf Claire ein.

Auch das war möglich. Eigentlich müssten sie die Wohnungen von allen Verdächtigen durchsuchen lassen.

»Was ist eigentlich mit der zweiten Halle, die, wo die Gärungstanks und die Abfüllanlage stehen und die fertigen Flaschen gelagert werden?«

»Was meinst du?«

»Könnte Brian oder jemand anderes dort die alten Flaschen unter den neuen versteckt haben?«

»Hm. Die abgefüllten Flaschen werden in Sechserkartons gepackt, und die kommen auf Paletten. Dann werden sie ins Versandlager gebracht, von wo aus sie verschickt werden. Das hat Brian nicht selbst gemacht. Das ist ein eigenes Unternehmen.«

Cécile machte eine Pause.

»Ob man sie da verstecken könnte? – Ja, klar. Wenn sie

ebenfalls in Kartons gepackt worden wären, könnte man sie dort ziemlich gut zwischen den anderen Kartons verstecken. Und die Bedingungen sind gut. Die Halle ist klimatisiert. – Allerdings stehen dort im Moment gar nicht so viele Paletten. Die *Domaine* füllt ja gerade gar nicht ab.«

»Das heißt, sie werden momentan nicht regelmäßig abgeholt.«

»Nein.«

Dupin würde sich die Paletten gerne genau ansehen – aber wie würden sie noch einmal unbemerkt dorthin gelangen? Es war zu riskant.

»Wenn wir von hundertfünfzig Flaschen ausgehen, wären es fünfundzwanzig Kartons«, rechnete Claire hoch. »Hundertfünfzig Flaschen aus dem geheimen Keller herauszubringen, ist für eine einzelne Person ein ganz schöner Aufwand. Es wäre also logisch, sie vorerst in der Nähe zu verstecken. Wo man vielleicht mit einer Sackkarre hinkommt.«

Sie verließen die Weinberge, stiegen über ein weiteres Mäuerchen, dann begann wieder ein Feld, auch dieses längst geerntet, nur noch gelbe Stoppeln waren übrig geblieben. Und Strohballen, die zu den schönsten Symbolen des endenden Sommers gehörten.

»Wie und wo würde man solche Weine verkaufen, wenn man wollte?«

Dupin hatte sich das eben schon gefragt.

»Entweder über eine Auktion oder über einen spezialisierten Händler, der gezielt ankauft.« Cécile hatte das Mäuerchen elegant übersprungen. »Seltener auch privat, über Annoncen in den entsprechenden Fachmagazinen. Eine gute Möglichkeit natürlich, um anonym zu bleiben. Wobei das selbstverständlich auch bei Auktionen oder Händlern möglich ist. Viele erfolgreiche Bieter bleiben anonym.«

»Ich verstehe.« Dupin spürte eine zunehmende Ungeduld. »Wir sollten die Telefonate erledigen, Cécile.«

»Okay.«

Dupin blieb ein paar Meter zurück. Claire schloss zu Cécile auf, die ein beeindruckendes Tempo vorlegte und offenbar nicht vorhatte, es zu vermindern.

Cécile hatte Dupin die Kontaktdaten der beiden Arbeiter geschickt. Bertrand Mano hieß der erste der beiden.

Es dauerte eine Weile, bis jemand abnahm.

»Hallo?«

Ein junger Mann, der Stimme nach.

»Bertrand Mano?«

»Ja?«

»Cécile Cast, die neue Besitzerin der *Domaine du Lac,* hat eben mit Ihrem Chef telefoniert.« Zwei Autoritäten, ein guter Einstieg. »Sie hat mich gebeten, Sie anzurufen.«

»Und?«

»Es geht um die Arbeiten im Weinkeller der *Domaine*. An der Stirnseite des schlauchartigen Kellers. Wo wegen der Feuchtigkeit ein Belüftungssystem hinter den Weinregalen installiert werden musste.«

»Ich weiß.«

Ein wortkarger junger Mann. In dieser Situation ein Vorteil, er hatte offenbar nicht vor zu fragen, wer es war, der ihn da anrief.

»Haben Sie diese Arbeiten vorgenommen?«

»Jawohl.«

»Links in der Ecke stehen zwei Holzregale, erinnern Sie sich?«

»Ja.«

»Ist Ihnen an diesen Regalen etwas aufgefallen?«

Eine zweifellos unspezifische Frage.

»Sie sind ziemlich massiv.«

Es war müßig.

»Noch etwas?«

»Das linke ist auf Rollen gelagert. Ich vermute mal, es lässt sich bewegen.«

Dupin blieb wie angewurzelt stehen.

»Wie bitte?«

»Wir mussten den Boden mit einer Laser-Wasserwaage vermessen. Wenn man auf dem Boden liegt, kann man die Rollen sehen.«

»Unter der Verkleidung?«

»Genau.«

Das durfte nicht wahr sein – Dupin musste ruhig bleiben.

»Haben Sie probiert, das Regal zu bewegen?«

»Nein. – Ich habe Monsieur Katell gefragt, ob wir es versuchen sollen. Ich denke, man braucht viel Kraft, wenn nicht sogar ein wenig Gewalt. Es scheint länger nicht bewegt worden zu sein.«

»Und?«

»Monsieur Katell hat gesagt, er kümmert sich darum.«

»Und dann?«

Dupin verharrte immer noch an derselben Stelle. Man musste dem jungen Mann jedes Wort einzeln aus der Nase ziehen.

»Dann nichts. Monsieur Katell hat mir am nächsten Tag gesagt, dass er sich das Regal angesehen hat und alles okay ist. Dass wir uns nicht weiter damit beschäftigen müssen.«

»Das war es?«

»Das war es.«

»Hat er Ihnen gesagt, dass Sie das für sich behalten sollen?«

»Nein.«

Katell hatte vermutlich geahnt, dass er damit erst recht die Neugier des Mannes wecken würde.

»Haben Sie ihn irgendetwas an dem Regal machen sehen?«

»Wie meinen Sie das?«

»Erinnern Sie sich noch«, Dupin ignorierte die Nachfrage, »wann das war? Wann Sie die Rollen entdeckt und wann Sie ihm davon erzählt haben?«

»Vor drei Wochen vielleicht.«

»Geht es etwas genauer?«

»Ich müsste nachdenken.«

»Dann tun Sie das.«

Es entstand eine längere Pause.

»Ja, vor drei Wochen.«

»Vor drei Wochen?«

»Ja.«

»Erinnern Sie sich an den Wochentag?«

Eine erneute Pause.

»Montag. Direkt am Montag.«

»Da haben Sie die Rollen entdeckt?«

»Ja. Und Monsieur Katell davon erzählt. Er kam ein-, zweimal am Tag vorbei, um nachzuschauen, wie wir vorankommen.«

»An dem Montag vor drei Wochen und drei Tagen – da haben Sie es ihm gesagt?«

»Ja.«

»Haben Sie noch irgendwem davon erzählt?«

»Nein.«

»Niemandem?«

»Nein.«

»Ihrem Kollegen?«

Dupin wollte auf Nummer sicher gehen, es könnte entscheidend sein.

»Nur, dass wir uns nicht um die Wand an der Seite kümmern müssen.«

»Ihrem Chef?«

»Nein.«

»Monsieur Dantec?«

»Nein.«

»Emily Pic?«

»Nein. Wer sind diese Leute überhaupt?«

»Dem Verwalter?«

»Nein. Ich hab doch gesagt, niemandem!«

Dupin brach ab. Wahrscheinlich hatte der Mann die Sache einfach abgehakt, nachdem er geklärt hatte, was nach seinem Dafürhalten zu klären gewesen war.

»Dann danke ich Ihnen.«

»Wer sind Sie eigentlich?«

»Auf Wiederhören.«

Schon hatte Dupin aufgelegt.

Er fuhr sich durch die Haare. – Das war mehr als ein vages Indiz. Zwar noch kein echter Beweis ihrer Weinschatz-Hypothese, aber beinahe – ein Superindiz, sozusagen.

Wahrscheinlich war Katell der Sache mit den Rollen unter dem Regal nachgegangen und hatte das geheime Gewölbe entdeckt. Den verschollenen, äußerst wertvollen Weinschatz seines Großvaters. Dann hatte er von dort mindestens fünf Flaschen hochgeholt, vier Flaschen *Château Cheval Blanc* und eine Flasche *Château Margaux*.

Und vielleicht hatte ihn dabei jemand gesehen. Eventuell hatte Brian sämtliche Flaschen so schnell wie möglich an einen anderen Ort gebracht, vorsichtshalber – Dupin hätte es ganz sicher getan.

Cécile und Claire waren ein Stück vorausgeeilt.

Cécile telefonierte noch, Claire lief dicht neben ihr, wahrscheinlich hatte Cécile den Lautsprecher eingeschaltet. Gerade setzte Dupin sich wieder in Bewegung, als sich sein Handy meldete.

Nolwenn.

»Ja?«

»Monsieur le Commissaire – unfassbar, das mit Ihrem Wagen. Es tut mir aufrichtig leid.«

Nolwenn wusste, wie leidenschaftlich Dupin an seinem alten Citroën XM hing. Und Dupin wusste, wie Nolwenn zu dem Wagen stand. Sie wäre geradezu erleichtert, wenn Dupin ihn endlich los wäre. Schon unzählige Male hatte sie ihm einen neuen Dienstwagen bestellen wollen.

»Aber jetzt ist keine Zeit für Sentimentalitäten. Ich habe eine äußerst interessante Information über Cécile Cast, so leid es mir tut.«

»Bitte?«

Wieder war Dupin abrupt stehen geblieben. Sein Ausruf war viel lauter gewesen, als er gewollt hatte.

»Es geht um einen ihrer Kredite für den Hotel-Ausbau. Einen substanziellen Kredit. Über siebenhundertfünfzigtausend Euro. Die Bank will ihn trotz eines bestehenden Vertrages nicht gewähren, da sich die Grundlage verändert habe. Wodurch der Vertrag hinfällig sei.«

»Was bedeutet das?«

»Das wollte ich gerade erklären, Monsieur le Commissaire. – Cécile Cast baut das neue Hotel mit größeren Dimensionen, als sie es geplant hatte und als es im Kreditvertrag festgehalten ist. Sie hat der Bank die Änderung zwar gemeldet, aber nicht auf die Genehmigung gewartet.«

»Und?«

»Es gab eine juristische Auseinandersetzung. Von der war vor zwei Monaten sogar in einem kurzen Artikel im *Le Courrier du Pays de Retz* die Rede, in dem es um größere neue Bauvorhaben in Pornic und Umgebung ging. – Wie der aktuelle Stand ist, weiß ich natürlich nicht. Auch nicht der Journalist, der damals berichtet hat. Mit ihm habe ich gerade gesprochen. Damals, sagte er, sei Cécile Cast geradezu verzweifelt gewesen.«

»Wie können wir herausfinden, wie sich die Sache entwickelt hat?«

»Der Journalist geht davon aus, dass die Auseinandersetzung noch andauert. – Es wird Ihnen wohl nichts anderes übrig bleiben, als Cécile Cast damit zu konfrontieren. – Was, wie ich verstehe, nicht unheikel ist. Nicht nur wegen Claire, sondern auch, weil sie die Täterin sein könnte.«

»Das mit meinem Wagen kann sie nicht gewesen sein.«

»Aber alles andere schon, nicht wahr? Es geht ja offenbar um eine äußerst wertvolle Weinsammlung – vielleicht jagen den Flaschen mittlerweile verschiedene Personen hinterher. Wie in Ihrem König-Artus-Fall, erinnern Sie sich?«

Dupin erinnerte sich äußerst ungern. Eine schreckliche Geschichte – mit gleich zwei Mördern.

»Danke für die wichtige Mitteilung, Nolwenn.«

»Ich habe übrigens einen Abschleppdienst in Nantes beauftragt. Ein Mitarbeiter kommt Ihren Wagen in einer halben Stunde abholen. Sie müssen mir nur die Koordinaten schicken, ich leite sie weiter. Ich habe mich bei dem Mann als Privatperson von meinem privaten Handy aus gemeldet, er weiß nicht, dass Sie von der Polizei sind. Ich habe ihm bloß gesagt, Sie hätten heute auf Ihrer Hochzeitsreise den Lac de Grand-Lieu besucht. Als Sie von einem Spaziergang zurückgekommen seien, sei er beschädigt gewesen und die Reifen zerstochen.«

»Fand er das nicht seltsam?«

»Er sagte, Vandalismus komme in der Gegend eigentlich nicht vor, aber die Großstadt sei ja nicht weit.«

Was hier so als Großstadt galt.

»Danke, Nolwenn.«

»Die Zeit für einen neuen Wagen ist also endlich gekommen, ich muss ja nicht verhehlen, dass ich ein wenig froh darüber bin.«

Dupin wollte Einspruch erheben – aber es war nicht der richtige Zeitpunkt dafür. Er merkte, wie er unwillkürlich die Faust geballt hatte. Vielleicht gab der Vorfall seinem Wagen dieses Mal wirklich den Todesstoß, er realisierte es erst jetzt.

»Das diskutieren wir ein anderes Mal, Nolwenn.«

»Und wie werden Sie es Claire beibringen?«

»Was?«

»Dass Cécile nun sogar ein Motiv hätte.«

Eine gute Frage.

»Bis später, Nolwenn.«

Dieses Mal war es Dupin, der zuerst aufgelegt hatte.

Es war wirklich eine sehr wichtige Neuigkeit.

Er ging weiter. Nach ein paar Schritten wählte er Le Menns Nummer.

»Ah, Monsieur le Commissaire – was gibt's?«

Unabhängig davon, wie die Dinge standen, hatte Le Menn stets etwas Beschwingtes in der Stimme.

»Sind Sie noch in der *Fontaine?*«

»Das bin ich.«

»Ich möchte, dass Sie sich in den Kellern der *Fontaine* umsehen, Le Menn.«

»Um nach kostbaren alten Weinflaschen Ausschau zu halten?«

Riwal hatte sie also bereits ins Bild gesetzt, sehr gut.

»Genau. Wahrscheinlich um die hundertfünfzig, hundertachtzig Flaschen. – Sie müssen in dunklen und geruchsneutralen Räumen bei einer Temperatur um die dreizehn Grad gelagert werden.«

Weingutinhaber verfügten natürlich über die besten Bedingungen, um derart alte und sensible Weine zu lagern. Das traf auf gleich mehrere Verdächtige zu. Cécile und die beiden Jolys. Nicht zu vergessen Alain Chevriers privater Weinkeller, von dem Cécile erzählt hatte. Allerdings hatten auch alle anderen Verdächtigen Zugang zu Weinkellern.

»Wie würde ich sie erkennen? Um welche Weine geht es? Sie wissen, ich bin eher der Biertyp.«

Dupin wusste es.

»Um Rotweine, die älter sind als …«, Dupin überlegte, »… als 1970. Bordeaux-Weine. Oder Châteauneuf-du-Pape. – Die Flaschen sind wahrscheinlich mit einer Staubschicht bedeckt. Sie sind nicht nur alt, sondern sehen auch so aus.«

»Okay.«

»Alles möglichst unauffällig, wenn es geht, Le Menn.«

»Versteht sich.«

»Dann bis später.«

»Bis später, Monsieur le Commissaire.«

»Das musst du hören, Georges. Wir haben gerade etwas äußerst Interessantes erfahren.«

Plötzlich stand Claire vor ihm, gerade noch war sie dicht neben Cécile gegangen, die immer noch oder schon wieder telefonierte.

»Eine Reihe von Mitarbeitern der *Domaine du Lac* treffen sich gerade im *L'Arlequin*, einem Café in Bouaye. Um zu besprechen, wie es weitergehen soll. Sie machen sich Sorgen.«

Das war verständlich.

»Emily Pic, Marchand und sein Sohn sind auch mit dabei.«

Dahin waren die beiden also vorhin aufgebrochen.

»Alain Chevrier auch. – Sie haben ihn dazugebeten, um zu erfahren, wie der Projektstand ist.«

»Woher wisst ihr das?«

»Emily Pic hat es erzählt. Alain Chevrier hat es dagegen nicht einmal erwähnt, mit ihm hat Cécile zuerst telefoniert. – Aber es wird noch interessanter.« Claire machte eine dramaturgische Pause, das war sonst gar nicht ihre Art. »Weißt du, wann das Treffen losging? – Um 8 Uhr 30. Ist dir klar, was das heißt?«

»Da es mit dem Wagen von Bouaye keine fünf Minuten bis zu der Stelle sind, wo wir geparkt haben, hätten sie alle davor Zeit und Gelegenheit gehabt, den Wagen zu demolieren.«

»So ist es. Auch Anne-Sophie Joly, zu der Zeit hatte sie das Krankenhaus schon wieder verlassen. Sie …«

Abermals Dupins Handy.

Noch einmal Nolwenn.

»Ja?«

»Das hatte ich gerade eben vergessen zu erwähnen: Ich habe Ihnen einen Wagen gemietet, Monsieur le Commissaire. Ebenfalls privat. Ein Mitarbeiter der Autovermietung bringt ihn von Nantes nach Bouaye zur Crêperie. Er fährt gleich los. – Ein schicker neuer Citroën DS 7, äußerst dynamisch, ganz wie Ihr Fahrstil. – Ich hab ihn vorläufig für einen Monat gemietet, Sie müssen ja motorisiert sein. Nicht bloß für den Rest der Hochzeitsreise.«

Es war das einzige Thema, bei dem Dupin Nolwenn nicht traute. Sie würde nicht zögern, die jetzige Situation auszunutzen. Ehe er sich's versah, wäre der neue Wagen nicht nur gemietet, sondern gekauft.

»Und mein Citroën? Wann weiß ich, wie ernst ist es?«

»So schnell geht das nicht. Die Werkstatt erstellt einen Kostenvoranschlag, sobald er dort ist.«

»Gut. Schicken Sie mir bitte Namen und Telefonnummer der Werkstatt.«

Dupin wollte selbst mit ihnen sprechen.

»Ungern, aber …«

»Ich muss rasch Riwal anrufen«, unterbrach Dupin Nolwenn, ihm war gerade etwas eingefallen, »bis gleich.«

Schon hatte er aufgelegt.

Claire starrte ihn fragend an.

»Stehen die Treffen mit Alain Chevrier und Emily Pic?«, ignorierte Dupin ihren Blick.

»Wie gewünscht: 10 Uhr 30 und 11 Uhr 30. In der Crêperie. Die ist von dem Café, wo sie sich treffen, nur ein paar Hundert Meter entfernt.«

»Gut.«

Dupin drückte Riwals Nummer.

Der Inspektor nahm umgehend an.

»Ich bin gleich da, Chef. – Fünf Minuten.«

»Planänderung, Riwal. – Sie fahren noch ein Stück weiter am See entlang, bis zu dieser karolingischen Abtei.«

»Saint-Philbert-de-Grand-Lieu?«

»Richtig. Ganz in der Nähe hat sich Brian Katells Architektenfreund Alain Chevrier einen alten Bauernhof ausgebaut, dort hat er auch sein Büro. – Chevrier wird bis 12 Uhr 30 nicht zu Hause sein. Ich will, dass Sie sich dort ein bisschen umsehen, Riwal. Er hat wohl auch einen kleinen Weinkeller.«

»Sie meinen, ich soll nach den Weinflaschen schauen?«

»Genau.«

»Legal ist das nicht.«

Ein richtiger Einspruch klang anders.

»Nein.«

»Und Sie passen auf sich auf, Chef?«

Ein inquisitorischer Tonfall.

»Mache ich. – Wir sind unterwegs zur Crêperie. Dort treffen wir uns zuerst mit Alain Chevrier und danach mit Emily Pic. Anschließend fahren wir bei Anne-Sophie Joly vorbei.«

Dupin hatte bereitwillig seinen gesamten Vormittag transparent gemacht, Riwal konnte sich nicht beschweren.

»Ihr neuer Wagen wird bald …«

»Mietwagen, Riwal, mein Mietwagen …«

Dupin durchschaute Nolwenns Strategie.

»Natürlich, Chef. – Der Fahrer wird ihn in ein, zwei Stunden bei Ihnen abliefern. Dann sind Sie wieder mobil.«

»Melden Sie sich, Riwal.«

»Seien Sie vorsichtig, Chef.«

Schon war das Telefonat beendet.

Dupin und Claire beeilten sich, zu Cécile aufzuschließen. Sie hatte ihre Telefonate mittlerweile ebenfalls beendet und steuerte zielstrebig auf das nächste Wäldchen zu.

»Ich habe mit allen gesprochen. Alle Termine stehen«, sagte Cécile.

»Es ist, wie ich es mir gedacht habe. Wenn wir Anne-Sophie sehen wollen, müssen wir bei ihr vorbeifahren. Sie hat im Moment alle Hände voll damit zu tun, sich um die Folgen der Katastrophe zu kümmern. Später fährt sie dann wieder zu ihrem Vater ins Krankenhaus.«

»Machen wir«, bestätigte Dupin. Ganz recht war es ihm nicht, aber es war wichtig, dass sie mit ihr sprachen.

»Dann müssen wir uns bei den anderen Gesprächen einfach beeilen«, munterte Claire ihn auf.

Sie betraten den nächsten bretonischen Dschungel. Der

Boden war voller Efeu, Dornengestrüpp, kleiner und großer Äste. Um sie herum uralte Eichen voller Misteln und Efeu, bewachsen von gelblich-orangen Flechten, mit denen sie seit Jahrzehnten oder gar seit Jahrhunderten zusammenlebten.

»Das Gespräch mit dem Handwerker war höchst aufschlussreich.«

Dupin berichtete von der spektakulären Neuigkeit.

»Verrückt!« Cécile wirkte aufgekratzt. »Dann wissen wir jetzt, dass Brian den geheimen Weinkeller tatsächlich kannte. Und wie es zu der Entdeckung kam. – Was für eine Geschichte!«

»Wie weit ist es noch?«, wollte Dupin wissen.

»Nach diesem Wäldchen müssten wir die ersten Häuser sehen.«

Als hätten sie sich wochenlang durch menschenleere Gegenden geschlagen und würden endlich wieder die Zivilisation erreichen.

»Gut. Was hat Anne-Sophie Joly noch gesagt?«, wollte Dupin von Cécile wissen.

»Sie ist völlig mit den Nerven am Ende. Immerhin geht es ihrem Vater den Umständen entsprechend gut. Er hat Glück gehabt. – Der Brand ist jetzt vollständig gelöscht. Und das Schloss ist gut versichert, sagt sie. Aber dennoch ... – Ich«, Cécile wirkte selbst mitgenommen, »ich werde schauen, wie ich ihr helfen kann. Irgendwie, auf eine Weise, hatten wir ja einiges gemeinsam.« Sie atmete tief aus.

Sie kamen nur langsam voran, langsamer als in den vorigen Wäldchen. Sie mussten permanent aufpassen, nicht irgendwo hängen zu bleiben.

»Cécile, könntest du veranlassen, dass die Paletten mit den Weinkartons im Lager der *Domaine* abgeholt und zu dem Versandunternehmen gebracht werden?«

»Ich? Jetzt?«

»Es ist wahrscheinlich die einzige Möglichkeit, herauszufinden, ob die alten Weine in den Kisten versteckt sind.«

Dupin hatte alle möglichen Ideen erwogen – und wieder verworfen.

»Ich weiß nicht. Zum einen bin ich offiziell noch gar nicht die Eigentümerin, und außerdem gibt es sicher einen Mitarbeiter, der dafür zuständig ist, und derjenige würde sich sehr wundern, wenn ich da jetzt einfach eingreife. Darüber hinaus hat Lelouche den ganzen Betrieb blockiert, du weißt ja, wie das funktioniert.«

»Wenn das Dantecs Aufgabenbereich war, bleibt so etwas im Moment ja unerledigt. Da würde sich also vielleicht doch niemand wundern. Lelouche kannst du erzählen, dass du eine Gelegenheit hast, den Wein zu verkaufen. An einen deiner Händler.«

Dupin improvisierte, eine seiner Spezialitäten.

»Wenn Lelouche noch gar nicht weiß, dass es bei dem Fall um Wein geht, wird ihm das Ganze einigermaßen egal sein«, warf Claire ein.

»Meint ihr nicht, dass Lelouche die Weinkisten kontrollieren lassen würde, bevor sie die *Domaine* verlassen?«, gab Cécile zu bedenken.

»Soll er doch. Umso besser. – Wenn die alten Flaschen auf diese Weise entdeckt werden, löst Lelouche den Fall.«

Dupin meinte es ernst.

»Ein idealer Ausgang.«

Eigentlich müsste er Lelouche ohnehin umgehend alles sagen. Dass es einen geheimen Keller gab, dass dort vermutlich die alte Weinsammlung aufbewahrt worden war. Alles – und zwar auf der Stelle. – Aber Dupin würde es im Augenblick noch nicht tun. Bisher war der Weinschatz als Mordmotiv, trotz starker Indizien, bloß eine Hypothese. Das war der eine Grund. Der andere: Dupin, steckte jetzt viel zu tief drin, als dass er etwas riskieren könnte. Er musste nur an seine wiederholten Einbrüche am Tatort denken. Der Ärger, der ihm blühte, wenn das rauskam, war immens. Er durfte das nicht auf die leichte Schulter nehmen. Vor allem, wenn er mit seiner Hypothese danebenlag. Er würde sich erst an Lelouche wenden, wenn er tatsächlich einen Beweis hatte – und auch dann musste er sich überlegen, wie er es hinbekam, ohne seinen Job in Gefahr zu bringen.

Mit einem Mal traten sie aus dem Wald heraus. Vor ihnen begann der Ort.

»In drei Minuten sind wir in der Crêperie«, versicherte Cécile.

Das obligatorische Architektenhemd fiel heute anthrazitfarben aus, ansonsten trug Alain Chevrier, was er auch am Vortag getragen hatte. Schwarze Jeans, polierte schwarze Lederschuhe. Nur schienen die Haare heute noch dünner und er wirkte bleicher und sehr angespannt.

»Der Notar hat mich angerufen, das weißt du ja.«

Cécile sprach mit betont sanfter Stimme.

Alain Chevrier war gerade erst hereingekommen, er war ein paar Minuten zu spät.

Sie saßen an einem Vierertisch im hübsch ausgebauten kleinen Innenhof, Claire saß neben dem Architekten, Cécile und Dupin ihnen gegenüber.

Die Besitzerin hatte ihnen den Innenhof für den heutigen Vormittag überlassen, sie hatte alles arrangiert.

»Ich hoffe, du verstehst, dass ich mich direkt an ihn gewandt habe, Cécile – ich meine, bevor ich mit dir darüber gesprochen habe.«

Alain Chevrier wirkte für einen Moment verzweifelt.

»Das Problem betrifft ganz unmittelbar die Grundlagen meiner wirtschaftlichen Existenz. Das musst du verstehen.«

»Selbstverständlich verstehe ich das, Alain.«

Dupin trank seinen zweiten *petit café*. Claire hatte sich dieses Mal ebenfalls zwei bestellt. Schon jetzt war es ein langer Tag für sie gewesen – fast ohne Schlaf.

»Ich weiß gar nicht, wie dein Kenntnisstand ist, Cécile. – Aber das war alles meine Idee. Die Bar, der Flagstore, der Impuls kam von mir. Die Idee hat enormes Potenzial. Damit kann man sogar nach Paris! Der sympathische Qualitätswinzer von der Loire, der zu sich nach Hause einlädt, das soll der Gestus sein. Zum Essen gibt es bretonische Spezialitäten, Austern natürlich, aber auch andere Meeresfrüchte. Und immer Brians Muscadet.«

Chevrier sprach leidenschaftlich.

»Brian war Feuer und Flamme. Und natürlich hat er selbst auch Ideen gehabt. Du kennst ihn. Aber der Kern der Idee, der Grundgedanke, stammt von mir. – Brian verfügte über mehr Mittel, aber ich habe eine Erbschaft gemacht, die ich komplett investieren wollte. Immerhin eine halbe Million. So war es ausgemacht. Es sollte ein gemeinsames Projekt sein, der Notar hat es dir ja gesagt. Der notwendige Kredit sollte über Brian laufen, meine Anteile wären geringer gewesen, das war klar. Die Verträge waren fertig, es gab nie eine Diskussion darüber.«

»Ich weiß wirklich gar nichts darüber, Alain. Das ist für mich alles ganz neu.«

Cécile wirkte defensiv. Oder aber sie verhielt sich taktisch.

»Was ist denn genau passiert? Wann und warum hat Brian seine Meinung geändert?«

Das waren mehrere wichtige Fragen auf einmal.

»Vor knapp drei Wochen, am Freitag, wir hatten uns abends in Nantes zum Essen verabredet. Da kam er auf einmal damit an, dass er bei allem, was mit der *Domaine* zu tun hat, der alleinige Eigentümer bleiben müsse. Dass es in einer Hand bleiben müsse. – Ich habe nicht verstanden, was er damit meint. Er …«

»Ich nehme an, dass es Brian um die Marke ging«, unterbrach ihn Cécile. »Für ihn gehörten die geplanten Weinbars dann doch zum Kern der Marke *Domaine du Lac.*« Cécile gab sich resolut. »Und der kann nur in einer Hand liegen. Das geht unternehmerisch gar nicht anders, alles andere wäre fahrlässig.«

»Ich war sein bester Freund, das weißt du, Cécile. Nicht irgendein Investor. Und Brian hatte diese Bedenken bis vor drei Wochen offenbar nicht, zumindest hat er nie ein Wort gesagt. Das kam ganz plötzlich.«

»Das heißt«, schaltete sich Dupin ein, »Brian Katell wollte die Investition nun alleine stemmen?«

»So ist es.«

Dupin verstand Chevriers Frustration. Und Irritation. – Aber es passte alles perfekt. Auch in der zeitlichen Abfolge. Wenn die Hypothese mit den wertvollen Weinflaschen stimmte, hätte Brian Katell vor dem Treffen mit Alain Chevrier vor drei Wochen gewusst, dass er keinen Co-Investor mehr brauchte. Interessant war, dass er Chevrier – so wirkte es – nichts von dem Fund erzählt hatte. Oder aber er hatte es Chevrier gesagt und damit tragischerweise alles in Gang gesetzt.

»Das ist einfach nicht fair«, empörte sich Chevrier. »Das kann man nicht machen. Allgemein nicht, aber mit seinem besten Freund schon gar nicht. Brian muss doch gewusst haben, was das Projekt für mich bedeutet. Ich meine, ich bin davon ausgegangen, dass das ein entscheidender Teil meiner geschäftlichen Zukunft sein würde. Es sollte richtig groß werden.«

»Haben Sie das Brian Katell so gesagt?«, wollte Dupin wissen.

»Ja, das habe ich.« Chevrier rutschte nervös auf seinem Stuhl hin und her. »Nicht so ausdrücklich wie gerade jetzt«, er fühlte sich offenkundig nicht ganz wohl, »aber ich habe es ihm gesagt.«

»Was heißt das?« Dupin ließ nicht locker.

»Ich habe ihm gesagt, dass ich sehr unglücklich mit seiner Meinungsänderung bin. Und dass er sich das noch einmal überlegen soll.«

»Und?«

»Er hat mir versichert, dass er noch einmal in sich gehen werde.«

»Und?«

»Es ist zu keinem weiteren Gespräch mehr gekommen. Ich habe zweimal nachgehakt, er hat sich entschuldigt und sich rausgeredet, er schaffe es gerade nicht. Er hat dann ein Treffen für Ende nächster Woche vorgeschlagen.«

»Wann haben Sie Brian Katell zum letzten Mal gesehen?«

»Auf dem kleinen Geburtstagsfest am Montagabend. Mit allen zusammen aber nur. Davor kurz am späten Nachmittag. Zufällig, unten im Degustationskeller. Wir haben beide geschaut, wie die Arbeiten vorankommen.«

»Das war am Tag vor dem Mord«, stellte Dupin sachlich fest. »Und worüber haben Sie da gesprochen?«

»Bloß über ein paar Details der Restauration. Und er hat von der Ernte berichtet.«

»Und das Projekt kam nicht zur Sprache?«

»Nein. Aber da waren wir auch schon für nächste Woche verabredet.«

»Er hat keine Andeutungen zu seiner Entscheidung gemacht?«

»Nein, gar nicht.«

»Kam er Ihnen auf irgendeine Weise verändert vor, anders als sonst? Nervös? Sorgenvoll?«

»Überhaupt nicht. Eigentlich war er ganz beschwingt. Weil die Restaurierungsarbeiten bald fertig sein würden. – Ich meine, getrieben war Brian immer. Ruhig oder entspannt war er nie, das ging einfach nicht.«

Es war die erste Unterredung, die sich für Dupin anfühlte wie bei einer regulären Ermittlung.

»Haben die Arbeiten am Bau der Weinbar zum gleichen Zeitpunkt begonnen wie die Restaurierungsarbeiten in den Kellern?«

»Sie stellen vielleicht Fragen!« Chevrier schaute Dupin in einer Mischung aus Verwunderung und Belustigung an. »Brian wollte alles auf einmal erledigen. Und für die Weinbar mussten wir ohnehin Umbauten an der Treppe zum Keller vornehmen.«

»Das heißt, Sie haben sich in der letzten Zeit häufig in den Kellerräumen der *Domaine* aufgehalten.«

»Oh ja.«

»Und Sie kennen sich im Keller sehr gut aus.«

»Nur im vorderen Bereich.«

Dupin zögerte kurz, dann sprach er weiter: »In Brian Katells Wohnung stehen ein paar außerordentlich wertvolle Weinflaschen. Wussten Sie davon? Hat er Ihnen etwas von diesen Weinen erzählt?«

»Nein. Welche sind es?«

Chevrier hatte ohne Verzögerung geantwortet, keine Irritation, kein Blinzeln – aber das hieß nichts, wusste Dupin.

»Nicht wichtig, Monsieur Chevrier. – Aber von seiner Auseinandersetzung mit Monsieur Dantec hat er ihnen erzählt, oder?«

»Natürlich. – Ein Idiot, dieser Dantec.« Chevrier hielt erschrocken inne. »Er ist tot, so etwas sagt man nicht über einen Toten.« Er zögerte. »Aber er war ein Idiot.«

Der Affekt war heftig.

»Brian und er kamen einfach nicht klar, ihre Vorstellungen gingen völlig auseinander. Ich verstehe gar nicht, wie Brian auf ihn reinfallen konnte, ich meine, er hat ihn immerhin eingestellt. Aber es war gut zu wissen, dass er sich bald von ihm trennen wollte.«

»Und wegen dieser unterschiedlichen Vorstellungen hat Brian Katell ihm gekündigt?«

Dupin fixierte Chevrier.

»Das reicht ja als Grund! Dantec hätte das Weingut zerstört. Brian hätte ihn schon früher entlassen sollen. Dantec war auch gegen unser Weinbar-Projekt – zu lokal, zu beschränkt fand er es. Dass man lieber größer vorgehen solle, landesweit. Dabei war er nur sauer, dass es nicht seine Idee war.«

Der Alain Chevrier, den Dupin heute sah, war ein anderer als der, den er am Vortag kennengelernt hatte.

»Wusste Brian Katell von der Affäre zwischen Dantec und Emily Pic?«

»Da bin ich überfragt. Vermutlich nicht. So was hat Brian nie interessiert.«

»Wussten Sie davon?«

»Nein. Aber mir geht es genauso: Das interessiert mich nicht.«

»Haben Sie Beziehungen zur Familie Joly? Zu dem Weingut oder den Mitarbeitern dort?«

Chevrier lehnte sich zurück. Eine längere Pause entstand.

»Ich finde, das entwickelt sich hier seltsam. Das wird ein richtiges Verhör.« Jetzt war er es, der Dupin musterte. »Offenbar ermitteln Sie tatsächlich in diesem Fall, wie die Zeitungen schreiben. – Ich habe mit den Morden nichts zu tun. Das Ganze ist eine Tragödie. Aber ich muss mich jetzt um meine Interessen kümmern.« Sein Tonfall veränderte sich. »Ich werde nicht auch noch zum Opfer.«

»Das hoffe ich«, entgegnete Dupin in aller Seelenruhe.

»Der Notar hat gesagt«, übernahm Cécile in vermittelndem Ton, »dass Brian dir als Entschädigung ein sehr großzügiges Honorar zahlen wollte. – Das Angebot gilt natürlich weiterhin, auch jetzt ...«

»Ich will kein großzügiges Honorar«, er klang jetzt sehr angespannt, »ich will überhaupt kein Honorar, Cécile. Noch einmal: Ich will Teil der Unternehmung sein, ich will fünfzig Prozent des Projekts. Wie vorgesehen – und mit Brian abgemacht.«

»Aber er hat es revidiert.«

»Das konnte er gar nicht einfach so tun. – Und er wusste das. Er hätte am Ende zu seinem Wort gestanden. Ich hoffe, du tust das ebenfalls.«

Er hatte nicht aggressiv geklungen, aber sehr bestimmt.

Cécile blieb ganz ruhig. »Du kannst dir sicher vorstellen, dass ich dazu noch überhaupt nichts sagen kann. Ich habe nicht den Ansatz eines Überblicks, was die *Domaine du Lac* betrifft.«

»Was meinst du damit? Dass du das Ganze infrage stellst?« Er schien im nächsten Moment aufspringen zu wollen.

»Auch das wollte ich nicht sagen, Alain«, hielt Cécile dagegen. »Bevor ich formell die Besitzerin bin, werden Wochen vergehen. In der Zeit arbeite ich mich in alle Angelegenheiten der *Domaine* ein. Dann sehe ich weiter und wir reden. Danach entscheide ich. Ich werde allerdings nicht einfach in Brians Kredite einsteigen können, das machen die Banken nicht mit. Ich muss als neue Besitzerin alles neu aufsetzen. Ich …«

»Ich habe mir so was schon gedacht«, Chevrier schnellte von seinem Stuhl hoch, »deswegen bin ich auch zuerst zum Notar.« Chevrier verbarg seine Wut nicht. »Und ich habe bereits mit einem Anwalt gesprochen. Ich werde mir das nicht gefallen lassen.«

»Alain – beruhige dich. Ich habe nicht gesagt, dass ich das Projekt abblasen will. Und auch nicht, dass du nicht beteiligt wirst.«

Cécile blieb immer noch ruhig, Dupin war beeindruckt.

»Ich kann und werde im Moment gar nichts entscheiden – nur das habe ich gesagt. Nicht mehr, nicht weniger. Ein anderes Verhalten meinerseits wäre leichtsinnig, ich denke, da wirst du mir zustimmen.«

»Ich fasse es nicht.«

Chevrier wandte sich ab.

»Aber du warst schon immer kalt. Und noch nach seinem Tod willst du über Brian bestimmen.«

Er steuerte schnurstracks auf die Tür zu, die ins Innere der Crêperie führte.

»Alain. – Komm zurück.«

Cécile schien sich aufrichtig zu bemühen – trotz der persönlichen Angriffe.

»Ich bitte dich. Bleib hier, lass uns reden.«

Der Architekt drehte sich noch einmal um.

»Ich finde es äußerst seltsam, dass ihr hier zu dritt auftaucht. Freunde von dir, die Brian gar nicht kannten. Und ein Kommissar, der illegal ermittelt.«

Dann verschwand er durch die Tür.

Claire nahm Céciles Hand.

»Was erlaubt der sich. Du hast jetzt die Verantwortung. Für dieses bedeutende Weingut, nicht nur für sein Renommee, auch für all seine Mitarbeiter. Seine wirtschaftliche Prosperität. Du musst doch wissen, worauf du dich einlässt. Du hast ganz richtig gehandelt.« Claire war empört. »Und dass er dich auch noch persönlich angreift – das ist wirklich unmöglich.«

Dupin trank seinen Kaffee und holte sein Notizheft heraus.

Dupin hatte mit Riwal telefoniert, um ihn zu warnen, möglicherweise fuhr Alain Chevrier ja nun doch nach Hause und nicht mehr zu dem Treffen im *L'Arlequin*. Riwal war durch den Garten und eine Hintertür in Chevriers Haus gelangt, es war, wie so häufig in der ländlichen Bretagne, nicht abgeschlossen gewesen. Chevriers kleiner Weinkeller war überwiegend mit Weinen der *Domaine du Lac* gefüllt. Von alten Raritäten keine Spur. Riwal hatte auch einen raschen Blick in alle Zimmer geworfen. Und dort nichts Auffälliges entdeckt. In die alte Scheune, das Büro, war er nicht hineingekommen. Chevrier arbeitete dort offenbar nicht allein, Riwal hatte zwei Mitarbeiter angetroffen und sich als Tourist ausgegeben, der sich verirrt hatte.

Anschließend hatte Dupin mit Le Menn gesprochen. Sie war bei der Begutachtung von Céciles Weingut nicht sehr weit gekommen. Zwar hatte die Winzerin, die am Dienstag die Weinprobe geleitet hatte, sie durch den Keller geführt – auch Le Menn hatte die interessierte Touristin gemimt –, aber nicht durch alle Räume. Unter Vorwänden hatte Le Menn dann zwar ein bisschen allein umherlaufen können, aber mehrere Räume waren verschlossen gewesen. Auch im Weinlager war ihr nichts Besonderes aufgefallen.

Cécile hatte mit Kommissar Lelouche telefoniert, der gerade auf dem Weg zur *Domaine du Lac* war. Lelouche hatte sich detailliert erklären lassen, warum der Wein nun zum Versandlager gebracht werden musste, hatte dann aber keine Einwände gehabt. Er wollte sich die Paletten allerdings selbst ansehen, bevor sie am Mittag abgeholt wurden. Cécile hatte vorher einen ihrer Kunden angerufen, ein Händler in Pornic, und hatte ihn dazu gebracht, hundertzwanzig Flaschen von der *Domaine du Lac* zu beziehen. Bisher hatte er nur die Muscadets des *Château Joly* im Sortiment. Dass der Kommissar nicht hellhörig geworden war, bedeutete wohl, dass er Dupins Vermutung, dass die Morde etwas mit den Weinen zu tun hatten, nicht teilte.

Es war 11 Uhr 30 und Emily Pic kam auf die Minute pünktlich.

Heute trug sie ein strenges dunkelblaues Kleid, das einen starken Kontrast zu den blonden langen Haaren bildete, und dunkelblaue Sneaker. Ihre Bewegungen strahlten immer noch die Dynamik aus, die Claire und Dupin von ihrer ersten Begegnung kannten, aber die Ereignisse hatten deutliche Spuren auf ihrem Gesicht hinterlassen.

»Danke, dass Sie gekommen sind«, begrüßte Cécile sie. »Ich will Sie gar nicht lange aufhalten. Nur ein paar Dinge besprechen.«

Emily Pic nahm Platz, nicht ohne einen etwas irritierten Blick auf Claire und Dupin zu werfen.

»Meine Freundin Claire und ihren Mann Georges kennen Sie ja schon. Ich bin sehr froh, dass die beiden da sind, sie unterstützen mich in diesen Tagen sehr.« Sie wechselte den Tonfall. »Es muss ein Schock für Sie gewesen sein, gestern Ihren Kollegen tot aufzufinden.«

»Das war es, allerdings«, antwortete Emily Pic knapp und warf Dupin einen fragenden Blick zu. »Ich habe Commissaire Lelouche sofort nach unserem Telefonat angerufen.« Sie sprach Dupin jetzt direkt an. »Vielen Dank noch einmal für Ihren vertraulichen Rat.«

Dupin nickte.

»Commissaire Dupin ist auf Hochzeitsreise, nicht im Dienst«, stellte Cécile klar.

Emily Pic versuchte ein halbherziges Lächeln.

»Ich wollte Ihnen vor allem mitteilen, dass ich auf Sie zähle, Madame Pic.« Cécile beugte sich zu ihr vor. »Wir kennen uns, seitdem Sie zur *Domaine* gekommen sind. Ich war von Anfang an begeistert von Ihnen, Brian ohnehin. Ich habe stets nur das Beste über Sie gehört. Ich sehe Sie in Zukunft in einer zentralen Rolle bei der *Domaine*, das sollten Sie wissen. Wir werden eine versierte Kellermeisterin brauchen.«

Cécile legte sich schnell sehr klar fest, fand Dupin.

»Ich denke, das könnte – das sollte die Perspektive sein. Das wollte ich Sie wissen lassen.«

Emily Pics Züge waren merkwürdig ausdruckslos geblieben. Erst jetzt deutete sich ein Lächeln an.

»Das freut mich natürlich zu hören. Ich habe sehr genaue Vorstellungen, wohin es gehen könnte mit den Weinen der *Domaine du Lac*. Es wäre toll, das umsetzen zu können. Aber ich möchte ehrlich sein.« Jetzt wirkte sie fast ein wenig gelangweilt. »Ich kann Ihnen für die nächste Zeit, über die nächsten Monate hinaus, keine Zusage machen.«

»Was meinen Sie?«

Cécile hatte offensichtlich eine andere Reaktion erwartet.

»Nur das, was ich gesagt habe. Aber ich übernehme in der gegenwärtigen Situation gerne mehr Verantwortung. Was dann sicher auch mit einer Erhöhung meines Gehalts einhergeht.«

»Selbstverständlich«, bestätigte Cécile.

»Haben Sie die Restaurierungsarbeiten in den Kellern verfolgt?«, fragte Dupin plötzlich. Er wollte sehen, wie Emily Pic auf das Thema reagierte.

»Nicht besonders intensiv, nein. Das gehört nicht zu meinem Bereich, das hat Brian alles selbst gemacht. Alles, was die Gebäude der *Domaine* anbelangte.«

Das Thema schien sie nicht zu berühren.

Dupin spitzte es zu: »Haben Sie dort in den letzten drei Wochen etwas Ungewöhnliches wahrgenommen?«

Er beobachtete sie genau.

»Etwas Ungewöhnliches? Das im Zusammenhang mit dem Mord an Damien stehen könnte?«

»Möglicherweise.«

»Nein. Überhaupt gar nichts. Alles war wie immer.«

»Sie kennen die Kellerräume gut, nehme ich an.«

»Natürlich. Aber ich nutze nur den großen Raum, wenn ich die Degustationen leite, das Handlager für unsere Weine und natürlich den Bereich der Weinherstellung. In den anderen Kellerräumen bin ich eigentlich nie.«

»Im Weinlager werden Sie auch während der Restaurierungsarbeiten gewesen sein, oder? In den letzten drei Wochen?«

Dupin hatte sein rotes Clairefontaine aufgeschlagen vor sich liegen.

»Ab und zu, nicht häufig.«

»Sind Ihnen da ein paar alte Bordeaux-Weine aufgefallen?«

»Warum sollte es da alte Bordeaux-Weine geben?«

Dupin war nicht ganz sicher, aber auf ihren Zügen war für den Bruchteil einer Sekunde so etwas wie Überraschung oder Verwirrung zu sehen gewesen.

»Da lagern nur unsere Weine. Ich habe da noch nie einen Bordeaux gesehen, geschweige denn einen alten.«

»Monsieur Katell hatte sich ein paar Flaschen exquisiten Bordeaux besorgt – das wissen Sie, denke ich.«

Sie guckte immer verdutzter.

»Ich weiß nur von dem sehr großzügigen Geschenk an Jules Marchand. Dieser *Château Cheval Blanc*.«

»Was wissen Sie über den Konflikt zwischen Damien Dantec und Brian Katell, wegen der Verkäufe?«

Dupin hielt seine Nachfrage absichtlich vage.

»Welche Verkäufe? Ihre Differenzen betrafen«, sie schien nachzudenken, »die Art des Marketings, die für die *Domaine* angemessen ist. Da hatten sie sehr unterschiedliche Auffassungen.«

»Das war alles?«

»Ja.«

»Hatte Brian Damien Dantec eigentlich schon gekündigt?«, wollte Cécile wissen.

»Ja. Vor ein paar Wochen. Damien hat es mir erzählt.«

»Wegen dieser Differenzen? Hat er Ihnen das gesagt?«, hakte Dupin nach.

»Genau. Die beiden passten einfach nicht zusammen, so etwas kommt vor.«

Der Konflikt zwischen ihrem Liebhaber und ihrem Chef schien sie nicht besonders getroffen zu haben, zumindest erweckte sie nicht den Eindruck, zwischen den Stühlen gesessen zu haben.

»Damien hatte auch schon ein anderes Angebot.«

Das war neu.

»Wo, was?«

»In Saumur. Im *Château de Chaintres.* – Ein höchst renommiertes Weingut. Da hätte er sich richtig einbringen können.«

»Hatte er schon einen Vertrag?«

»Nein, das nicht. Aber eine Zusage seit letztem Mittwoch.«

Interessant. Dupin machte sich ein paar Notizen.

»Wie war es um die finanzielle Situation von Monsieur Dantec bestellt? War er in Schwierigkeiten?«

Sie schaute Dupin irritiert an.

»Wie kommen Sie darauf? Nein. Das war er nicht. Zumindest weiß ich von nichts. Allerdings«, sie zögerte, »lebte er gerne auf großem Fuß. Aber er hatte anscheinend das nötige Geld.«

»Auf großem Fuß, ja?«

»Er musste zum Beispiel unbedingt einen Porsche fahren.«

»Wo wohnte er eigentlich?«

Dupin merkte, dass sie noch viel zu wenig über Dantec wussten.

»In Pornic. In der Oberstadt. Er hatte dort ein Haus. Allerdings nur gemietet. Aber sehr schick. Ein Garten mit einem kleinen Pool. Ich …«

Céciles Handy klingelte.

»Ich muss rangehen, das ist Anne-Sophie.«

Schon war sie aufgestanden und ging über den Hof Richtung Innenraum.

Dupin machte weiter.

»Apropos Madame Joly – kennen Sie sie persönlich? Von der Vereinigung der Nachwuchswinzerinnen zum Beispiel?«

»Ja. – Wir mögen uns. Aber wir sind keine Freundinnen oder so.«

»Treffen Sie sich nur in diesem Rahmen?«

»Na, und bei allen möglichen Anlässen in der Gegend. Es gibt ja nicht nur diesen Verein.«

»Verstehe. Wann haben Sie sie zuletzt gesehen?«

»Letzte Woche beim Vereinstreffen.«

»Ist da etwas Besonderes vorgefallen? Etwas Auffälliges?«

»Gar nichts. Wir waren danach noch zusammen essen.«

»Und dieser Skandal?« Wieder nahm Dupin sie fest in den Blick. »Der Verunreinigungsskandal?«

»Welcher Skandal? Was meinen Sie?«

Sie schien tatsächlich ahnungslos zu sein.

»Wurde das in Ihrem Kreis nicht diskutiert? Der Verunreinigungsskandal im letzten Jahr?«

»Ich weiß von keinem Skandal.«

»Verstehe.«

»Bei uns in der Gegend gab es schon lange keinen derartigen Vorfall mehr.«

»Ist der Keller der *Domaine du Lac* abgeschlossen oder kommt man da jederzeit rein?« Dupin wechselte abrupt das Thema.

»Er ist nicht abgeschlossen. Es gibt drei Zugänge, auch einen direkt von außen. Der stand wegen der Bauarbeiten in der letzten Zeit meist offen.«

»Ich vermute mal, Sie haben einen eigenen Weinkeller? Ich meine, zu Hause. Zumindest einen kleinen? Weine sind Ihr Leben, Ihre Passion.«

Die Andeutung eines Lächelns.

»Einen kleinen.«

»Wo wohnen Sie?«

»Hier in Bouaye. In der Nähe des *Maison du Lac.*«

»Sie haben eine Wohnung?«

»Ein kleines, altes Haus. Mit einem kleinen Keller. Aber hier hat jedes Haus einen Keller.«

Dupin machte sich eine Notiz.

»Und …«

»Claire, Georges – Anne-Sophie hat jetzt doch nur bis zwölf Zeit. Wenn wir sie noch sehen wollen, müssen wir los.«

Cécile war zurück in den Innenhof gekommen, hatte aber offenbar nicht vor, sich noch einmal zu setzen. Dupin hätte noch eine Reihe von Fragen an Emily Pic gehabt, allerdings hatte das Gespräch mit Anne-Sophie Joly jetzt Priorität.

Claire stand auf, dann auch Dupin.

»Madame Cast«, wandte sich Emily Pic an Cécile, »ich habe gehört, Sie wollen die restlichen Paletten Wein aus der Halle ins Versandlager bringen lassen.«

»Wer hat Ihnen das gesagt?«

»Mich hat das Lager eben angerufen, Sie hatten sich dort gemeldet und das angekündigt. – Es wäre viel einfacher, wenn Sie mir bei so etwas direkt Bescheid sagen würden. Warum sollen sie eigentlich dahin?«

»Ein Händler aus Pornic hat zwanzig Kisten bestellt.«

»Wer?«

»Die Weinhandlung *La Cave de Jade*.«

»Und die anderen?«

»Die werden sicher auch bald verkauft. Ich dachte, wir lassen dann alle Kartons holen, so viele sind es ja nicht mehr.«

»Fünfundzwanzig noch. – Wobei die meisten schon disponiert sind.«

»Wir müssen jetzt leider los. Sie wissen nun, dass Sie eine Zukunft haben können in der *Domaine du Lac*. Eine bedeutende – wenn Sie wollen.«

»Danke.«

Sie verabschiedeten sich und verließen die Crêperie.

Ein gebräunter junger Mann in einem rosa Hemd kam auf sie zu.

»Monsieur Dupin?« Ein übermäßig gut gelaunter Ton.

»Ja?« Dupin hob skeptisch die Augenbrauen.

»Ich bringe Ihren Leihwagen, Monsieur.«

Das Unvermeidliche.

Mit einem strahlenden Lächeln deutete der Mann auf einen waldgrünen SUV, der am Straßenrand stand.

»Ein nagelneuer Citroën DS7 E-Tense *Esprit de Voyage.* Avancierteste Plug-in-Hybrid-Technologie, 360 PS.«

Es würde aussehen, als führen sie zur Jagd. Die Farbe war fürchterlich.

»Wegweisende Raffinesse, ein charismatisches Design. Der Wagen …«

»Verstehe«, unterbrach Dupin den Mann und nahm den Schlüssel, den dieser ihm entgegenstreckte. Sie hatten keine Zeit – und Dupin kein Interesse.

Das Panorama war sagenhaft.

Weinberge, Wiesen und Felder wechselten sich ab, kleine Wäldchen dazwischen, der große See in der Mitte. Eine sonnige Welt der kräftigen Farben, das von wucherndem Grün zerfurchte Wasser funkelte in einem intensiven Grünblau – der vollkommene Frieden, so schien es.

Anne-Sophie Jolys Büro befand sich, wie das ihres Vaters, in einem der beiden Türmchen des Châteaus. Die Türme waren aus hellem Stein, das Schloss ansonsten verputzt und in einem eleganten Beige gestrichen, die Fenster mit rötlichem Stein eingefasst. Das mächtige Schieferdach lief spitz zu, hohe Erker waren darin eingelassen und bildeten die dritte Etage.

Alles war penibel gepflegt – und bot jetzt einen fürchterlichen Kontrast zum Wohnhaus, dessen Dach teilweise eingestürzt und völlig verrußt war. Es schien komplett ausgebrannt zu sein, die Produktionshalle dahinter ebenfalls. Schon als sie auf die lange Einfahrt zum Schloss gebogen waren, hatte der beißende Brandgeruch in der Luft gelegen, dann erst hatten sie das desaströse Bild erblickt.

Noch immer standen zwei Feuerwehrwagen neben dem niedergebrannten Wohntrakt, ebenso mehrere Polizeiwagen. Die Zufahrt war abgesperrt, die Polizisten hatten bei Anne-Sophie angerufen und sie erst dann durchgelassen.

Anne-Sophie Jolys Büro nahm das gesamte obere Stockwerk des Turmes ein – Fenster in drei Himmelsrichtungen –, das Büro ihres Vaters lag ein Stockwerk tiefer. Ein lichtdurchfluteter Raum, der nichts Enges, Muffiges hatte, wie es häufig bei alten Gemäuern der Fall war. Man hatte bei dem Ausbau an nichts gespart. Der graue Naturgranit war auch innen unverputzt, und in einem hellen Grau verfugt. Edle Holzdielen, Walnuss, vermutete Dupin, die so aussahen, als hätte man einfach ein paar alte Bäume zu Dielen zersägt und ohne weitere Behandlung ausgelegt. In einem Halbkreis war aus dem gleichen Holz ein Sideboard angefertigt worden. An der anderen Seite der Wand standen zwei dunkelgraue Sofas, raffiniert designt, man konnte auf beiden Seiten sitzen und zu Anne-Sophies Schreibtisch schauen oder auf den See.

Die Stimmung war zugleich hektisch und bedrückt, sie waren sicher zwei Dutzend Leuten begegnet – eine Mitarbeiterin hatte sie zu Anne-Sophie gebracht, die hatte sie kurz begrüßt, um sich dann aber sofort wieder zu entschuldigen.

»Die Aussicht ist ja unglaublich.« Claire stellte sich neben Dupin. »Eine ganz eigene Welt. Irgendwie surreal. So eine majestätische Ruhe, so ein Frieden. Ganz Natur, sich selbst überlassen. Inmitten des Weins, der Winzer, der Bauern.«

Dupin mochte, wie Claire die Welt sah und welche Worte sie dafür fand.

Über dem See hielt sich ein hellgrauer Schleier, wie Nebel, der in der Sonne grell aufleuchtete.

»Seht genau hin«, Cécile ließ ihren Blick über den See schweifen, »vielleicht erblickt ihr das *Cheval Mallet*. Ein schneeweißes Pferd, das zuweilen über das Wasser schwebt, wunderschön und magisch, aber bösartig. Es erscheint nach Einbruch der Dunkelheit und verspricht den Menschen einen zauberhaften Ritt über den See. Sie müssen nur auf seinen Rücken steigen, und es galoppiert davon wie ein tobender Orkan. Der Ritt endet immer mit dem Tod des Reiters, es sei denn, dieser ist im Besitz einer Medaille von Saint-Benoît, genannt ›Zaubererkreuz‹, die das Pferd als Lösegeld akzeptiert.«

»Hört sich gruselig an«, kommentierte Claire.

Cécile zeigte auf das Nordufer: »Und dort, an der Nordspitze des Sees, versperrt ein Fels den Eingang zu einer Schlucht, in der ein Riese gefangen ist, dessen Zorn Stürme auslösen kann. Der Legende nach konnte nur eine Jungfrau ihn befreien und seinen Zorn besänftigen.«

»Da bin ich wieder, Entschuldigung.«

Anne-Sophie war zurück, sie sprang die letzten Stufen der Wendeltreppe hoch.

»Setzt euch doch. Sie sind also der berüchtigte Commissaire aus Concarneau.«

Sie blickte Dupin an, ihr Gesichtsausdruck war schwer zu deuten.

Cécile und Claire nahmen Platz, Dupin blieb neben dem Sofa stehen.

»Meine Freundin Claire und ihr Mann«, übernahm Cécile mit warmer Stimme, »sie sind mir eine große Hilfe in diesen fürchterlichen Tagen. Was für ein Glück für mich, dass sie hier sind, sie machen gerade ihre Hochzeitsreise.«

»Ich gratuliere, eine Hochzeitsreise an die Loire stellt man sich sicher anders vor. – Ich zumindest wäre bedient.«

Anne-Sophie Joly trug ein ausgewaschenes kurzes Jeanskleid, die pechschwarzen Haare offen. Ein anmutiges Gesicht, eine beinahe antike Schönheit, die im Kontrast zu der Art stand, wie sie sich gab und sprach. Dupins Mutter hätte gesagt: ein bisschen ordinär.

»Du musst nur sagen, wie ich helfen kann, Anne-Sophie. – Wollt ihr nach der Ernte unsere Pressen benutzen? Wir helfen auch beim Transport. Das kriegen wir hin. Ich habe schon mit meinem Kellermeister gesprochen.«

»Das ist lieb von dir, Cécile.«

Anne-Sophie Joly blieb seltsam ungerührt, fand Dupin – und er fand auch, dass Cécile exzellent improvisierte. Er vermutete, sie hatte all das gerade erfunden.

»Aber bei den Mengen ist das kompliziert. Ich habe schon nachgedacht. Wir müssen uns hier etwas einfallen lassen. Es wird bestimmt ein Jahr dauern, bis alles wieder funktioniert. Ich überlege, ein paar Container zu mieten und Pressen und Gärtanks reinzustellen. Ein solides Provisorium auf dem Gelände des *Château* aufzubauen. Nicht weit von unseren Reben. Den Ausbau des Weins können wir dann im *Château* vornehmen, die Keller zur Lagerung sind ja intakt, die Tanks, die Fässer, alles wunderbar. Und die begonnene Ernte können wir auch noch bewältigen.«

»Verstehe.«

Dupin war beeindruckt. Sie wirkte gut organisiert, als hätte sie trotz des Schocks bereits einen Plan, wie es mit dem Betrieb weiterging. Von der Trauer über den Mord an ihrem Lebensgefährten war ihr im Moment nichts anzumerken.

»Ich habe eine fantastische junge Winzerin. Marie. Eine Freundin von Emily Pic. – Wir beide machen das jetzt zusammen. Und Papa ist ja auch bald wieder da. Ihm geht es schon viel besser.« Ihre Augen verengten sich. »Ich hoffe, dass sie das Schwein ganz bald finden, das uns das angetan hat. Papa und mir.«

»Und Brian. – Und Damien Dantec«, ergänzte Cécile.

Dupin würde diese Winzerin gern mal treffen. Emily Pic und sie waren – neben Brian Katell und Anne-Sophie Joly – ein weiteres Bindeglied zwischen den Weingütern. Aber wie sollte er das anstellen?

»Hat Lelouche Ihnen eigentlich schon etwas zum Stand der Untersuchungen gesagt?«, schaltete sich Claire ein. »Gibt es bereits eine Vermutung? Was den Anschlag anbelangt? Und die Morde?«

»Lelouche hat gesagt, er verfolge noch mehrere Spuren – aber zwei ganz besonders intensiv. Ich habe nachgefragt, aber keine Details aus ihm rausbekommen. Nur dass er sehr zuversichtlich ist, hat er gesagt.«

Wahrscheinlich hieß das, er tappte im Dunkeln. Dann sagte man solche Sätze. Dupin kannte das nur zu gut.

»Kannten Sie Damien Dantec eigentlich, Madame?«, fragte er.

»Ich habe ihn ein paarmal auf der *Domaine* getroffen. Wobei wir uns eigentlich immer nur gegrüßt haben. Ich habe nie ganz verstanden, warum sich Brian derart über ihn aufgeregt hat, er hat ihn ja förmlich gehasst. Ich fand vor allem, er war ein Arschkriecher. Und fantasielos war er auch.«

»Hat Brian Katell mal erwähnt, was ihn sonst noch an Dantec gestört hat?«

»Nein.«

»Und hatte er ihm bereits gekündigt?«

»Das weiß ich nicht. Brian tat sich immer schwer mit so was. Da fehlte ihm die nötige Härte.«

Dupin konnte solche Sätze und das, was dahintersteckte, nicht ausstehen.

Zu seiner Überraschung sah er eine Träne in Anne-Sophie Jolys rechtem Auge, die sie eilig wegwischte.

Sie bemerkte Dupins Blick.

»Ich zeige meine Gefühle nicht gerne öffentlich, sie sind Privatsache.«

»Ich verstehe, Madame Joly. – Was hat es mit den sehr teuren Weinen auf sich, die sich in Monsieur Katells Haus befinden? Davon wissen Sie sicherlich.«

»Der tolle *Cheval Blanc?* Wir haben vorletzte Woche einen zusammen getrunken. Das war ein Genuss.«

»Ihr habt einen getrunken?«, rief Cécile erstaunt.

»Ja, an meinem fünfunddreißigsten Geburtstag! Wir haben kurz hintereinander Geburtstag. – Brian hat gekocht und eine Flasche aufgemacht. Er hatte wohl fünf davon. – Ich habe so was noch nie getrunken, ein Wunderwerk der Natur. Da sieht man mal, wie so ein Wein vor sich hin arbeitet, ganz allein, nur mit dem, was er hat. Seit 1953 hat er sich entwickelt, das muss man sich mal vorstellen.«

Was auch immer man über Anne-Sophie denken mochte – sie war ein ganz anderer Typ Winzerin als beispielsweise Cécile –, niemand würde ihr die große Leidenschaft und den Enthusiasmus für Wein absprechen können. Es ging offensichtlich weit über das Geschäftsmäßige hinaus.

»Haben Sie selbst eine Sammlung besonders kostbarer Weine?«

Menschen würden sie sammeln, wie sie Kunst sammelten, vermutete Dupin. Und zu ganz besonderen Anlässen auch einmal trinken, wobei das sicher nicht das Entscheidende war, sondern das Sammeln selbst – das Jagen und Besitzen – von etwas Außergewöhnlichem, das war der Kick bei diesen Sachen. Etwas von der Aura dieser Dinge zu spüren.

Sie schaute ihn ratlos an.

»Nein. Ich hab viele Ticks, aber nicht den.«

»Wo hatte Brian Katell diese fünf Flaschen her, wissen Sie das?«

»Er hat sie ersteigert, hat er gesagt. – Ich will nicht wissen, was er dafür gezahlt hat. Er …«, ihre Stimme wurde schwer, »… war verrückt in dieser Hinsicht. Na ja, in jeder Hinsicht.« Sie stockte. »Er hat ab und zu irre Flaschen ersteigert. Einfach aus Neugier und Begeisterung. Er wollte wissen, was möglich ist. Wozu ein Wein in der Lage sein kann.«

»Verstehe. Hat er noch mehr ersteigert?«

Dupin nahm Anne-Sophie Joly fest in den Blick.

»Nein. Ich denke nicht. Zumindest nicht bei dieser Auktion, nicht kürzlich.«

»Wir reden sicher über hunderttausend Euro.«

»Das tun wir«, hielt sie unbeeindruckt dagegen.

»Ist für das *Château Joly* durch die Verunreinigung Ihres Weins im letzten Jahr ein großer wirtschaftlicher Schaden entstanden?«

Dupin hatte, wie er es gerne tat, ansatzlos das Thema gewechselt.

»Sie haben sicher einen großen Teil der Jahresproduktion verloren«, schob er hinterher. Es war reine Spekulation.

Anne-Sophie Joly schaute ihn einen kurzen Moment fassungslos an.

»Das interessiert im Moment ja offenbar alle Kommissare.«

»Und?«, insistierte Dupin.

»Das war große Scheiße, natürlich.« Sie warf ihm einen herausfordernden Blick zu. »In einer der alten Pressen hatten sich im Metall haarfeine Risse gebildet, in denen sich Bakterien angesiedelt hatten. Wir mussten drei Viertel des gesamten Weins in den Tanks vernichten. Bevor, ich betone, bevor auch nur eine Flasche abgefüllt wurde. Und ja, das hat uns eine riesige Stange Geld gekostet.«

»Und das *Château Joly* existenziell gefährdet?«

Ihr Blick war jetzt noch missmutiger geworden.

»So ein Blödsinn. Wer sagt denn so was?«

Ihre Züge verhärteten sich.

»Niemand. Ich frage nur.«

Jetzt setzte sie ein angestrengtes Lächeln auf.

»Unsere Substanz ist stabil genug, um so etwas zu überstehen. – Und jetzt«, sie erhob sich abrupt, »muss ich leider los.«

Auch Cécile und Claire standen auf.

»Vergessen Sie Ihr Portemonnaie nicht«, hörte Dupin Claire sagen.

»Bitte?«

Anne-Sophie schien einen Moment verwirrt.

»Was meinen Sie?«

»Nichts. – Ich vergesse meines manchmal«, reagierte Claire souverän.

»Woher wissen Sie das?«, musterte sie Claire unverhohlen offensiv.

»Was denn?« Claire blieb immer noch ruhig.

»Dass ich ...« Sie brach ab und drehte sich demonstrativ von Claire weg. »Also noch einmal tausend Dank für dein großzügiges Angebot, Cécile. Das ist sehr lieb.«

»Wie immer, wann immer ich helfen kann – sag einfach Bescheid.«

»Das werde ich! – Aber wir kommen klar.«

Sie ging auf die Wendeltreppe zu.

Claire, Cécile und Dupin beeilten sich hinterherzukommen.

»Wenn ich das richtig sehe, führt ihr drei hier eine Privatermittlung.«

Anne-Sophie hatte die erste Stufe erreicht und sprach, ohne sich zu ihnen umzudrehen.

»Lelouche hat in einem Interview betont, dass Sie das nicht tun, Commissaire«, jetzt wandte sie sich Dupin zu, »und auch in keiner Weise dazu befugt sind.«

Nun klang sie offen aggressiv. Dann ging sie übergangslos zu einem Lächeln über.

»Mir ist es gleich. Wenn Sie effektiver arbeiten als Lelouche – umso besser. Das Schwein, das das alles getan hat, muss büßen. Vor allem«, ein Stocken, »für Brian.«

Ihr Gesicht verzog sich. Eine gleißende Wut war zu sehen. Dann stürmte sie die Treppe hinunter.

Claire, Cécile und Dupin folgten ihr.

»Ich muss hier entlang«, sie zeigte auf einen Gang, der vom Turm in das Hauptgebäude führte. »Ihr könnt einfach die Treppe bis ganz unten nehmen, da kommt ihr direkt raus.«

»Machen wir. Melde dich.«

»Danke, Cécile!«

Anne-Sophie umarmte sie.

»Und Ihnen noch schöne Flitterwochen!«

Es hatte nicht sarkastisch geklungen.

Schon hatte sie sich abgewandt und eilte den Flur entlang.

Cécile, Claire und Dupin stiegen weiter hinunter.

Unten angekommen, standen sie vor einer offenen Holztür zum Hof, auf der einen Seite die rußige Katastrophe, auf der anderen Seite der schicke, großzügige Pool mit eleganten Palmen. Dupin war immer noch beeindruckt, wie souverän Anne-Sophie Joly mit der Situation umging.

»Schau mal«, Claire deutete auf eine Holztür, die am Ende der Wendeltreppe in die Wand eingelassen war. »Da geht es sicher in den Keller.«

Schon drehte sie den altmodischen Türknopf. Steile Steinstufen kamen zum Vorschein, die in einen schwarzen Abgrund hinabführten, muffiger Geruch kam ihnen entgegen.

»Du willst da doch nicht runter. Ich meine, das können wir nicht machen.« Cécile stand dicht neben Claire.

»Warum nicht? Wenn sie die Flaschen hat, sind sie bestimmt im Keller.«

»Aber hier unten liegt sicher nicht der Weinkeller. Das wird der normale Keller sein.«

Claire überhörte den Einwand, drückte den Lichtschalter und nahm die ersten Stufen.

Dupin war sich nicht sicher, ob das eine gute Idee war. Dennoch, ein kurzer Blick schadete nicht. Wenn sie schon mal hier waren.

Es waren viele Stufen. Sie befanden sich bald etliche Meter unter der Erde. Schon wieder – Dupin hatte sich in seinem Leben noch nie so häufig in Kellern aufgehalten wie in diesen Tagen.

Die Luft stand. Auch deswegen hasste Dupin Keller. Unten tat sich ein nur schummrig beleuchteter Raum auf, der Boden aus alten Steinfliesen. Der Raum war leer. Die Fliesen waren von einer Staubschicht bedeckt, hier war länger niemand gewesen. Eine geschlossene Tür. Sofort hatte Claire sie geöffnet. Ein Gang, der endlos geradeaus zu führen schien, genau unter dem Schloss hindurch, links in regelmäßigen Abständen Türen. Zu sehen oder hören war niemand. Was sicher auch daran lag, dass heute alle im *Château Joly* andere Dinge zu tun hatten. Claire öffnete die erste Tür.

Sie schaltete das Licht an und warf einen Blick hinein.

»Nur Gerümpel.«

Cécile und Dupin standen neben ihr.

Alte Möbel. Alte Haushaltsgeräte. Ein riesiger Kühlschrank, ein Koloss.

Das gleiche Modell wie bei Brian Katell. Nur fehlte hier eine der beiden Türen, die andere stand halb offen.

»Ein alter *Bartscher*. Die besten Gastrokühlschränke. Solche haben wir auch. Die kriegst du eigentlich nicht klein«, sagte Cécile.

»Weiter.« Dupin war nicht wohl zumute, lange sollten sie sich hier nicht aufhalten.

»Warte«, Claire lief zu einer großen Holztruhe und öffnete sie. »Leer.«

Dann ging sie zum Kühlschrank und öffnete die verbleibende Tür. Sie hatte recht – natürlich hätte man die Flaschen hier verstecken können. Je nachdem, wie viele es waren.

»Leer.«

Dupin verließ den Raum, eilte zur nächsten Tür.

Das Licht der Glühbirne war in diesem Raum stärker. Aber auch hier nur alte Möbel, vor allem Stühle, die meisten mit sichtbaren Schäden, alte Liegestühle, sicher ein Dutzend davon, alte Ventilatoren. Hier konnte man keine Weinflaschen verstecken.

Schon waren sie unterwegs zum nächsten Raum.

»Oh!« Dieses Mal hatte Cécile den ersten Blick hineingeworfen. »So viele Vorräte.«

Der Raum war beinahe vollständig mit Stahlregalen bestückt. Die meisten waren voller Einmachgläser, es mussten Hunderte sein, in allen Größen. Dupin kannte das aus seiner Kindheit von seinen Großeltern im Jura. Die eingemachten Mirabellen seiner Großmutter waren ihm als das Köstlichste erschienen, das diese Welt zu bieten hatte.

»Unerheblich«, so Claires Kommentar, die schon weiter den Gang entlanglief.

Im nächsten Raum fehlte der Steinboden, an seiner Stelle war platt gewalzte Erde zu sehen, dunkle, ja richtig schwarze Erde. Dupin kannte auch das. Vorratskeller für Obst und Gemüse, große Holzkisten an den Wänden, darin in bunten Boxen Rote Bete, Kartoffeln, Äpfel, Birnen, Karotten.

»Sie haben eigene Gärten und Beete, so wie ich auch. Wenn du so einen Keller hast, brauchst du keine Konservierungsstoffe. Eigentlich auch ein perfekter Ort für Wein«, erklärte Cécile.

Dupin sah sich um.

Hier hatte niemand etwas versteckt.

Zügig verließen sie den Vorratsraum.

Sie liefen weiter. Plötzlich tat sich ein großer, deutlich höherer Raum mit ordentlich gefugten weißen Wänden auf, hell ausgeleuchtet, linker Hand eine mächtige dunkle Holztreppe und ein großer Paternoster. Hier war die Luft viel frischer. Ein breiter Gang schien bis zur Hinterseite des Schlosses zu führen, von dort kam ein wenig natürliches Licht, bestimmt gab es eine Rampe oder eine Treppe nach oben.

Cécile sah Dupins Blick.

»Das ist für die Anlieferung von Waren. Alle alten Schlösser haben das. Hier drüber befindet sich wahrscheinlich die Küche des Schlosses.«

»Ist doch perfekt«, folgerte Claire, »so hätte sie Brians Weine auf die einfachste Art verstecken können. Sie …«

»Warte!«

Es war Dupin, der Claire harsch unterbrochen hatte.

Er fuhr sich so heftig durch die Haare, dass man glauben konnte, er würde sich ein Büschel ausreißen.

»Das könnte es sein.«

»Was? Was meinst du?«

»Ich …« Er brach ab. »Wir müssen noch mal zur *Domaine du Lac*. Sofort.«

Schon war er losgelaufen.

»Kommt! Beeilung.«

Cécile und Claire hatten Mühe zu folgen.

»Aber da wird jetzt wahrscheinlich wieder mehr Polizei sein!«, rief Cécile.

»Wir werden es irgendwie schaffen.«

Natürlich hatten sie wieder einen gut verborgenen Parkplatz gebraucht, aber Cécile kannte sich aus. Dieses Mal hatten sie in einem Wäldchen direkt am *Canal Étier* geparkt, einem der Kanäle des großen Sees. Bis zur *Domaine* war es noch rund ein Kilometer, aber sie mussten unbedingt sichergehen, dass niemand sie sah. Dupin hatte noch den Kommissar aus Nantes vor Augen, wie er durch die Weinstöcke gelaufen war.

Cécile und Claire hatten auf Dupin eingeredet, damit er ihnen sagte, was ihm plötzlich eingefallen war, warum sie die Kelleraktion so jäh abgebrochen hatten. »Vielleicht liege ich falsch«, hatte er nur geantwortet. Sie hatten dann den Rest der Fahrt – keine zehn Minuten – geschwiegen, eine fiebrige Spannung hatte sich ausgebreitet. Dupin musste zugeben: Der Mietwagen fuhr sich gut. Sehr gut. Woran er sich gewöhnen musste: Das Gas durchzudrücken war mit 360 PS keine Option. Zwei-, dreimal war es heikel gewesen.

»Hier lang!«, wies Cécile an.

Wieder liefen sie durch Felder, Wiesen und ein Wäldchen.

Dann erreichten sie einen Weinberg.

»Das ist der Weinberg hinter Brians Wohnung.«

Bald sahen sie das Haus. Sie näherten sich von der Seite, sie mussten hoffen, dass Marchand sie nicht wieder aus seinem Fenster beobachtete. Es war ein Blindflug, sie hatten keine Ahnung, wie viele Polizisten wo platziert waren.

Sie bewegten sich vorsichtig.

»Wartet hier. Ich schließe erst mal auf.«

Cécile lief auf die Hintertür von Brians Wohnung zu.

Im Handumdrehen hatte sie aufgesperrt. Claire und Dupin folgten ihr.

Cécile sperrte wieder zu.

Dupin näherte sich vorsichtig einem der Fenster zum Innenhof.

Da standen zwei Polizisten.

»Also los!« Er ging auf die Tür hinter der Sofalandschaft zu.

Er machte halt, zog auch diesmal seine Schuhe aus, Claire und Cécile ebenfalls, und öffnete die Tür so behutsam wie möglich.

Es war niemand zu sehen. Niemand zu hören.

Dupin setzte sich in Bewegung und lief vorsichtig den Gang entlang. Ein Déjà-vu. Claire und Cécile folgten ihm.

Der Haupteingang war einen Spalt geöffnet. Dupin blieb stehen. Man hörte die beiden Polizisten.

Es ging um Fußball.

Es half nichts. Sie mussten es versuchen.

Dupin machte ein Zeichen, und sie schlichen auf Zehenspitzen zügig an der Tür vorbei und in den Gang nach rechts. Nun die Treppen hinunter. Er nahm in Windeseile die Stufen. Unten angekommen, blieb er erneut stehen und lauschte. Das Licht war eingeschaltet. Also war jemand hier unten gewesen. Vielleicht machten die beiden Marchands ab und zu einen Kontrollgang. Im Augenblick war es allerdings ruhig, hier war niemand, so schien es jedenfalls.

Sie erreichten den Raum mit dem großen Tisch. Claire und Cécile wandten sich in Richtung Weinlager – Dupin aber bog scharf links ab. In den Teil des Kellers, den er letzte Nacht allein in Augenschein genommen hatte. Bald gelangten sie zur ersten Tür, dem Lebensmittellager. Dann zum Raum mit den leeren Fässern. Er ließ beide links liegen.

Aber nicht den dritten, den Abstellraum. Er war ganz ähnlich wie der im *Château Joly*. Dupin öffnete die Tür, schaltete die kümmerliche Glühbirne an. Er stürmte hinein.

Cécile und Claire hatten jetzt ebenfalls den Raum erreicht.

Jäh blieb Dupin stehen. Er holte Luft und öffnete die rechte Tür des ausrangierten Gastronomie-Kühlschranks.

Ein hoher, nur halb unterdrückter Schrei ging durch den Raum.

Cécile. Die sich nun mit ein paar stürmischen Schritten näherte.

Fassungslos starrte sie in den Kühlschrank. Dupin hatte mittlerweile auch die zweite Tür geöffnet.

Er war von oben bis unten mit Flaschen gefüllt, Weinflaschen. Penibel geschichtet, zwei Lagen pro Fach.

»Das – das ist er«, flüsterte Cécile beinahe andächtig, »Brians Schatz.«

»Sieht nicht so aus«, sagte Claire trocken. »Das sind Muscadets von Brian.«

»Was?«

Dupin griff nach einer der Flaschen.

Tatsächlich. Weißwein. *Le Grand,* Jahrgang 2007. Ein älterer Muscadet – aber kein alter Rotwein.

»So ein Scheiß.«

»Es hätte doch perfekt gepasst.« Cécile klang enttäuscht.

Das hätte es. Und Dupin war sich so sicher gewesen.

»Aber warum hat Brian diese Flaschen hier in diesem ramponierten alten Kühlschrank aufbewahrt? Nicht im Lager, wie die anderen?«

Dupin wollte sich abwenden, als Claire plötzlich sagte:

»Wartet.«

Sie griff nach der Flasche, die unter dem Muscadet lag.

Noch bevor sie etwas sagte, sah Dupin es: Staub. Eine Staubschicht.

»Ein Pomerol von 1949.«

Alle drei starrten sie auf die Flasche in Claires Händen.

Fast gleichzeitig griffen Dupin und Cécile nach Flaschen aus den unteren Reihen und zogen sie vorsichtig heraus.

»Das darf nicht wahr sein«, stammelte Cécile. »Ein *Château d'Yquem* von 1912. So etwas habe ich noch nie gesehen.«

»Ein *Romanée-Conti* von 1945«, las Dupin vor.

»Das ist der Wahnsinn.«

Cécile war außer sich. Sie hielt eine weitere Flasche in der Hand.

»*Château Margaux* von 1927. Völlig verrückt. Vielleicht gibt es von manchen dieser Weine nur noch diese einzige Flasche.«

»Ich würde sagen: Wir haben den Schatz. – Wer auch immer die wertvollen Bordeauxflaschen hierhergebracht hat«, erörterte Claire, »hat sie unter den Flaschen der *Domaine* versteckt. Hätten die Polizisten einen Blick in den Kühlschrank geworfen – und das haben sie ja vielleicht –, hätten sie nur Muscadets gesehen. Ohne einen spezifischen Verdacht hatten sie ja keinen Grund, genauer nachzuschauen.«

»So wird es …«

Ein lauter Knall unterbrach Cécile.

Alle drei fuhren herum.

Jemand hatte die Tür von außen zugeschlagen. Man hörte, wie ein Schlüssel gedreht wurde.

Dupin stürzte zur Tür, griff nach seiner Waffe. Eine alte, schwere Holztür.

Er hämmerte dagegen.

»Commissaire Georges Dupin, Police Nationale. Machen Sie sofort auf. Hallo? Lassen Sie uns raus.«

Er hämmerte mit aller Kraft.

Nun hatten auch Claire und Cécile die Tür erreicht und schlugen verzweifelt dagegen.

Sie würden nichts ausrichten können.

Es gab weder Empfang noch ein Fenster, auch keine Heizungsrohre, über die man Klopfsignale in andere Räume hätte schicken können. Nichts. Und Dupins Waffe konnte dem schweren Schloss nichts anhaben.

»Brians Mörder – er war gerade hier, ein paar Meter von uns entfernt«, Cécile sprach wie in Trance. »Der Mörder von Brian und Dantec, wahrscheinlich auch derjenige, der den Brandanschlag verübt hat. – Er hat uns eingesperrt. Er muss in der Nähe gewesen sein, hier unten irgendwo im Keller, das ist so unheimlich. Als er uns gehört hat, hat er sich versteckt und gewartet.«

»Solange niemand in den Gang kommt und uns gegen die Tür hämmern hört, wird uns hier niemand finden.« Claires Stimme war tonlos. »Wahrscheinlich hört man uns auf der anderen Seite kaum. Und warum sollten die Polizisten überhaupt noch mal hier in den Gang kommen?«

Dupin widmete sich den beiden Scharnieren der Tür.

»Selbst wenn sie ihre Runde machen, wird sie das nicht

hierher führen. Und solange die *Domaine* ihren Betrieb nicht wieder aufnimmt, kommt auch keiner der Angestellten in den Keller.« Claire schien laut nachzudenken. »Nur Marchand könnte vielleicht auftauchen.« Dann formulierte sie sachlich ihre Folgerung: »Unsere einzige realistische Chance besteht darin, dass man von unserem Hämmern noch im Hauptgewölbe etwas hört und dort jemand vorbeikommt.«

Die Scharniere waren aus Gusseisen und äußerst solide gefertigt. Dennoch, bei hinreichender Gewalt würden sie brechen. Theoretisch konnte man versuchen, den alten Herd oder den Kühlschrank gegen die Tür zu werfen – aber das würden sie nicht mal zu dritt schaffen.

»Deine Leute werden dich doch vermissen, Georges. Rival und Le Menn. Und natürlich Nolwenn.« Céciles Stimme nahm etwas Beschwörendes an.

»Nur wissen sie nicht, wo ich bin – wo wir sind.«

»Aber sie werden doch anfangen zu suchen, wenn sie dich länger nicht erreichen.«

»Sie sind von Georges alles Mögliche gewohnt. Bevor sie sich wirklich Sorgen machen, wird einige Zeit vergehen.«

Claire hatte recht.

»Und ich bin für meine Kollegen ohnehin nur auf Hochzeitsreise«, ergänzte sie.

Mittlerweile war die Hochzeitsreise lediglich noch eine blasse Erinnerung.

»Der Täter weiß jetzt, dass wir Bescheid wissen«, Céciles Stimme bebte ein bisschen, »und das Geheimnis kennen.«

»Das Dumme für den Täter ist allerdings, dass er uns zusammen mit dem Objekt seiner Begierde eingesperrt hat«, stellte Claire fest. »Eigentlich müsste er uns nun beseitigen. Nur so käme er an den Wein. Und nur so könnte er verhindern, dass wir alles auffliegen lassen.«

»Du – du meinst, er will uns umbringen?«

»Er wird nicht annehmen, dass wir ihm die Flaschen einfach so überlassen und alles auf sich beruhen lassen. Er …«

Wieder ein kurzer, spitzer Schrei von Cécile. Das Licht war ausgegangen, schlagartig war es stockfinster.

»Keine Angst.« Claires Stimme klang fest. »Er hat wahrscheinlich nur den Sicherungsschalter umgelegt. Er will uns einschüchtern.«

Dupin griff nach seinem Handy, das abgesehen von der Taschenlampenfunktion nutzlos war. Es erhellte den Raum immerhin ein wenig.

»Georges, sag du einmal etwas«, Céciles Stimme klang beinahe flehentlich.

»Wir müssen nachdenken.«

Es war eine Phrase, wusste Dupin – was sollte er auch sagen? Sie saßen in der Falle – und dennoch war es genau das, was zu tun war. Das Einzige. Er hätte Claire und Cécile nicht noch einmal in den Keller mitnehmen dürfen – aber was Claire anging, hätte sie ihn sowieso nicht alleine gehen lassen.

»Claire hat recht. Der Täter wird uns nicht einfach hier eingesperrt lassen – wir haben, was er will. – Das ist unsere Chance. Er muss wiederkommen.«

»Aber wie lange wird das dauern? Könnte es sein, dass wir hier über Tage unentdeckt bleiben?«

»Natürlich«, sagte Claire. »Wie hoch ist die Wahrscheinlichkeit, dass jemand etwas aus diesem Raum braucht? Und die Polizei wird ihn bereits durchsucht haben – warum sollten sie einen Abstellraum mit Gerümpel ein zweites Mal untersuchen?«

Claires Verstand arbeitete erbarmungslos. Aber es war richtig. Wenn es ums Überleben ging, kam es auf jedes Detail an, und zwar so, wie es war, und nicht so, wie man es sich wünschte.

»Wird Inspektor Riwal euch nicht suchen?«

Cécile hatte recht, aber das würde dauern. Riwal wusste ja nichts von ihrem erneuten Aufenthalt in der *Domaine*.

Claire fuhr fort: »Wenn der Täter davon ausgeht, dass uns hier niemand findet, dann muss er nur lange genug warten, und das Problem löst sich aus seiner Sicht von allein. Wir haben kein Wasser. Und der Wein hilft nur begrenzt. Wir hätten nur wenige Tage. Wenige Tage, um gegen die Tür zu hämmern, damit uns jemand hört.«

Präzise und ernüchternd.

»Wie lange sperrt Lelouche die *Domaine* ab, Georges, was meinst du? Wann können sie die Arbeit wieder aufnehmen?«

»Das entscheidet er allein – je nach Ermittlungsstand.«

»Aber er kann sie doch nicht endlos stilllegen.«

»Nein – aber vier Tage ohne Probleme. Ich glaube aber nicht, dass der Täter so lange warten wird. Für ihn wäre es das Sicherste, er brächte die Flaschen so rasch wie möglich von hier weg. Er muss doch davon ausgehen, dass wir noch anderen Personen von dem Weinschatz erzählt haben, die vielleicht auch irgendwann in der *Domaine* danach suchen werden.«

»Aber ob er wirklich so weit denkt, wissen wir nicht«, hielt Claire dagegen.

Ein langes, niederschmetterndes Schweigen begann.

Dupin ließ die Handylampe an, der diffuse Lichtkegel bewegte sich wild durch den Raum, während er unruhig auf und ab lief. Claire und Cécile hatten sich an die Wand neben der Tür gesetzt.

»Wer ist es, meint ihr?«

Cécile durchbrach das Schweigen. Es waren sicher fünfzehn Minuten in absoluter Stille vergangen.

»Wir müssen uns auf die Frage konzentrieren, wie wir hier rauskommen«, entgegnete Dupin, der immer noch auf und ab ging. »Nur darum geht es jetzt.«

»Georges hat recht, Cécile.«

Doch Dupin wusste auch, dass sie eigentlich nur eines tun konnten, nämlich gar nichts. Nur warten. Versuchen, die absolute Ohnmacht auszuhalten.

Mit einem Mal vernahmen sie metallische Geräusche.

Jemand machte sich auf der anderen Seite der Tür am Schloss zu schaffen, eindeutig.

»Was tun wir jetzt?«, flüsterte Cécile.

Dupin hatte nach seiner Waffe gegriffen.

»Geht da in die Ecke«, flüsterte er und stellte sich direkt neben die Tür, dicht an die Kellerwand, sodass sie erst einmal nicht zu sehen sein würden, wenn jemand den Raum betrat.

Er machte sein Handylicht aus.

Eine Weile verging, nichts passierte. Dupin hörte weder Claire noch Cécile atmen.

Dann geschah es.

Mit einem Schlag flog die Tür auf, und ein greller Lichtstrahl fiel in den Raum.

Alles spielte sich in Bruchteilen einer Sekunde ab.

»Ich bin bewaffnet!«, rief Dupin.

»Ich habe eine Schrotflinte, und ich schieße sofort«, unterbrach ihn eine Stimme, »ohne zu zögern. Und töte Sie alle drei mit einer Ladung.«

Dupin erkannte die Stimme auf Anhieb. Darauf wäre er nicht gekommen – und das war ihm in seiner Laufbahn selten passiert.

»Sie werfen Ihre Waffe jetzt in den Gang auf den Boden. – Sofort.«

In Dupins Kopf rasten die Gedanken: Es war zu riskant, in dieser Situation zum Angriff überzugehen. Auf diese kurze Entfernung richtete ein Schrotgewehr Martialisches an. Er war nicht allein – er würde Claire und Cécile in Gefahr bringen.

Er hatte keine Wahl. Dupin warf die Waffe in den Gang.

»Und nun kommen Sie einzeln heraus. Und gehen nach links. Da steht eine Tür zu einem weiteren Kellerraum offen – da gehen Sie rein. Sie zuerst – dann die Frauen.«

Dupin überlegte, er brauchte einen Geistesblitz. Es war kompliziert.

»Verstanden«, sagte er und setzte sich in Bewegung. Claire griff nach seiner linken Hand und drückte sie einmal fest.

Dupin trat aus dem Raum heraus in den Flur.

»Schön langsam.«

Die Taschenlampe, mit der der alte Marchand ihnen entgegenleuchtete, blendete brutal, sie war genau auf Dupins Gesicht gerichtet.

»Links – den Gang entlang.«

»Okay, okay«, beschwichtigte Dupin.

Er mimte eine Bewegung nach links – aber nur, um sich dann mit aller Macht der Lichtquelle entgegenzuwerfen. Es war ein Hechtsprung in ein gleißendes Nichts, die Hände voraus.

Dupin spürte, wie er den Verwalter erwischte, heftig gegen ihn prallte, er hatte keine Ahnung, wo und wie, im selben Augenblick krachte ein infernalischer Lärm los.

Marchand hatte geschossen. Ein heißer Schmerz flammte irgendwo in Dupins rechtem Oberschenkel auf. Es war egal. Wie wild schlug Dupin auf den Körper ein, den er mit seinem Sprung umgeworfen hatte und den er jetzt zu fassen bekam. Die Taschenlampe flog in einem hohen Bogen durch den Gang. Marchand schrie laut auf, ein Schrei des Schmerzes, aber vor allem der Wut. Dupin konnte ihn nun zum ersten Mal sehen. Augenblicklich gingen seine Fäuste auf Marchands Gesicht nieder. Zwei, drei Mal, mit der geballten Kraft aller Muskeln. Er erwischte die Nase, die Schläfe. Jetzt waren es reine Schmerzensschreie, die Marchand von sich gab, aber auch nur ganz kurz. Dann kam nur noch eine Art Stöhnen. Dupin saß auf ihm.

»Georges, bist du okay?«

Claire stürzte in den Flur. Die Taschenlampe erhellte ihn weiterhin.

»Gib mir meine Waffe, Claire.«

Dupin hatte Marchand fest im Blick, die beiden Arme mit seinen Beinen fixiert. Das Stöhnen war ein wenig leiser geworden. Die Schrotflinte lag neben Marchand auf dem Steinboden.

»Hier.«

Claire stand nun direkt neben Dupin und hielt ihm die Pistole hin. Blitzschnell sprang Dupin auf und richtete sie auf Marchand.

»Jules?« Cécile stand jetzt auch bei ihnen. »Sie? – Sie waren das? – Das alles?«

Ihre Stimme war fest.

»Sie haben Brian ermordet? – Er war so gut zu Ihnen. Und zu Ihrem Sohn. Sie waren wie Familie für ihn. – Warum?«

Sie trat neben seinen Kopf, Dupin hatte einen Moment Angst, dass sie zu einem Tritt ausholen würde.

Claire hatte mittlerweile die Taschenlampe aufgehoben und leuchtete Marchand an.

»Er ist halb bewusstlos«, konstatierte sie. »Von ihm wirst du jetzt nichts hören.«

»Aber er …«

»Georges, du bist ja verletzt«, rief Claire plötzlich. »Du blutest wie verrückt.« Sie leuchtete Dupins rechten Oberschenkel an. Die Jeans war an einer Stelle zerfetzt, ein großer Blutfleck breitete sich aus.

»Nicht schlimm«, murmelte Dupin.

»Ich muss die Blutung sofort stillen.«

»Jetzt nicht, Claire.«

Plötzlich begann Marchand zu sprechen. Ganz leise.

»Wie Familie? So gut zu mir?«

Die Worte waren kaum zu verstehen.

»Was meinen Sie?«, fragte Cécile aggressiv.

»Ich habe«, Marchand stockte, seine Stimme klang unheimlich, blechern. Trotz der hörbaren Anstrengung, die ihm das Sprechen bereitete, schwang ein gleißender Affekt mit.

»Ich habe ihm alles gegeben. – Der *Domaine du Lac*. Alles. Seit ich neunzehn bin. Mein ganzes Leben bereitwillig in seinen Dienst gestellt, habe alles geopfert.«

Er machte keine Anstalten, sich zu erheben. Wahrscheinlich hätte er auch gar nicht gekonnt. Er starrte mit leerem Blick nach oben. Die Nase war schief, gebrochen vermutlich, das Blut war in Strömen gelaufen, nur langsam ebbte es ab.

»Wie schon mein Vater. Auch er hat der *Domaine* alles gegeben. Seine ganze Kraft, seine ganze Existenz. Und jetzt auch mein Sohn. Er …« Marchand setzte kurz ab, um Kraft zu schöpfen. »Und was bekommen wir?«

Da waren sie – die Abgründe. Die man nicht sah, nicht bemerkte – nicht der erfahrenste Menschenkenner, nicht die Freunde, nicht die Familie. Die Abgründe, die sich dann aber plötzlich mit allen Konsequenzen offenbarten. Dann waren es längst eiserne, von der Außenwelt abgekoppelte innere Logiken, die das Handeln antrieben – zwingend plausibel für diejenigen, die so fühlten und die Welt so sahen.

»Sie haben ein sehr gutes Gehalt bekommen«, Cécile geriet in Rage, »Sicherheit, Zuwendung, Sympathie, Vertrauen, Freundschaft. Und sehr viel Verantwortung. – Sie haben alles bekommen!«

»Ein Gehalt? Ja?« Marchand sprach ohne Intonation, das leere, mechanische Sprechen stand in einem gespenstischen Kontrast zu dem dramatischen Inhalt seiner Sätze. »Mir stand – mir steht ganz anderes zu. – Uns stand ganz anderes zu, meiner Familie. Der Erfolg der *Domaine* war die Arbeit meiner Familie.«

Dupin kannte diese Logik. Marchand war der Überzeugung, bloß ein Unrecht korrigiert zu haben.

»Vor zwei Jahren, als Laurent dreißig wurde, habe ich Monsieur Katell gesagt, dass mein Sohn eines Tages das alles hier übernehmen könnte. – Er hätte ihn als Erben einsetzen können. Ich habe es ihm gesagt. Er wollte es nicht. Nicht einmal das.«

Marchand lag bewegungslos da. Er hatte nicht versucht, den Kopf in Céciles Richtung zu bewegen. Sie anzusehen.

»Ich habe mir nur genommen, was mir zusteht.«

»Brians Eigentum? Das steht Ihnen zu?«

Cécile ließ sich auf Marchands Wahnsinn ein, eine verständliche Reaktion, aber völlig sinnlos. Was ihr im nächsten Moment anscheinend selbst klar wurde, sie brach in Tränen aus.

»Es war Ihr Recht, sein Leben zu nehmen? Ja? Und Brians Wein im Wert von vielen Millionen zu stehlen?«

Alles brach aus ihr heraus.

»Wir hätten ein eigenes Weingut aufbauen können«, Marchand stöhnte auf, er schien heftige Schmerzen zu haben, aber innerlich blieb er offenbar ungerührt. »Die *Domaine Marchand*. – Laurent hätte es eines Tages allein geführt. Er …«

»Hallo? – Hier spricht die Police Nationale. Hören Sie mich?«

Einer der Polizisten. Wahrscheinlich im Hauptkeller.

»Wir sind hier«, rief Dupin.

»Wir sind bewaffnet.« Ein zweiter Polizist. »Kommen Sie langsam aus dem Gang heraus.«

»Hier spricht Claire Lannoy«, übernahm Claire. »Wir brauchen sofort zwei Krankenwagen. Wir haben hier zwei Verletzte. Einer ist der Mörder, nach dem Sie suchen – der andere ist Commissaire Georges Dupin vom Commissariat de Police Concarneau. Er wurde angeschossen.«

Prompt erschienen zwei Polizisten mit Taschenlampen und gezogener Waffe. Sie traten auf die Gruppe zu. Es musste ein dramatischer Anblick sein. Die beiden blutenden Männer, der blutverschmierte Steinboden, die beiden Frauen daneben in den hellen Lichtkegeln.

»Informieren Sie auf der Stelle Commissaire Lelouche«, Dupin ging in die Offensive.

»Zuerst rufen Sie zwei Krankenwagen«, insistierte Claire.

Man sah den Polizisten Ratlosigkeit an.

»Wir haben etwas wie einen Schuss gehört. Es war schwer zu sagen, woher das Geräusch kam. Deswegen haben wir etwas ...«

»Es war ein Schuss, und mein Mann wurde am rechten Oberschenkel getroffen, er verliert viel Blut. Rufen Sie sofort zwei Krankenwagen, sonst handeln Sie grob fahrlässig.«

Claire schritt auf sie zu.

»Los, auf der Stelle!«

»Ich ...«, stammelte der eine Polizist. »Haben Sie die Situation im Griff, Commissaire?«, fragte er Dupin, der die Waffe immer noch auf Marchand gerichtet hielt.

»Habe ich.« Dupin riss sich zusammen. Seit gerade eben war ihm ein wenig schlecht. Und schwindelig, ein leichtes, sonderbares Kältegefühl überkam ihn.

»Ich rufe Lelouche, du die Sanitäter«, rief der eine Polizist dem anderen zu. Schon spurteten sie los.

Cécile stand immer noch gefährlich nah an Marchands Kopf.

»Sie haben Brian wirklich mit der Schrotflinte erschossen? – Wie konnten Sie das tun? Wie kann man so etwas tun?«

Sie verstummte.

»Woher wussten Sie von den Weinflaschen?«, fragte Claire ganz sachlich.

Dupin lehnte sich mit dem Rücken gegen die Kellerwand. Sie war wohltuend kühl.

Als es schon sicher schien, dass Marchand stumm bleiben würde, antwortete er plötzlich doch:

»Ich habe Monsieur Katell im Lager gesehen – als er in dem geheimen Raum verschwunden ist. Ich habe sofort gewusst, worum es sich handelt. Um die kostbaren alten Weine seines Großvaters. – Er hat es bestritten. Aber ich bin ja nicht blöd. Mein Vater hat mir als Kind davon erzählt. – Ich wollte meinen Anteil, ich habe es Monsieur Katell gesagt. – Er hat es nicht verstanden. Dann hat er mir eine Flasche geschenkt. Nach fünfzig Jahren.«

»Das sind bestimmt zwanzigtausend Euro.«

»Er wollte es nicht verstehen. – So sind sie, habe ich mir gesagt. So sind sie, diese Leute. Aber ich habe mir auch gesagt, dass ich es mir dieses Mal nicht gefallen lassen werde. Ich …«

»Warum musste Damien Dantec sterben?« Dupin hatte Mühe, die Frage zu formulieren. Der Schwindel hatte zugenommen.

»Dantec?«

»Monsieur Dantec, ja.«

»Er hat einfach Pech gehabt. Ich habe die Flaschen nach und nach in den alten Kühlschrank gebracht. Immer nur ein paar auf einmal. Plötzlich stand er dann im Weinlager, als ich aus dem Geheimraum kam. Er hat sofort erkannt, was ich da in der Hand hatte, ich meine, was die Weine wert sind. – Ich musste es tun, es ging nicht anders. – Monsieur Katell hätte ihn schon viel früher entlassen sollen. Dieser Mann war es nicht wert, für die *Domaine* zu arbeiten.«

»Und dann haben Sie ihn mit einer Flasche erschlagen?«

Dupin rutschte mit dem Rücken an der Wand herunter und setzte sich. Das Stehen war zu anstrengend geworden. Immer noch hatte er die Waffe direkt auf Marchand gerichtet – obwohl es nicht so wirkte, als wäre dieser noch zu einem Angriff in der Lage, aus der geschwollenen Nase strömte immer noch Blut, er wirkte mitgenommen.

»Georges, geht's dir gut?«

Claire ging neben Dupin in die Hocke.

»Schau mich mal an.«

»Alles okay. Bin nur etwas schwach.«

Claire fixierte seine Augen.

»Folge mal meinem Finger.«

Sie fuhr mit dem Finger vor seinen Augen von rechts nach links, von links nach rechts.

»Die Sanitäter sind gleich da, Georges.«

Sie fühlte den Puls an seiner linken Hand, die schlaff auf seinem Oberschenkel lag, dann an der Halsschlagader.

»Ich werde jetzt die Blutung stoppen, Georges, egal, was du sagst.«

Umgehend machte sie sich an Dupins Gürtel zu schaffen. Er wollte protestieren, ließ es aber geschehen. Mit etwas Mühe löste Claire den Gürtel und band den Oberschenkel oberhalb der Verletzung ab.

»Und der Brandanschlag auf das *Château Joly?* Waren Sie das auch?« Cécile ließ nicht locker.

Marchand stöhnte kurz auf, antwortete aber nicht.

»Ich bin mir sicher«, versuchte Dupin die Antwort, er sprach ein wenig abgehackt, »er hat es getan, um Verwirrung zu stiften. Die Ermittler abzulenken. Die Aufmerksamkeit auf andere mögliche Zusammenhänge zu lenken. – Auf die erbitterte Konkurrenz der beiden Häuser.«

Marchand hob doch noch einmal an.

»Sie wollte Brian verlassen. Ich habe es mitbekommen, sie haben sich in letzter Zeit nur noch gestritten. – Am Ende«, tiefste Verachtung kam zum Vorschein, »war sie eben nur eine Joly. Die Jolys wollten die *Domaine du Lac* immer schon vernichten. Sie hassen uns.«

»Und da haben Sie zwei Fliegen mit einer Klappe schlagen wollen«, Céciles Rage kannte keine Grenzen, »mit dem Brand eine falsche Spur legen, die Polizei in die Irre führen – und zugleich den Feind vernichten. Oder ihn zumindest schwer schädigen.«

Plötzlich wurde der Kellergang abschüssig, wie eine steile Rutschbahn, instinktiv versuchte Dupin, sich am Boden festzuhalten, ließ die Waffe aus der Hand fallen. Die Erde musste in eine heftige Schieflage geraten sein, irgendetwas stimmte nicht mehr.

»Georges! Georges!«

Claire beugte sich über ihn. Dupin bekam es nur noch schemenhaft mit. Und dann gar nichts mehr.

»Georges! Georges!«

Dupin schlug die Augen auf.

Was war geschehen? Wo war er?

Ein höllischer Lärm war zu hören. Eine Sirene. Auch andere seltsame Geräusche. Ein Motor. Es wackelte.

»Da bist du wieder.« Claire beugte sich über ihn, sie schien wegen irgendetwas äußerst besorgt.

»Ich …«

Das Sprechen fiel ihm schwer.

»Wo ist Marchand?« – Mit einem Mal fuhr Dupin hoch, oder eher: er versuchte es. Es ging nicht. Er war angeschnallt. Und viel zu geschwächt. Er hatte die Frage nur mit äußerster Anstrengung hervorbringen können.

»Es ist alles gut, Georges. Die Polizei hat ihn festgenommen und bringt ihn gerade nach Nantes. Da fahren wir auch hin. Wir sind fast da. Wir sind im Krankenwagen.« Claire sprach ruhig und bestimmt. »Du bist angeschossen worden, am Oberschenkel. Du hast viel Blut verloren und bist dann ohnmächtig geworden. Du kriegst gerade eine Infusion zur Stabilisierung.«

»Hat er noch etwas anrichten können? Ist Cécile okay?«

»Nein, hat er nicht. Er war nur halb bei Bewusstsein. Und ich habe deine Waffe genommen, nachdem du ohnmächtig geworden bist. Cécile geht's gut. Du wirst dich auch bald wieder besser fühlen. Und in zwei Tagen setzen wir unsere Hochzeitsreise fort.«

Es klang vollkommen surreal – aber schön.

»Was – was ist mit Lelouche?«

So langsam fiel ihm alles wieder ein. Leider auch das.

»Mach dir keinen Kopf. Ich habe mit ihm gesprochen.«

»Was hast du gesagt?«

»Cécile und ich haben ihm zu der bravourösen Lösung des Falls gratuliert. Unsere Bewunderung ausgedrückt – wie er auf die Sache mit dem Wein gekommen ist und wie er erkannt hat, dass Marchand dahintersteckt. – Außerdem habe ich mich für unsere Rettung bedankt. Schließlich hatte Marchand uns in seine Gewalt genommen. – Und Lelouche und seine Männer haben uns befreit. – Cécile hat gesagt, sie hätte das Lager der *Domaine* wegen des Weinversands aufgesucht. Und wir hätten sie begleitet. Sie habe dann noch einige Flaschen aus dem Keller holen wollen – und dabei seien wir von Marchand bedroht worden. – Später, wenn Marchand die Geschichte erzählt, wird es ein paar Abweichungen geben – aber egal. Lelouche hat eine Pressekonferenz für fünfzehn Uhr angekündigt. – Ich denke nicht, dass er dir etwas anhaben wird, Georges.«

Dupin musste lächeln. Claire war wunderbar.

»Du weißt, nichts ist so mächtig wie der Narzissmus der Menschen. Zumindest der meisten Menschen.«

»Danke, Claire.«

»Du musst dich jetzt ausruhen. Mach die Augen zu. Ich bin bei dir.«

Claire nahm seine Hand.

Dupin schloss die Augen.

DER FÜNFTE TAG

Natürlich hatte Lelouche bereits gestern am späten Nachmittag versucht, Dupin zu sprechen, er war sogar persönlich in der Klinik aufgetaucht. Claire und die Stationsärztin hatten ihm den Zutritt zu Dupins Zimmer verweigert. Claire hatte Dupins Handy schon zuvor an sich genommen. Dupin wäre tatsächlich nicht in der Lage gewesen, eine längere Unterredung zu führen. Sie hatten unter lokaler Anästhesie die Schrotkugeln entfernt, drei Stück, dann hatte er ein paar Stunden geschlafen. Die Infusionen hatten ihre Wirkung entfaltet, sodass es ihm am Abend schon viel besser gegangen war.

Jetzt war es 7 Uhr 20. Lelouche war erneut in der Klinik aufgetaucht. Ein Treffen ließ sich jetzt nicht mehr vermeiden.

»Ah, Commissaire Lelouche – bonjour«, empfing ihn Claire an der Tür. »Noch einmal meine Gratulation. Wir haben von Ihrer Pressekonferenz gehört. Ein voller Erfolg. Sie und die Nantaiser Polizei haben den vertrackten Fall innerhalb kürzester Zeit gelöst, heißt es überall dazu. Und sogar die nationale Presse ist ziemlich groß eingestiegen. Klar – ein Jahrhundert-Weinschatz, und Sie haben ihn aufgespürt. – Absolut beeindruckend. Wie gesagt: ein voller Erfolg. – Und es wäre doch«, Claire lächelte ihn an, »wie soll ich sagen? Es wäre doch schade, wenn es nicht dabei bliebe.«

Es war eine offene Drohung gewesen. Natürlich bekäme Dupin gewaltigen Ärger, wenn herauskäme, dass er ermittelt hatte – aber ihm fiele ebenso die ruhmreiche Aufklärung des Falls zu. Und Lelouche würde als Hochstapler dastehen.

Lelouche hatte ein paarmal versucht, etwas zu sagen, Claire hatte einfach weitergeredet.

»Bonjour«, Dupin nickte Lelouche zu. Er hatte sich um einen freundlichen Ton bemüht.

Dupin saß aufrecht im Bett. Eigentlich fühlte er sich gut. Immerhin hatte Claire ihm schon Kaffee besorgt. Der rechte Oberschenkel war verbunden. Es war ein kleines Einzelzimmer, in das man ihn gelegt hatte. Vom Fenster aus blickte man auf den Garten der Klinik.

Lelouche nickte zurück. Der schlanke, große Mann mit den dezent gewellten Haaren trug heute ein hellblaues Hemd und eine dunkelblaue Hose, dazu schwarze Slipper.

»Ein paar Dinge noch, Dupin.« Lelouches Tonfall und Miene waren schwer zu deuten. »Ich weiß genau …«

»Mein Mann hat durch die Ereignisse gestern eine partielle Amnesie erlitten, der Schuss, die Bewusstlosigkeit, der massive Blutverlust«, unterbrach ihn Claire. »Ich habe festgestellt, dass er sich an manches nicht genau erinnert. – Das passiert häufig. Meistens kommen die Erinnerungen wieder, man weiß nur nie genau, wann. – Selbst Cécile Cast und ich haben das Gefühl, ein paar Erinnerungslücken zu haben. Es war eine extrem traumatische Situation, in das Kellergewölbe gesperrt zu werden – niemand hört einen, man kann sich nicht bemerkbar machen, hat Todesangst. Da sind posttraumatische Belastungsstörungen ganz normal.«

»Sie … ich meine …«

Claire hatte Lelouche aus dem Konzept gebracht.

Jetzt war es Dupin, der ihn unterbrach: »Hat Marchand sein Geständnis wiederholt?«

Lelouche wollte etwas sagen, aber zögerte. Er verstummte für eine Weile und musterte Dupin. Er wirkte unentschieden.

»Hat er«, antwortete er schließlich. »Er hat uns alles freiheraus erzählt.«

Lelouche klang ein wenig resigniert. Aber nicht missmutig. Er schien eine Entscheidung getroffen zu haben.

»Seine ganze Lebensgeschichte, die seines Vaters. Seiner verstorbenen Frau. Die seines Sohnes. – Er bereut nichts, oder er fühlt nicht, dass es etwas zu bereuen gäbe. Er ist fest überzeugt, dass der wertvolle Wein ihm und seiner Familie zusteht. Er hatte das Brian Katell wohl auch so gesagt – dass ihm ein Teil zustehe. – Ich denke, er ist wirklich verrückt in dieser Hinsicht. Verrückt geworden. Heute Morgen beschäftigt sich ein Psychiater mit ihm. Am Ende ist er vielleicht eher ein Fall für die Klinik als für das Gefängnis.«

Das gab es. Auch bei Menschen, die ansonsten unauffällig waren, patent, freundlich, zugewandt.

»Ein partieller Wahn, eine partielle Psychose – vielleicht«, versuchte Claire es zusammenzufassen.

»Und sein Sohn, Laurent Marchand? Hatte er etwas damit zu tun? Wusste er davon?«

»Kein bisschen. Sagen beide. – Ich glaube ihnen.«

Es war auch Dupins Gefühl.

»Aber natürlich wird das untersucht werden. Die Taten rekonstruiert, die Alibis des Sohnes überprüft und so weiter.«

Lelouche lief stumm auf und ab.

»Eine tragische Geschichte, alles in allem«, sagte er dann.

»Eine brutale Geschichte vielmehr«, insistierte Claire.

»Ich denke«, Lelouche blieb direkt vor Dupin stehen, »ich …«

Er wollte noch etwas sagen, rang mit sich.

»Es tut mir leid, Lelouche. – Wir sind da irgendwie reingeschlittert.«

Auf eine gewisse Weise stimmte es sogar.

»Wir wollten wirklich nur auf Hochzeitsreise fahren.«

Dupin streckte Lelouche die Hand hin.

Lelouche sah sie einen Moment an, als wüsste er nicht, was er damit anfangen sollte.

Dann schlug er ein.

»Ich wünsche Ihnen noch eine schöne Hochzeitsreise. Ihnen beiden.« Er richtete sich an Claire. »Vor allem eine friedliche.«

Er versuchte ein Lächeln, das ihm nicht ganz gelang. Aber das war egal. Er hatte es zumindest versucht. Er wollte keinen Krieg.

»Vielen Dank! Und Ihnen noch eine gute Nachbereitung des Falls«, auch Claire gab ihm die Hand.

»Au revoir«, wandte sich der Kommissar aus Nantes ab.

Einen Moment später waren Claire und Dupin wieder allein.

Dupin griff nach Claires Hand.

»Danke. – Das war großartig.«

Claire war großartig.

DER SECHSTE TAG

Es war ihr letzter Abend in Pornic. Morgen würden sie nach Saumur aufbrechen.

Sie trafen sich noch einmal zum Picknick in Céciles *pêcherie.* Das »kleine Glück«. Es war Céciles Idee gewesen.

Dupin war gestern Vormittag aus der Klinik entlassen worden. Er fühlte sich schon fast wieder normal. Die Wunde schmerzte natürlich noch, aber mit dem Gehen klappte es schon wieder einigermaßen. »Ich habe keine medizinischen Bedenken, Sie können Ihre Hochzeitsreise fortsetzen – solange Sie es nicht übertreiben – bitte noch keine Hürdenläufe«, hatte die Ärztin bei der Abschlussvisite gesagt.

Sie hatten die köstlichsten Dinge aus dem Restaurant mitgenommen, kleine Entenspieße mit eingelegten Pflaumen, Landschwein-Paté mit Mirabellen, Räucherlachs mit schwarzem Knoblauch und einen *Curé Nantais,* ein in Kupferkesseln gereifter und mit Muscadet affinierter Rohmilchkäse der Region, dazu Baguette – und natürlich Wein. Es waren drei große Taschen voll.

Cécile hatte sogar eine Tischdecke mitgenommen und zwei Kerzen. Für später, wenn es dunkel wurde.

Nun saßen sie erneut auf der Holzterrasse und blickten auf

das Meer. Es war perfekt. Nur der Anruf eben von Madame Claudel, ihrer Nachbarin, war ein wenig seltsam gewesen. Sie hatte behauptet, »grässliche Laute« im Garten der Dupins gehört zu haben. Was sie veranlasst hatte, nachzusehen. Sie hatte auf der Terrasse grüne und schwarze Federn gefunden. Spechtfedern. Dupin hatte nichts dazu sagen können und Madame Claudel darauf vertröstet, sich bald wieder zu melden. »Der Habicht ist ein natürlicher Feind des Spechtes …«, war Claires Kommentar gewesen, nachdem er ihr von dem Anruf erzählt hatte. »Es gibt auch abgerichtete Habichte, Nolwenns Mann ist da Experte …« Dann war sie auf ein anderes Thema gekommen. Dupin hatte nachhaken wollen – aber nicht heute Abend. Immerhin hatte sie noch hinzugefügt: »Für gewöhnlich verjagen sie die Spechte nur, keine Sorge, Spechte sind zäh.«

Wieder war Flut, der Atlantik umspülte die hohen Pfeiler der *pêcherie*. Gegenüber lag die Île Noirmoutier, man erkannte sie als flachen Streifen vor dem Horizont.

»Ich glaube, dass Brians Entscheidung, Laurent Marchand nicht als Erbe einzusetzen, der Auslöser dafür war, dass der alte Marchand den Kontakt zur Realität verloren hat«, sagte Claire und griff zu einem Entenspieß.

»Gut möglich«, nickte Dupin.

»Brian war kein Patriarch – aber Marchand fühlte sich als Opfer patriarchaler Ausbeutung. Über drei Generationen hat sich seine Familie ganz der Sache ihrer Herren geopfert, so seine Perspektive. Sie waren immer nur Diener, obwohl sie das Weingut doch wesentlich mit aufgebaut haben. Aber nie hat ihnen ein Teil davon gehört. – Natürlich hätte Brian den jungen Marchand als zukünftigen Chef und sogar als Erben bestimmen können. In einer gewissen Weise wäre es«, Claire meinte es ganz sachlich, »auch fair gewesen. Aber deswegen einen Mord zu begehen?«

Sie schnitt sich ein Stück Käse ab.

Ein Schweigen trat ein.

»Es ist einfach alles unfassbar tragisch.« Cécile schüttelte den Kopf.

»Aber letztendlich verstehe ich Brian dann doch sehr gut.« Claire legte ihre Hand auf Céciles Arm. »Die *Domaine* ist das Vermächtnis seiner Familie. Ein Mandat. Er war nicht nur verpflichtet, an die Gegenwart des Weinguts zu denken, sondern auch an seine Zukunft. Er musste es für den Fall der Fälle in die kompetentesten Hände übergeben, die er kannte. Und das waren die Hände des Menschen, dem er wie keinem anderen vertraute. Ein Mensch, von dem er wusste, dass er die *Domaine* im Sinne ihrer Geschichte fortführen würde.«

Dupin konnte Tränen in Céciles Augen sehen, auch wenn sie tapfer lächelte.

»Dich kannte er so gut wie keinen anderen Menschen, dir hat er auch nach dem Ende eurer Ehe noch blind vertraut. Wie hätte er sicher wissen können, dass Laurent Marchand die *Domaine* in seinem Sinne weitergeführt hätte? Du weißt, wie schnell man etwas zerstören kann, das über Jahrzehnte mit Leidenschaft und Klugheit geschaffen wurde. – Brian konnte nur diese eine Entscheidung treffen. Ich hätte die *Domaine* auch nur an dich vererbt.«

Cécile beugte sich zu Claire und umarmte sie.

»Wir trinken auf dich, Cécile!« Claire erhob ihr Glas.

Alle drei nahmen einen großen Schluck.

»Und jetzt stoßen wir auf euch an. – Ich kann euch gar nicht sagen, wie dankbar ich euch bin«, sagte Cécile.

Die Gläser klirrten leise.

»Nun noch einmal auf eure Hochzeit und auf eure Hochzeitsreise. Die hiermit offiziell weitergeht!«

Und in diesem Moment fühlte es sich auch so an.

Heute Abend war der Himmel wolkenlos. Noch stand die Sonne ein Stück über dem Horizont. Aber schon bald würde sie im Atlantik verschwinden. Das Gelb, das Pink, das Orange und das Rot bereiteten sich auf das große Finale vor, es würde ein atemberaubendes Spektakel werden.

Claires Blick schweifte über das Meer. Auch die weite Baie de Bourgneuf gab sich feierlich, die Sonne hatte dem hellen Silberblau des Meeres ein sphärisches Glimmen spendiert.

»Schöner kann es gar nicht sein.«

Dupin sah Claire an.

Sie hatte recht.

Machen Sie Urlaub in der Bretagne mit Kommissar Dupin

Ar Men Du

Relais du Silence et Restaurant Gastronomique

47 Rue des Îles
29920 Névez
0033 2 98 06 84 22
www.men-du.com
contact@men-du.com

Ein Lieblingsort von Kommissar Dupin

»Die Terrasse des Ar Men Du war ein magischer Ort. Und nicht nur die Terrasse. Die Landspitze, auf der das formidable Restaurant mit dem hübschen Hotel lag, war nach Westen und Osten mit zwei Fensterseiten zum Atlantik ausgestattet. Man sah den weiten Horizont mit den beiden kleinen vorgelagerten Inseln …«
Aus: »Bretonischer Stolz«

Das Ar Men Du liegt in einem Naturschutzgebiet gegenüber den sagenumwobenen Glénan-Inseln. Das Hotel besitzt drei Sterne.

Direkt am Meer erbaut, bietet das Restaurant einen einzigartigen 180°-Panoramablick auf den Atlantik. Auch die schönen, im maritimen Stil frisch renovierten Zimmer und neuen Suiten verfügen allesamt über Meeresblick, viele zudem über eine eigene Terrasse.

Zu beiden Seiten des Hotels beginnen atemberaubende Wanderwege, alte Schmugglerpfade. Sowohl nach Concarneau als auch nach Pont-Aven wie zu den meisten anderen Orten der Dupin-Kriminalromane ist es nicht weit. Fragen Sie nach den aktuellen Angeboten – ich freue mich auf Ihren Besuch!

Ihr Pierre Yves Roué und sein Team